태초에
소통이
있었다

태초에
소통이
있었다~

초판   1쇄 발행 2022년 10월 31일

지은이   김항규
펴낸이   한승수
펴낸곳   문예춘추사

편집   이상실
디자인   송민기 박소윤
마케팅   박건원 김지윤

등록번호   제300-1994-16
등록일자   1994년 1월 24일

주소   서울시 마포구 동교로27길 53, 지남빌딩 309호
전화   02-338-0084
팩스   02-338-0087
이메일   moonchusa@naver.com

ISBN   978-89-7604-554-6 03810

크리스천 소통 전문가가 들려주는
성경 속 소통 이야기

김항규 지음

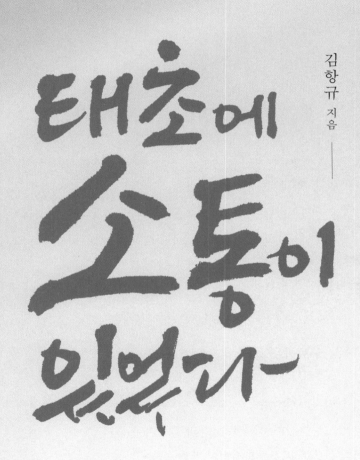

태초에
소통이
있었다

문예춘추사

태초에 소통이 있었다

인간은 누구나 행복한 삶을 원한다. 그러나 많은 사람들의 삶의 현실은 그렇지 못하다. 그들은 심한 우울감이나 견디기 어려운 불안이나 공포감, 제어하기 힘든 분노나 질투와 같은 마음의 병에서 헤어나지 못한 채 불행한 삶을 살아가고 있다.

필자는 심리상담에 관심을 가지면서 모든 마음의 병은 나와 전능자이신 하나님 사이에, 그리고 나와 나 자신의 내면 사이에, 나와 이웃 사이에, 더 나아가 나와 자연 및 주어진 여러 여건 사이에 소통(疏通)이 이루어지지 않는 데 그 근본 원인이 있다고 본다. 그리고 소통의 핵심은 곧 이들 사이에 얽히고설켜 헝클어진 마음과 마음을 한 올 한 올 풀어가는 '心心풀이' 원리를 파악하고 실천하는 데 있다는 시각을 견지해오고 있다.

개인의 경우, 내면의 자신과 마음의 소통이 단절될 때 병든 자아가 될 수밖에 없다. 가정에서 부부간에, 부모와 자식 간에 그리고 형제, 자매간에 미워하고 불신하는 등 마음이 삐뚤어져 소통이 단절될 때 그 가정은 병든 가정이 될 수밖에 없다. 마찬가지로 일터에서 상사와 부하, 동료들 간 마음 안에 미움과 증오가 가득하여 소통이 단절될 때 병든 일터가 될 수밖에 없다. 신앙 또한 마찬가지다. 절대자와 나 사이에 진정한 마음의 교류, 즉 소통이 이루어지지 않는 신앙은 병든 신앙이다.

필자는 크리스천으로서 성도와 주님, 그리고 성도와 그 가족 및 이웃 간에 마음과 마음을 나누는 원리, 곧 소통을 이룰 수 있는 비결이 성경 말씀 속에 있음을 깨닫고, 창세기부터 요한계시록에 이르기까지 성경 곳곳에 숨어 있는 소통의 원리를 탐구하려 노력해오고 있다.

태초에 하나님은 천지를 창조하시면서(창 1:1) 소통하셨다. 첫째 날 빛이 있으라 하시니 빛이 있었고, 빛을 낮이라 부르시고 어둠을 밤이라 부르셨다(창 1:3-4). 땅과 바다, 식물을 창조하시고, 하늘을 창조하시고, 해와 달과 별을 창조하시면서 자연과 소통하시고, 조류와 어류, 땅의 각종 짐승들을 창조하시면서 그들과 소통하셨다. 그리고 마지막으로 하나님의 형상대로 사람을 창조하시되 남자와 여자를 창조하시고 그들에게 복을 주시며 소통하시되, 생육하고 번성하여 땅에 충만하고, 땅을 정복하고, 바다의 물고기와 하늘의 새와 땅에 움직이는 모든 생물을 다스리라 말씀하셨다(창 1:6-28). 나를 포함한 우주의 모든 것은 하나님의 창조물로서 하나님 보시기에 좋으셨다. 하나님은 세상의 모든 창조물에 사랑의 마음과 생명의 숨결을 불어넣어 주시고 그것들과 소통하셨다. 소통은 태초부터 천지를 창조하신 하나님의 섭리이자 사랑과 생명의 원리다.

〈잠언〉에서는 인간이 살아가면서 지켜야 할 것들이 많이 있지만, 다른 어떤 것보다 더욱 "네 마음을 지키라"고 권면하고 있다. 생명의 근원이 마음에서 나기 때문이라고 한다(잠 4:23). 성경에서는 이 밖에도 마음이라는 단어가 1,000회 이상 등장한다. 모두가 인간의 마음밭을 어떻게 경영하느냐에 따라 인간의 행복과 불행, 더 나아가 삶과 죽음까지도 좌우됨을 강조하는 내용들이다.

예수님은 이 땅에 오셔서 "수고하고 무거운 짐 진 자들아 다 내게로 오라. 내가 너희를 쉬게 하리라"(마 11:28)고 말씀하사, 주님께서 이 세상에 오신 목적이 상처받고 지친 이 세상 사람들을 사랑으로 구원하시어 주 안에서 진정한 마음의 평안을 누리게 하시려는 데 있음을 분명히 하고 계신다.

마음의 병을 치유하는 데 가장 중요한 처방은 진실한 사랑의 마음이다. 그 사랑 중 가장 고귀한 사랑이 우리를 향하신 주님의 사랑이다. 주님은 우리를 향해 "주 너의 하나님을 사랑하고 또한 네 이웃을 네 자신같이 사랑하라"(눅 10:27)고 명하신다. 주님이 내 안에 계셔서 주님의 사랑으로 내 마음이 치유되고, 그 사랑의 마음으로 상처받고 절망하며 힘들어하는 이웃에게 다가가 심리 치유자로서의 역할을 다하라는 명령이시다. 주님은 우리의 미세한 부르짖음에도 귀 기울이시고 우리의 중심을 바라보면서 공감해주시고 치유해주시는 분이다.

필자가 늘 안타깝게 생각하는 것은, 주님의 사랑을 자기 자신을 향해 그리고 자신의 가족과 이웃을 향해 실천해야 할 크리스천들 중에는 주님을 믿지 않는 사람들보다 더 심한 마음의 병으로 고통스러워하는 성도가 있는가 하면, 이웃 사랑에 메말라 있고, 이웃과 폐쇄적인 삶을 살아가면서 주님께 영광 돌리는 삶을 살아가기는커녕 오히려 세상 사람들의 조롱거리가 됨으로써 주님을 욕되게 하는 성도들이 적지 않다는 점이다.

아직 미숙한 초보 단계지만 필자는 소통과 관련된 글을 소개하고 그와 관련된 성경 속 말씀을 연결시키려 노력했고, 묵상할 내용을 제시해 독자 여러분 각자가 자신을 되돌아보는 시간을 가져보실 수 있도록 했다.

모쪼록 여러 면으로 부족하고 성숙되지 못한 글들이지만, 이 책을 통해 많은 크리스천 성도들께서 성경 말씀도 읽고 소통 관련 글도 읽으시면서 주님과 더욱 친밀하게 마음을 나누고, 성도 자신과 그리고 성도 가족과 이웃 간에 막혀 있고 구부러져 있는 마음을 시원하게 뚫어 주님께 영광 돌릴 수 있는 소통이 이루어지기를 간절한 마음으로 기도드리는 바이다.

2022. 10
김항규

소통과
'心心 풀이'

소통은 마음과 마음을 한 올 한 올 풀어가는
'心心풀이' 과정으로서, 생명의 원리이자 마음의 상처를
치유하는 원리이고, 사랑의 원리이며 행복의 원리다.

소통은 '心心 풀이'다

01

소통(疏通)이라는 단어는 '트이다', '트다' 혹은 '비우다'의 의미인 '소(疏)'라는 한자어와 '오고가다', '주고받다' 등 상호 교류의 의미를 내포하는 '통(通)'이라는 한자어의 합성어다. 따라서 소통이라 함은 다음과 같은 의미들을 내포한다.

첫째, "사방이 환히 트여 시원스럽다", "서로 마음을 트고 지내다", "방귀를 트다"와 같이 막히거나 방해되는 것이 없거나, 꺼리거나 숨기는 것이 없는 상태를 나타낸다.

둘째, "신선한 공기를 마셨더니 가슴이 탁 트인다", "남한과 북한과의 협상의 길이 트이다"와 같이 기존에 막혔던 것이 뚫리거나 통하게 된다는 의미를 내포한다.

셋째, "그 사람은 참 생각이 트인 사람이다"와 같이 생각이나 마음이 어느 한쪽에 편향되지 않고 융통성이 있음을 나타낸다.

넷째, "마음을 비웠다", "욕심을 비웠다"와 같이 내 안에 채워져 있던 나의 욕심이나 주장을 내려놓거나 비우고 서로 양보한다는 의미를 내포한다.

다섯째, 어느 한쪽만 일방적으로 자기주장을 펴는 것이 아니라, 당사자 상호 간에 각자의 견해를 주고받는 상호 교류의 의미를 내포한다.

이런 의미들을 종합하면, 소통이란 상호 간에 서로 막히거나 방해되거나 숨기거나 꾸미는 것 없이, 솔직하게 서로 간에 마음을 터놓고 마음 안에 있는 진심을 주고받는 상호작용의 과정이라 할 수 있다.

한의학에 '불통즉통, 통즉불통(不通卽痛, 通卽不痛)'이라는 말이 있다. 우리 몸의 호흡기관, 소화기관, 혈관 등에서 기(氣)와 혈(血)이 잘 통하지 않으면 병을 얻지만, 기와 혈이 잘 통하면 건강하다는 의미다. 폐암이나 기관지 천식, 진폐증과 같은 호흡기 질환은 숨을 자유롭게 들이마시는 호흡기의 소통에 문제가 생겨 발생하는 질병이고, 식도염이나 위염 혹은 위암 등은 소화기의 소통에 문제가 생겨 발생하는 질병이며, 심근경색증, 심부전증, 뇌졸중 등은 혈관의 원활한 소통에 문제가 생겨 발생하는 질환이다.

마음도 마찬가지다. 개인의 경우, 내면의 자신과 마음의 소통이 단절될 때 병든 자아가 될 수밖에 없다. 마찬가지로 직장에서 상사와 부하 그리고 동료들 간에, 가정에서 부부간에, 그리고 부모와 자식 간에 마음의 소통이 단절될 때 병든 직장, 병든 가정이 될 수밖에 없다. 신앙 또한 그러하다. 절대자와 나 사이에 진정한 소통이 이루어지지 않는 신앙은 병든 신앙이다. 이뿐만이 아니다. 인간과 자연 사이에서도 일방적 착취가 아닌 상호 간에 소통의 원리가 작동해야 건강한 자연, 건강한 인간이 공존할 수 있다.

마음의 소통에는 마음과 마음 사이에 얽혀 있고 꼬여 있는 매듭은

풀어내고, 마음과 마음 사이에 삐뚤어지거나 왜곡된 부분을 펴내고, 마음과 마음 사이에 단절되고 막힌 것을 뚫어내는 힘이 있다. 따라서 소통은 마음과 마음을 한 올 한 올 풀어가는 '心心풀이' 과정으로서, 생명의 원리이자 마음의 상처를 치유하는 원리이고, 사랑의 원리이며 행복의 원리다.

기독교인들에게 가장 중요한 소통은 하나님과의 소통이다. 하나님과 늘 동행하며 하나님의 마음과 내 마음을 주고받으며, 헝클어져 있는 내 마음을 한 올 한 올 풀어가는 하나님과의 소통이 제대로 이루어질 때 자신과의 소통, 이웃과의 소통, 그리고 자연과의 소통이 제대로 이루어질 수 있기 때문이다.

저자는 성경 말씀을 묵상하는 크리스천으로서 심리상담을 공부하고 소통을 공부하는 과정에서 소통의 진정한 원리가 성경 속 곳곳에 숨어 있음을 깨닫게 되었다. 따라서 이 책에서는 다음과 같은 주제를 중심으로 소통의 원리를 논하면서, 각각의 주제와 관련된 성경 속 말씀들을 소개하고자 한다.

첫째, 하나님과 나와의 소통과 성경 말씀
둘째, 내 안의 나와의 소통과 성경 말씀
셋째, 이웃 및 삶과의 소통과 성경 말씀

마음을 여는 소통의 기법

02

소통이란 상호 간에 숨기거나 꾸미는 것 없이, 솔직하게 터놓음으로써 막히지 않고 오해 없이 진심을 주고받는 상호작용의 과정을 의미한다. 서로가 진솔하게 마음의 문을 여는 소통이 이루어지지 않기 때문에 우리는 삶의 과정에서 마음 안에 외로움이나 답답함, 아쉬움을 남기게 되고, 그것들이 쌓여 우울증, 불안이나 공포증, 분노조절장애와 같은 마음의 상처를 만들기도 한다.

나의 마음을 숨기거나 억제하고 상대방 비위를 맞추는 데 급급하거나, 이와는 반대로 상대방의 마음을 무시하고 일방적으로 행해지는 대화, 객관적이고 논리적이며 추상적인 용어를 사용하면서 솔직한 내면의 감정보다는 지각과 이성에 치우친 대화, 그리고 주제에서 벗어난 산만하고 일관성 없는 대화들은 모두가 마음의 문을 열고 행하는 소통이 아니다. 소통이 이루어지려면 대화 당사자가 진실하게 마음의 문을 여는 소통의 열쇠 역할을 수행해야 한다.

소통의 첫 번째 원리는 상대방과 나는 서로 다르다는 것을 인정하고, 그 다른 점을 존중하는 것이다. 상대방과의 소통을 저해하는 가장 근본 원인은 이 전제가 지켜지지 않는 데 있다. 사람들은 성격이나 능력이 각각 다를 뿐만 아니라, 가치관이나 삶의 태도, 취미, 외모, 경험, 성장 배경이나 처한 환경도 각각 다르다. 따라서 각자가 어떤 현상을 바라보는 시각이나 관점도 다를 수밖에 없다.

바람직한 소통이 이루어지기 위해서는 상대방이 나와 다름을 각각의 개별성으로 인정하고 존중해주어야 한다. 그런데 사람들은 흔히 자기가 바라보는 시각으로만 상대방을 바라보려 하고, 자기와 다른 시각을 가진 상대방을 옳지 않거나 틀렸다고 생각하여 비난이나 비판을 가하는가 하면, 자기가 원하는 방향으로 행동하도록 훈계하거나 지시하거나 명령하기도 한다.

"너는 왜 그런 걸 좋아하니?", "뭘 그런 걸 가지고 고민하냐?", "너는 왜 그것도 못하니?", "너는 내가 하라는 대로만 하면 돼", "너는 어떻게 그런 생각을 할 수 있니?" 등의 표현은 모두가 상대방이 나와 다르다는 점을 인정하지 않는 데 기인한다.

존 스튜어트 밀(John Stuart Mill)은 그의 저서 《자유론(On Liberty)》에서 "전체 인류 가운데 단 한 사람이 다른 생각을 가지고 있다 해서, 그 사람에게 침묵을 강요하는 일은 옳지 못하다. 이것은 어떤 한 사람이 자기와 생각이 다르다고 나머지 사람 모두에게 침묵을 강요하는 일만큼이나 용납될 수 없는 것이다"라고 하였다.

창세기에 따르면 하나님께서는 다른 동물들을 창조하실 때는 '각기 그 종류대로' 만드셨으나(창 1:21, 24, 25), 유독 인간만은 하나님의 형상(Imago Dei)을 따라 하나님의 창조물 중 최고의 걸작품으로 창조하셨다(창 1:26). 그러니 나뿐만 아니라 내가 대하는 상대방 또한 하나님의 귀한 창조물이다. 따라서 모든 사람은 평등하고 각각의 개별성은 존중받아야 한다. 상대방의 개별성을 존중하고 인정해주는 것은 곧 창조주이신 하나님을 믿고 순종하는 일이다.

소통의 두 번째 원리는 상대방에게 무슨 말을 해주려고 하기보다는, 상대방의 이야기를 경청해주는 것이다. 경청의 의미에는 남의 말에 귀를 기울이고 주의 깊게 듣는다는 경청(傾聽)의 의미도 있고, 남을 공경하는 태도로 대하면서 듣는다는 경청(敬聽)의 의미도 포함된다. 상대방이 나의 이야기에 귀를 기울여 열심히 경청해줄 때 나는 상대방이 나를 존중해주고 있음을 지각하게 될 것이고, 그 결과 내 마음을 열어 보임으로써 보다 원활한 소통이 이루어질 것이다.

소통의 세 번째 원리는 상대방이 겉으로 표현하는 말이나 행동에만 주의를 기울일 것이 아니라, 그 말이나 행동 뒤에 숨겨진 진정한 내면의 의미가 무엇이고, 상대방이 겉으로 드러내지는 않지만 진정 원하고 있는 것이 무엇인지, 어떤 심정이나 고통, 혹은 불만을 호소하고 있는지 공감해주는 것이다.

공감(empathy)은 상대방의 말이나 행동 혹은 처한 형편에 대해 비난하거나 평가하는 것이 아니라, 상대방의 마음속에 같이 들어가서 상대방 입장에서 상대방의 마음으로, 상대방을 이해하고 함께 감정을 나누는 것이다. 예를 들면, 가출해서 거리를 방황하는 청소년을 향해 그 소년의 말이나 행동만을 바라보며 비난하거나 훈계하는 대신, 그 소년이 거리를 방황하는 행위를 할 수밖에 없는 저간의 사정을 열심히 진지하게 들어보고(경청), 그의 마음속에 자리하는 분노와 외로움, 우울 등을 바라보면서 그 아픔을 같이 해주고, '(그의 입장이라면) 그럴 수도 있겠다'는 차원에서 그를 이해해주는 태도다.

여기서 오해하지 말아야 할 것은 마음으로 공감해주는 것은 그 청소년의 가출 행위를 옳은 행위라고 동의하거나 인정해주는 것과는 다르다는 점이다. 그 청소년의 가출 행위를 옳은 행위라고 동의해주거나 인정해줄 경우, 그는 가출 행위 속으로 더 빠져들기 쉽다. 그러나 그에게 사랑에 기초한 공감을 해주면 그 소년은 가출 행위에서 벗어날 수 있는 에너지를 얻게 된다.

하나님은 우리의 미세한 신음 소리에도 그 소리를 들으시고, 상한 갈대를 꺾지 않으시고, 꺼져가는 심지를 끄지 않으시며, 우리에게 찾아와 온갖 위로와 응답을 해주시는 분이다. 하나님은 지금 나에게 소통의 진정한 의미를 몸소 실천해 보이시며, 소통하시기를 원하시는 분이다.

소통의 네 번째 원리는 상대방에 대해 일방적으로 지시하거나 명령하거나 비판하거나 정죄하는 대화를 하지 않는 것이다. 이런 대화는 상대방 마음의 문을 열기는커녕, 열렸던 마음의 문마저도 굳게 닫아버리는 기능을 하기 때문이다.

상대방이 누구이든 늘 나와 대등한 인격을 가진 주체로 인정하고 존중해주어야 한다. 따라서 내가 상대방에게 원하는 것이 있으면 지시하거나 명령할 것이 아니라, 정중하게 요청하며 상대의 의견이 나와 다를 경우 '그렇게 생각할 수도 있음'을 인정해주어야 한다.

소통의 다섯 번째 원리는 상대방이 먼저 마음의 문을 열기를 기다리기보다는, 내가 먼저 상대방에게 마음의 문을 열어 보이는 솔선수범의 자세를 보이는 것이다.

◆ 하나님이 가라사대 우리의 형상을 따라 우리의 모양대로 우리가 사람을 만들고 그로 바다의 고기와 공중의 새와 육축과 땅에 기는 모든 것을 다스리게 하자 하시고(창 1:26)

◆ 하나님이 자기 형상 곧 하나님의 형상대로 사람을 창조하시되 남자와 여자를 창조하시고(창 1:27)

◆ 하나님이여 내 기도에 귀를 기울이시고 내가 간구할 때에 숨지 마소서.(시 55:1)

◆ 나는 하나님께 부르짖으리니 여호와께서 나를 구원하시리로다.(시 55:16)

◆ 사연을 듣기 전에 대답하는 자는 미련하여 욕을 당하느니라.(잠 18 :13)

◆ 너는 귀를 기울여 지혜 있는 자의 말씀을 들으며 내 지식에 마음을 둘지어다. 이것을 네 속에 보존하며 네 입술에 있게 함이 아름다우니라.(잠 22:17-18)

1 당신은 당신의 가족과 동료들, 이웃 사람들과 나누는 대화에서 상대방의 이야기를 경청하는 태도로 임하고 있나요? 아니면 당신의 말을 전하는 데 치중하고 있나요?

2 당신은 상대방의 말이나 행동만을 보고 판단하여 비난하거나 화를 내거나 분노하지는 않나요? 아니면 말이나 행동만으로 판단하는 대신 상대방 마음의 소리까지를 들어보면서 공감해주려는 자세를 보이고 있나요?

3 당신은 상대방에게 일방적으로 당신의 의견만을 따르도록 지시하거나 명령하지는 않나요? 아니면 일방적으로 지시하거나 명령하는 대신, 상대방을 인격적으로 존중해주면서 따뜻한 말로 요청하거나 부탁하는 자세로 대화에 임하고 있나요?

4 상대방과의 대화에서 당신은 당신이 먼저 상대방을 향해 마음을 열고 소통의 열쇠 기능을 수행하고 있나요?

소통을 위한 공감의 실례

3

필자는 2019년 2월 7일부터 9일까지 2박 3일 동안 한국기독교상담심리학회가 강원도 원주의 어느 천주교구에서 주최한 〈기독(목회)상담가를 위한 침묵 피정〉 행사에 학회 회원으로 참석한 일이 있다. 이 행사의 특징은 글자 그대로 행사기간 내내 공동체 모임 행사를 갖는 시간을 제외하고는 서로 간에 대화를 금하고 오직 침묵을 지키는 데 있다. 식사 시간에도 대화를 금하고 눈인사만을 나눌 뿐이다.

첫째 날 저녁 조별 상담 훈련모임을 갖는 시간에 있었던 일이다. 참석자들 각자가 순서대로 자기소개를 하고 자신의 이야기를 하는 도중에 한 여성 참석자가 깊은 한숨을 내쉬면서 자신의 이야기를 시작했다. "저는 오늘 아침 이 행사에 참석하려고 저희 집에서 출발하기 전에 저의 딸과 서로 머리끄덩이를 부여잡고 심하게 싸웠어요… 그런데요… 그 싸움에서 제가 처음으로 이겼어요."

이 예상 밖의 이야기를 듣고 있던 참석자들은 한동안 조용해졌다. 그 적막을 깨고 내가 질문을 던졌다. "이겼다는 게 무슨 뜻인가요?" 그 질문에 그 여성은 이렇게 답했다. "딸이 먼저 잡고 있던 내 머리채를 놓았거든요. 과거에는 제가 먼저 머리채를 놓았었는데….”

그 이야기를 듣고 어떤 참석자 한 분이 이렇게 반응해주었다. “참 후련하셨겠네요.” 참석자의 이 한마디 표현에 이야기를 꺼낸 그 여성은 왈칵 울음을 터뜨리며 “고마워요”라고 말했고, 그곳에 있던 모든 사람들은 숙연한 분위기 속에서 같이 그 여성에게 공감해주고 위로와 격려의 말을 전해주었다. 한동안 흐느끼던 그 여성은 “저도 잘한 것은 아니지요. 돌아가면 딸에게 제가 먼저 사과할 거예요”라고 했다.

일반 사람들은 이런 이야기를 듣게 되면 그 여성을 향해 “아이구 흉측해라! 그러시면 안 되죠. 어떻게 어머니가 딸하고 머리끄덩이를 잡으며 싸울 수가 있어요?”라며 그 여성의 행동에 대해 평가하거나 훈계하는 말을 하고 싶어 할 것이다. 그러나 심리상담을 전공으로 하는 그날의 참석자들은 달랐다. 상대방의 행동을 바라보며 이를 비난하거나 훈계하는 것은 그 사람의 행동을 변화시키는 데 아무런 도움이 되지 않는다는 것을 잘 알고 있는 사람들이었다.

진정한 변화는 그 사람의 아픈 마음을 바라보며 공감해주고 함께 그 마음을 느껴줄 때 일어날 수 있다는 것을 알고 실천하는 사람들이었다. 모두가 공감해준 결과 그 여성은 자신을 되돌아보며, 돌아가면 딸에게 사과하겠다는 변화된 모습을 보인 것이다.

묵상할 내용

1 당신이 이 어머니의 이야기를 들었다면 어떻게 반응했을까요?

2 진정한 공감이 주는 효과는 무엇이라고 생각하나요?

3 이 이야기를 듣고 그녀를 평가하거나 훈계한다면 그 어머니는 어떤 생각이 들었을까요?

나와 주님과의 소통

너는 내게 부르짖으라 내가 네게 응답하겠
고 네가 알지 못하는 크고 은밀한 일을 네게 보이리
라.(렘 33:3)

최고의 상담사이신 예수님

1

심리 상담(psychological counselling)은 일반적으로 다음과 같은 과정으로 이루어진다.

첫째, 도움을 필요로 하는 내담자와 전문적 훈련을 받은 상담사가 만나 상호 간에 호감과 신뢰 관계를 형성하는데 이를 '라포(Rapport) 형성' 과정이라 한다.

둘째, 라포 형성을 통해 내담자가 마음 안에 감춰둔 사연을 진솔하게 드러내고 상담사와 마음을 주고받는 과정이다.

셋째, 상담사가 앞의 과정을 통해, 내담자가 자신의 문제가 무엇인지를 스스로 깨닫고 이해할 수 있도록 안내해주고, 더 나아가 내담자가 그 문제를 효과적으로 해결할 수 있도록 조력해주는 일련의 과정이다.

예수님은 이 땅에 오셔서 "수고하고 무거운 짐 진 자들아 다 내게로 오라. 내가 너희를 쉬게 하리라. 나는 마음이 온유하고 겸손하니 나의 멍에를 메고 내게 배우라 그리하면 너희 마음이 쉼을 얻으리니 이는 내 멍에는 쉽고 내 짐은 가벼움이라"(마 11:28-30) 하시며 주님께서 이 세상에 오신 목적이 상처받고 지친 이 세상 사람들을 사랑으로 구원하시려는 데 있음을 분명히 하고 계신다.

예수님은 우리를 구원하시기 위해 하늘에 머무르시면서 단지 우리를 긍휼히 여기신 것이 아니고, 몸소 인간의 몸을 입으시고 이 땅에 내려오셨으며, 우리의 죄를 대속해주시기 위해 십자가에 못 박혀 죽으심으로 우리를 향한 사랑을 몸소 실천으로 나타내 보이셨다. 나를 향한 이와 같은 주님의 사랑을 깨닫는 것이 믿음이고, 그 믿음이 있을 때 주님이 내 편임을 깨닫게 되어 나와 주님 사이에 라포를 형성하게 된다. 주님과 나 사이에 라포가 형성됨으로써 나는 내 마음을 주님께 드러내고, 주님은 나의 소리에 귀 기울이며 나의 아픔을 공감해주신다.

주님은 또한 말씀을 통해 나의 문제가 무엇인지를 나 스스로 깨닫게 하시고, 그 문제를 해결하고 평안한 쉼을 얻을 수 있도록 도와주시는 분이다. 따라서 주님은 가장 위대한 최고의 심리 상담사다.

심리 상담사가 내담자를 변화시키는 데 가장 중요한 요인은 내담자를 향한 진실한 사랑의 마음이다. 그 사랑 중에 가장 고귀한 사랑이 우리를 향하신 주님의 사랑이다. 주님은 우리를 향해 "네 이웃을 네 자신같이 사랑하라"(눅 10:27) 명하신다. 삶에서 상처받고 절망하며 힘들어하는 사람들에게 사랑으로 다가가 상담사로서의 역할을 다하라는 명령이시다.

주님의 사랑이 내 안에 있으면 주님이 그러하셨듯이 나 또한 상처받은 사람들에게 열심히 다가가 그들의 소리를 경청해주고 공감해주고 이해하고 용서해줌으로써 그들이 변화될 수 있도록 도움을 주는 상담사가 되어야 한다.

◆ 수고하고 무거운 짐 진 자들아 다 내게로 오라. 내가 너희를 쉬게 하리라. 나는 마음이 온유하고 겸손하니 나의 멍에를 메고 내게 배우라 그리하면 너희 마음이 쉼을 얻으리니 이는 내 멍에는 쉽고 내 짐은 가벼움이라 하시니라.(마 11:28-30)

◆ 하나님이 세상을 이처럼 사랑하사 독생자를 주셨으니 이는 저를 믿는 자마다 멸망치 않고 영생을 얻게 하려 하심이니라.(요 3:16)

◆ 하나님이 그 아들을 세상에 보내신 것은 세상을 심판하려 하심이 아니요 저로 말미암아 세상이 구원을 받게 하려 하심이라.(요 3:17)

1 당신은 이웃에 상처만 주는 사람이라고 생각하나요? 아니면 이웃의 상처를 치유해주는 상담사라고 생각하나요?

2 당신은 진실한 사랑의 마음으로 이웃의 상담에 응하고 있나요? 아니면 형식적 의례적으로 상담에 임하고 있나요?

3 당신은 상대방을 사랑한다는 이유로 비난하고 비판하고 정죄하거나 훈계하고 지시하고 명령하지는 않나요?

예수님은 사랑이시며, 사랑은 소통의 통로다

2

성도들 가운데는 기도할 때마다 방언이 터져나오고, 하루에도 몇 번씩이나 기도하는 것을 생활화하는 굳건한 믿음을 가진 성도가 있는가 하면, 헐벗고 굶주린 이웃, 고통받는 이웃을 위해 자신이 가진 것을 모두 바쳐 헌신하고 봉사하는 일을 게을리하지 않는 성도들도 있다. 그런데 이런 성도들 중에는 얼굴에 기쁨이 사라진 채 늘 무표정하거나 화난 표정을 짓는 성도가 있는가 하면, 가정에서 가족 간의 관계가 원만치 못하고, 이웃과 불화하며 관계성에 문제를 일으키는 성도가 있다. 심지어 교회에서 분쟁을 일삼는 사람들은 다름 아닌 믿음이 좋다고 하는 사람들이라는 말도 있다. 믿음이 좋다고 평가받지만 이웃에 대한 비판을 일삼는가 하면, 함부로 남을 정죄하고 판단하는 성도들이 많다는 것이다.

이런 성도들의 공통적 특징은 믿음이나 헌신의 중심에 사랑이 없다는 점이다. 사랑이 없는 믿음이나 헌신, 구제는 우월감에 사로잡혀 남을 함부로 판단하거나 정죄하기 쉽고, 교만해지기 쉬워 관계성에 문제를 일으킬 수 있다. 교인들 간에 불화를 일으키기도 하고, 믿지 않는 사람들로부터는 교인들을 비난하는 호재거리가 되기도 한다.

성경은 "사람의 방언과 천사의 말을 하고, 엄청난 예언 능력이 있고, 비록 산을 옮길 만한 큰 믿음이 있을지라도, 사랑이 없으면 아무것도 아니다"(고전 13:1-2)라고 한다. "자신이 가진 모든 것으로 구제하고 자신의 몸을 불사르게 내어줄 만큼 헌신할지라도 사랑이 없으면 이 또한 아무런 유익도 없다"(고전 13:3)고 한다.

믿음과 소망 그리고 사랑, 이 세 가지는 항상 있어야 하지만, 그중에 제일은 사랑이다(고전 13:13). 예수님은 우리의 죄를 대속하시기 위해 몸소 십자가에 못 박히심으로 우리를 향한 진정한 사랑의 본을 보여주셨다. 주 하나님을 사랑하고, 이웃을 네 자신과 같이 사랑하라 하시며, 사랑을 새로운 계명으로 제시해주셨다(막 12:30-31, 요 13:34). 예수님은 사랑이시며, 사랑은 모든 복음의 결론이고 율법의 완성이며(롬 13:10), 소통의 통로다.

사랑이 없는 기독교는 이미 기독교가 아니다. 사랑은 기독교의 본질이기 때문이다. 가장 무서운 이단은 사랑이 없는 기독교다. 사랑하지 아니하는 자는 하나님으로부터 나지 않은 자이고, 하나님을 알지 못하는 자이기 때문이다.

기독교인이라면서 얼굴에 미소가 사라진 채, 늘 굳은 표정을 짓는 사람, 불평과 불만이 가득한 사람, 서로 미워하고 증오하며 막말과 독단을 일삼고 공동체 속의 상호 조화와 협력의 질서를 저버리는 사람들은 이미 기독교인이 아니다. 하나 되게 하시는 힘은 하나님이 주신 것이다. 어떤 이유로든 이간질하고 분열되게 하며 갈등을 획책하고 소통을 방해하는 것은 하나님을 대적하다 하늘에서 쫓겨난 마귀의 역사다.

진정한 기독교인은 하나님을 사랑하고 이웃을 사랑하라는 새 계명을 지켜나가려고 노력하는 사람들이다. "새 계명을 너희에게 주노니 서로 사랑하라. 내가 너희를 사랑한 것같이 너희도 서로 사랑하라"(요 13:34). 진정한 기독교인은 인간을 비롯해서 하나님께서 창조하신 모든 창조물을 사랑의 눈으로 바라보고 사랑으로 돌보는 사람이다. 하나님의 사랑이 내 안에 있기 때문이다. "어느 때나 하나님을 본 사람이 없으되 만일 우리가 서로 사랑하면 하나님이 우리 안에 거하시고 그의 사랑이 우리 안에 온전히 이루어지느니라"(요일 4:12).

하나님을 믿는다는 것은 하나님께서 우리의 죄를 사해주시기 위하여 화목제로 그 아들을 보내사 우리를 대신하여 십자가에 못 박혀 죽게 하신 하나님의 지고하신 사랑(요일 4: 10)을 믿는 것이다. 그 믿음이 있으면 주님의 말씀이 달게 들리고 주님이 그러하셨듯이 기쁨으로 사랑을 실천하고 싶어진다. 진정한 사랑을 실천하기 위해서는 사랑의 원천이신 예수님께 더 가까이 다가가 사랑을 공급받아야 한다. 내가 주 안에 주가 내 안에 계셔서(요 17:21), 그분과 사랑을 주고받으며 진정한 사랑을 체험할 수 있어야 한다. 사랑을 받아본 사람만이 사랑을 할 수 있기 때문이다.

예수님의 사랑을 공급받는 사람은 함부로 이웃을 판단하거나 정죄하지 않는다. 남의 이야기를 열심히 경청해주고, 진실한 마음으로 공감해준다. 상대방을 미소로 대하면서 기쁨을 주고, 상대방으로 하여금 자신이 존경받고 있다고 느끼게 해준다. 상대방을 향해 옳은 말이나 논리적으로 타당한 말만을 일삼기 이전에 따뜻한 말을 전해주는 소통의 전도사다.

◆ 새 계명을 너희에게 주노니 서로 사랑하라. 내가 너희를 사랑한 것같이 너희도 서로 사랑하라.(요 13:34)

◆ 그런즉 믿음, 소망, 사랑 이 세 가지는 항상 있을 것인데 그 중에 제일은 사랑이다.(고전 13:13)

◆ 사랑은 이웃에게 악을 행하지 아니하나니 그러므로 사랑은 율법의 완성이니라.(롬 13:10)

◆ 아버지여, 아버지께서 내 안에, 내가 아버지 안에 있는 것 같이 그들도 다 하나가 되어 우리 안에 있게 하사 세상으로 아버지께서 나를 보내신 것을 믿게 하옵소서.(요 17:21)

◆ 사랑하는 자들아 우리가 서로 사랑하자 사랑은 하나님께 속한 것이니 사랑하는 자마다 하나님으로부터 나서 하나님을 알고 사랑하지 아니하는 자는 하나님을 알지 못하나니 이는 하나님은 사랑이심이라.(요일 4:7-8)

◆ 어느 때나 하나님을 본 사람이 없으되 만일 우리가 서로 사랑하면 하나님이 우리 안에 거하시고 그의 사랑이 우리 안에 온전히 이루어지느니라.(요일 4:12)

◆ 너희가 서로 사랑하면 이로써 모든 사람이 너희가 내 제자인 줄 알리라.(요 13:35)

묵상할 내용

1 거울을 통해 당신의 표정을 바라보세요. 늘 무표정하게 굳어 있어서 당신을 대하는 상대방에게 거부감을 주고 있지는 않은가요?

2 당신은 오늘 하루를 살아가면서 '네 이웃을 네 자신과 같이 사랑하라'는 주님의 명령을 얼마나 실천했나요?

3 당신은 오늘 당신이 만난 이웃에게 어떤 말과 행동을 했나요? 그 말과 행동들이 상대방에게 기쁨을 주었을까요 아픔을 주었을까요?

4 당신은 오늘 당신의 뜻과 의지로 이웃을 사랑하려 했나요, 아니면 당신 안에 함께하시는 주님의 사랑으로 사랑했나요?

하나님이 선택하고 소통하시려는 사람

3

세상에는 남들보다 유난히 똑똑하고 영리하며 천재적 지능을 소유한 사람도 있고, 많은 재물을 소유하거나 높은 지위에서 막강한 권력을 행사하는 사람도 있다. 그런가 하면, 음악이나 미술 혹은 연극이나 영화 같은 예능 방면에서 유난히 탁월한 능력으로 세상 사람들의 주목을 받는 사람도 있다. 또한 이웃을 위해 헌신하고 봉사하는데 특별히 이름을 날리는 사람도 있다. 외모 면에서 많은 사람들이 부러워할 만큼 유난히 아름다운 용모를 지닌 여성도 있고, 멋진 남성미를 갖춘 조각 미남도 있다.

세상 사람들은 이런 사람들을 성공한 사람이라고 칭찬하는가 하면, 부러워하거나 우러러보기도 한다. 선택의 기회가 주어진다면 그들과 어떤 형태로든 가까운 관계를 맺는 것을 영광으로 생각한다. 그들을 향해 열광하고 그들과 같은 사람이 되겠다는 꿈을 꾸며 그 꿈을 실현하기 위해 끊임없이 노력한다. 그러나 이처럼 세상 사람들이 꿈꾸는 성공한 사람의 기준과 하나님이 선택하셔서 하나님의 일꾼으로 쓰시려는 사람의 기준은 다르다.

하나님은 스스로를 똑똑하고 지혜롭다고 생각하거나, 스스로를 유능하며 다양한 재능을 소유하고 있다고 생각하는 사람을 선택하여 쓰지 않으신다. 이런 사람들은 자신의 능력과 의지로 열심히 노력한 결과 성공했다고 생각하며 자기 자랑, 자기 과시, 자기 의를 드러내기 때문이다. 예수의 제자들 가운데 똑똑한 사람은 없다. 하나님이 선택하는 일꾼은 자신이 부족하고 아무것도 아닌 단순한 존재로서, 자신의 힘과 능력만으로는 아무것도 할 수 없음을 깨닫고 고백하면서 주님의 능력을 간구하며 주님께 매달리는 사람이다.

세상에서 잘나가는 사람들은 자신의 힘으로 모든 것을 할 수 있다고 생각하기 때문에 하나님께 의존할 필요성을 느끼지 못하고, 따라서 하나님과 소통하려 하지 않는다. 하나님께서 소통하려 하시고 쓰시는 일꾼은 "제 자신의 힘으로는 어찌할 수 없습니다. 주님만이 저의 힘, 저의 능력입니다"라고 고백하며 주님께 의존하는 사람이다.

주님은 다른 사람들과 구별되는 특출한 능력이나 성과를 내거나 헌신하고 봉사했다는 이유로 세상 사람들로부터 추앙받을 때 이에 우쭐하여 자신을 구별된 자, 의로운 자라며 스스로 만족해하며 자기 자랑을 일삼는 오만한 사람을 사용하지 않으신다. 주님은 그럼에도 불구하고 늘 겸손하며 회개하는 사람을 사용하시고 그들과 소통하려 하신다. "건강한 자에게는 의원이 쓸데없고 병든 자에게라야 쓸데 있느니라 내가 의인을 부르러 온 것이 아니요 죄인을 부르러 왔노라"(막 2: 17), "스스로 지혜롭다 하며 스스로 명철하다 하는 자들은 화 있을진저"(사 5:21).

◆ 어리석은 자는 그 마음에 이르기를 하나님이 없다 하는도다. 그들은 부패하고 그 행실이 가증하니 선을 행하는 자가 없도다.(시 14:1)

◆ 여호와께서는 사람의 생각이 허무함을 아시느니라.(시 94:11)

◆ 지혜롭다 하는 자들은 부끄러움을 당하며 두려워 떨다가 잡히리라 보라 그들이 나 여호와의 말을 버렸으니 그들에게 무슨 지혜가 있으랴.(렘 8:9)

◆ 예수께서 들으시고 그들에게 이르시되 건강한 자에게는 의사가 쓸데없고 병든 자에게라야 쓸 데 있느니라 나는 의인을 부르러 온 것이 아니요 죄인을 부르러 왔노라 하시니라.(막 2:17)

◆ 바리새인들은 돈을 좋아하는 자들이라 이 모든 것을 듣고 비웃거늘 예수께서 이르시되 너희는 사람 앞에서 스스로 옳다 하는 자들이나 너희 마음을 하나님께서 아시나니 사람 중에 높임을 받는 그것은 하나님 앞에 미움을 받는 것이니라.(눅 16:14-15)

◆ 아무도 자신을 속이지 말라 너희 중에 누구든지 이 세상에서 지혜 있는 줄로 생각하거든 어리석은 자가 되라. 그리하여야 지혜로운 자가 되리라. 이 세상 지혜는 하나님께 어리석은 것이니 기록된 바 하나님은 지혜 있는 자들로 하여금 자기

꾀에 빠지게 하시는 이라 하였고 또 주께서 지혜 있는 자들의 생각을 헛것으로 아신다 하셨느니라.(고전 3:18-20)

◆ 내게 능력 주시는 자 안에서 내가 모든 것을 할 수 있느니라.(빌 4:13)

◆ 누구든지 스스로 경건하다 생각하며 자기 혀를 재갈 물리지 아니하고 자기 마음을 속이면 이 사람의 경건은 헛것이라.(약 1:26)

1 당신은 하나님과 소통하는 사람이라고 생각하나요? 아니면 세상 사람들과 소통하는 사람이라고 생각하나요?

2 당신이 세상에 자랑할 만한 것이 있다면 무엇인가요? 그것에 대해 당신은 누구에게 감사하나요?

3 당신은 의인과 죄인 중 스스로를 어떤 사람이라고 생각하나요?

주여, 나의 뜻대로 마옵시고
아버지의 뜻대로 하시옵소서

4

세상 사람들은 인생을 새옹지마(塞翁之馬)에 비유하곤 한다. 즉, 화가 복이 되고 복이 화가 되는 등 길흉화복(吉凶禍福)의 변화가 잦은 것이 인생이라는 것이다.

사람들은 삶 속에서 어떤 사건이나 여건 혹은 어떤 사람을 만나느냐에 따라 기뻐하기도 하고 즐거워하기도 하는 등 긍정적 감정을 느끼는가 하면, 슬퍼하거나 좌절감에 빠지는 등 부정적 감정을 느끼기도 한다. 예를 들면, 자신이 원하거나 바라는 대로 어떤 일이 이루어지면 좋고, 그렇지 못하면 나쁜 것이라는 고정관념에 사로잡혀 있다. 돈이 많으면 행복한 것이고, 돈이 없고 가난하면 불행한 것이라고 생각한다. 시험에 합격하면 행복한 것이고, 불합격하면 불행한 것이라고 생각하면서 좌절하고 낙심하고 우울해한다. 이처럼 어떤 사건이나 여건 혹은 어떤 사람과 같은 객관적 조건이 긍정적이거나 부정적인 감정들을 직접적으로 유발한다고 믿는다. 그러나 이는 착각이다.

내가 느끼는 부정적 감정이나 긍정적 감정의 원인은 외부의 어떤 사건이나 사람이나 상황과 같은 환경적 요인 그 자체에 있는 것이 아니라, 그러한 것들을 내가 어떤 생각에 기초해서 어떤 의미로 받아들이느냐에 기인한 것이다. 그러한 조건들 자체가 자동적으로 나의 감정을 만들어내는 것이 아니라는 말이다.

객관적 조건이 아무리 부족한 상태일지라도 거기에 긍정적 의미를 부여하면 행복할 수 있다. 주어진 것에 만족하면 행복한 것이고, 주어지지 않은 것에 마음을 두고 불만을 가지면 불행한 것이다. 내가 아닌 남이 또는 어떤 사건이나 상황이 나를 불행하게 하거나 행복하게 만드는 것이 아니다. 천국은 너희 마음 안에 있다(눅 17:21)는 것이 예수님의 가르침이다.

행복에 어떤 전제조건을 상정하게 되면, 그 조건이 성립되어야만 행복해질 수 있기 때문에, 행복해질 가능성은 그만큼 줄어들고 불행의 가능성은 늘어나게 된다. 내가 원하는 것이 이루어졌다고 해서 꼭 결과가 좋은 것도 아니고, 이루어지지 않았다고 해서 꼭 결과가 나쁜 것도 아니다. 마음이 건강하고 이웃과 그리고 주님과 소통할 수 있는 사람은 자신이 원하고 바라는 조건뿐만 아니라, 자기가 원하지 않는 불완전하고 부족한 조건도 기꺼이 수용하는 긍정적이고 낙관적인 생각을 가지고 있는 사람이다.

성경에서 사도 바울은 자신을 괴롭히는 육신의 질환(확실하지는 않으나 안질이 있었다고 함)을 자신에게서 떠나가게 해달라고 세 번이나 주님께 간구했지만, 주님께서는 그의 병을 고쳐주시지 않고 오히려 "내 은혜가 네게 족하도다"(고후 12:9) 하시며 바울이 원하던 것과는 정반대의 기도 응답을 주셨다

"이러면 어떻고, 저러면 어때서? 어느 것이나 좋은 거지"라고 생각하는 것은 아무렇게나 될 대로 되라는 자포자기의 마음 상태를 의미하는 것이 아니라, 어떤 상황도 긍정적인 의미로 받아들이겠다는 낙관적인 마음의 자세를 나타내는 표현이다. 주여 나의 인생길에 함께하시면서 "나의 원대로 마시옵고 아버지의 원대로 하옵소서"(막 14:36).

Holy Bible ☕

◆ 여호와의 말씀이니라 이스라엘 족속아 이 토기장이가 하는 것같이 내가 능히 너희에게 행하지 못하겠느냐 이스라엘 족속아 진흙이 토기장이의 손에 있음같이 너희가 내 손에 있느니라.(렘 18:6)

◆ 바리새인들이 하나님의 나라가 어느 때에 임하나이까 묻거늘 예수께서 대답하여 이르시되 하나님의 나라는 볼 수 있게 임하는 것이 아니요 또 여기 있다 저기 있다고도 못하리니 하나님의 나라는 너희 안에 있느니라.(눅 17:20-21)

◆ 여러 계시를 받은 것이 지극히 크므로 너무 자만하지 않게 하시려고 내 육체에 가시 곧 사탄의 사자를 주셨으니 이는 나를 쳐서 너무 자만하지 않게 하려 하심이라. 이것이 내게서 떠나가게 하기 위하여 내가 세 번 주께 간구하였더니 나에게 이르기를 내 은혜가 네게 족하도다 이는 내 능력이

약한 데서 온전하여짐이라 하신지라 그러므로 도리어 크게 기뻐함으로 나의 여러 약한 것들에 대하여 자랑하리니 이는 그리스도의 능력이 내게 머물게 하려 함이라. 그러므로 내가 그리스도를 위하여 약한 것들과 능욕과 궁핍과 박해와 곤고를 기뻐하노니 이는 내가 약한 그 때에 강함이라.(고후 12:7-10)

◆ 이르시되 아빠 아버지여 아버지께는 모든 것이 가능하오니 이 잔을 내게서 옮기시옵소서 그러나 나의 원대로 마시옵고 아버지의 원대로 하옵소서 하시고(막 14:36)

1 지금 당신에게 주어진 조건은 어떠한가요? 그리고 그 조건 하에서 당신은 행복하다고 생각하나요 불행하다고 생각하나요? 왜 그렇습니까?

2 당신은 누구의 뜻에 따라 살고 있나요? 하나님의 뜻 아니면 당신 자신의 뜻 혹은 당신이 사랑하는 누군가의 뜻에 따라 살고 싶은가요?

3 당신이 지금 간절히 원하는 것은 무엇인가요? 왜 그것을 원하고 있나요?

4 나의 뜻대로 사는 삶과 주님의 뜻대로 사는 삶 중에서 어떤 삶이 주님과 소통하는 데 도움이 된다고 생각하나요?

_____

_____

_____

_____

_____

_____

_____

하란을 떠나며

5

　〈창세기〉에 따르면 데라가 그 아들 아브람과 아브람의 조카인 롯과 아브람의 아내 사래를 데리고 갈대아 우르를 떠나 가나안 땅으로 가고자 하더니, 하란에 이르러 거기에 거류하였으며, 데라가 이백오세가 되어 하란에서 죽었다는 기록이 있다. 그 후 여호와께서 아브람에게 아브람의 고향과 친척과 아버지의 집 하란을 떠나 여호와께서 아브람에게 보여줄 가나안 땅으로 갈 것을 명하신다. 이에 아브람은 그의 나이 75세에 여호와의 명을 따라 그의 아내 사래와 조카 롯과 함께 하란을 떠나 가나안 땅으로 들어갔다는 내용이 있다(창 11:31-12:5).

　하란은 아브람의 가족이 우르를 떠나 가나안으로 가는 도중 머물던 곳으로, 아브람의 고향이고 그의 일가친척과 아버지의 집이 있는 그야말로 삶의 안정이 보장되는 곳이었다. 그럼에도 여호와께서는 아브람에게 하란을 떠나라고 명하시고, 아브람은 여호와의 명령에 순종하여 하란을 떠나 약속의 땅 가나안을 향해 갔다. 이런 창세기의 기록에 근거하여 우리 마음 안에 '하란을 떠난다는 것'은 곧 안정된 삶의 터전이 되는 곳, 일가친척 혈육이 함께하는 곳, 추억이 어려 있는 곳, 오랫동안 머물고 싶고 누리고 싶은 곳을 떠난다는 의미를 내포한다고 해석하고 싶다.

돌이켜보면, 주를 믿는 사람의 인생은 곧 마음을 붙인 곳, 더 머무르고 싶은 곳인 하란을 떠나 언제든 하나님이 지시하는 곳을 향해 가는 나그네와 같은 삶이며, 궁극적으로 하나님께서 약속하신 가나안 땅 곧 본향인 천국으로 돌아가는 과정이다.

부모 밑에서 자라 어린 시절을 보냈던 정든 고향을 떠나왔고, 졸업과 함께 수많은 추억을 쌓아왔던 옛 학우들과 교정을 떠나왔으며, 나이가 들면서 삶의 기초가 되었던 직장을 떠나왔다. 이곳에서 저곳으로 삶의 거주지역을 찾아 정착하며 살다가 떠나간 지역도 많이 있다. 그런가 하면 권력이나 명예 혹은 재물이 보장된 직위에 머물다가 정년을 맞거나 임기가 끝나 그 직위에서 물러난 경험도 있다. 모두가 삶의 과정에서 머물다가 떠나온 하란들이다.

인생은 잠깐 보이다가 없어지는 안개와 같이 짧은 삶이며(약 4:14), 나그네의 삶이다(벧전 1:17, 2:11). 영원히 누릴 줄 알았던 하란에서의 삶도 지나보면 얼마 안 있어 떠나야 할 곳이었다.

아브람이 늘 하나님과 소통하면서 하나님의 말씀대로 하란을 떠났듯이 나 또한 하나님과 소통하며 하나님의 말씀에 순순히 순응하면서 하란을 떠나왔는가, 아니면 그때마다 불평과 불만으로 주 하나님을 원망하지는 않았는가? 권력이나 부와 명예를 누릴 수 있는 지위를 떠나지 않으려고 온갖 권모술수와 이런저런 논리를 들먹이며 그 하란에 더 머무르기 위해 온갖 죄악을 범하지는 않았는가? 모두가 헛되고(전 1:2) 부질없는 짓이다.

하나님과 소통하는 사람은 하나님의 명령에 무조건 순종하는 사람이다.

◆ 데라가 그 아들 아브람과 하란의 아들인 그의 손자 롯과 그의 며느리 아브람의 아내 사래를 데리고 갈대아인의 우르를 떠나 가나안 땅으로 가고자 하더니 하란에 이르러 거기 거류하였으며(창11:31)

◆ 여호와께서 아브람에게 이르시되 너는 너의 고향과 친척과 아버지의 집을 떠나 내가 네게 보여줄 땅으로 가라.(창12:1)

◆ 이에 아브람이 여호와의 말씀을 따라 갔고 롯도 그와 함께 갔으며 아브람이 하란을 떠날 때에 칠십오 세였더라.(창12:4)

◆ 전도자가 이르되 헛되고 헛되며 헛되고 헛되니 모든 것이 헛되도다 해 아래에서 수고하는 모든 수고가 사람에게 무엇이 유익한가.(전1:2-3)

◆ 외모로 보시지 않고 각 사람의 행위대로 심판하시는 이를 너희가 아버지라 부른즉 너희가 나그네로 있을 때를 두려움으로 지내라.(벧전1:17)

◆ 사랑하는 자들아 거류민과 나그네 같은 너희를 권하노니 영혼을 거슬러 싸우는 육체의 정욕을 제어하라.(벧전2:11)

◆ 내일 일을 너희가 알지 못하는도다 너희 생명이 무엇이냐 너희는 잠깐 보이다가 없어지는 안개니라.(약4:14)

1 당신의 삶의 여정에서 하란은 어디였나요?

2 당신은 하란을 떠날 때마다 하나님과 소통하면서 하나님의 섭리를 깨닫고 순응했나요?

3 크리스천들에게 인생의 마지막 하란을 떠나 정착할 가나안은 어디라고 생각하나요?

4 당신은 그 마지막 정착지 가나안에 대한 확신을 가지고 있나요?

믿는 대로 이루어진다

6

그리스 로마 신화에는 피그말리온(Pygmalion)이라는 유명한 조각가에 얽힌 이야기가 나온다. 그는 자신이 조각한 아름다운 여인상과 사랑에 빠져 매일 신에게 조각상이 인간이 될 수 있게 해달라고 간청했다. 그의 정성에 감동한 아프로디테가 그의 소원을 들어주어, 그는 그 여인과 결혼해서 행복한 삶을 살았다는 이야기다. 피그말리온의 간절한 기대와 믿음이 조각상을 진짜 사람으로 바꿔놓은 것처럼, 자신이나 타인을 향한 사람들의 간절한 믿음이나 기대가 그 대상에게 실제로 실현되는 현상을 '피그말리온 효과(Pygmalion Effect)'라 한다.

하버드 대학의 사회심리학 교수인 로젠탈(Robert Rosenthal)과 초등학교 교장 제이콥슨(Lenore Jacobson)은 한 초등학교에서 전교생을 상대로 지능검사를 실시한 후 검사 결과와 상관없이 무작위로 몇 명의 아이들을 선발하여 이들을 '뛰어난 학업 향상이 기대되는 학생들'로 기록하여 담임선생님께 넘겨주었다. 8개월이 지난 후 이전에 지능검사를 실시했던 학생들을 대상으로 또다시 지능검사를 실시한 결과,

'뛰어난 학업 향상이 기대되는 학생' 명단에 들었던 학생들은 다른 학생들에 비해 평균점수가 올랐을 뿐만 아니라 성적도 크게 향상된 것으로 나타났다.

이러한 결과가 나타난 이유는 바로 인간은 자신이나 타인에 대해 가지는 믿음이나 기대에 따라 태도나 행동이 무의식적으로 달라지고, 그것이 결과에 영향을 미치는 피그말리온 효과가 작용하기 때문이다. 실험에 참가한 담임교사들은 스스로는 자신이 학생들을 전혀 차별하지 않았다고 하지만, 관찰 결과 명단에 포함된 아이들과 다른 아이들을 대할 때 담임교사 자신의 믿음이나 기대에 따라 학생들을 대하는 표정이나 말투, 혹은 행동까지도 조금씩 다르게 했던 것으로 나타났다.

피그말리온 효과는 타인을 향한 믿음이나 기대뿐만 아니라, 스스로가 자신에 대한 확고한 믿음이나 기대를 가지게 될 때에도 이루어진다. 따라서 '나는 꼭 잘될 것이다', '나의 꿈은 반드시 이루어질 것이다'와 같은 자신을 향한 확고한 믿음을 표현하는 말이 왜 중요한가를 피그말리온 효과가 말해주고 있다.

자신의 미래에 대해 적극적이고 구체적인 믿음이나 기대 또는 꿈을 가지게 되면 그 꿈을 현실로 실현시킨다는 것은 이미 과학적으로도 증명된 바 있다. 21세기 뇌의 신비를 연구한 뇌과학자들에 따르면, 꿈을 통해 '반드시, 꼭 어떤 목표를 이룩해내겠다'는 구체적이고 생생한 '상상(imagination: 想像)'을 하게 되면, 그 상상이 우리의 뇌 안에 잠재되어 있는 엄청난 에너지를 발생시켜, 그 상상을 현실화하는 데 동원된다고 한다.

기본적으로 우리의 뇌는 상상과 현실을 구분짓지 못한다고 한다. 예를 들면, 레몬을 직접 씹지 않고 단지 레몬을 입으로 씹는 상상만 하더라도 뇌는 이를 현실로 인지하여 입안에 침이 고이게끔 반응한다. 이처럼 뇌는 단순히 강한 긍정적 상상만 하더라도 마치 그것이 현실에서 이루어진 것으로 착각해서 엔돌핀 같은 강한 긍정에너지를 발산하게 된다. 따라서 꿈을 통해 긍정적 상상을 하면, 이를 실현하기 위한 구체적이고 집중적인 훈련 과정도 뇌에서 방출되는 긍정에너지 덕분에 고통이 아닌 기쁨과 즐거움으로 이겨낼 수 있게 된다는 것이다. 하나님께서 창조하신 인간의 뇌에 숨어 있는 신비다.

〈마태복음〉에서는 중풍병으로 괴로워하는 백부장의 하인을 예수님께서 반드시 고쳐주실 것이라는 백부장의 믿음대로 하인이 치유되는 내용이 있다(마 8:5-10). 나 자신이나 이웃을 향한 나의 소원을 주님께서는 반드시 들어주신다는 확고한 믿음으로 주님 앞에 나아가 기도하고 간구하면 그 믿음대로 반드시 이루어지는 법이다.

환난 가운데서도 늘 신앙을 지켜나갈 것을 권고하는 〈히브리서〉에는 "믿음은 바라는 것들의 실상이요 보이지 않는 것들의 증거니 선진들이 이로써 증거를 얻었느니라 믿음으로 모든 세계가 하나님의 말씀으로 지어진 줄을 우리가 아나니 보이는 것은 나타난 것으로 말미암아 된 것이 아니니라"라는 말씀이 있다(히 11:1-3).

믿음이란 미래에 바라는 것들, 아직 이루어지지 않은 것들의 실상, 즉 그것이 현실에 이루어진 것처럼 여기고 그 상태를 바라보는 것이다. "무엇이든지 기도하고 구하는 것은 받은 줄로 믿으라 그리하면 너희에게 그대로 되리라"(막 11:24)는 것이 믿음이다. 믿음이 깊었던 백부장은 예수님께서 중풍병을 앓고 있는 그의 하인을 반드시 고쳐 주시리라고 확실히 믿고, 그의 하인이 치유된 모습을 바라본바 믿음 대로 그가 치유되었음을 증거하고 있다.

우리는 눈에 보이고 귀로 들리는 것만을 믿는 경향이 있다. 그러나 눈에 보이는 모든 것이 눈에 보이지 않는 하나님의 말씀으로 창조되었듯이, 우리의 삶 또한 하나님의 말씀이 결정할 것이고 인도하실 것이라고 확신하는 것이 믿음이다. 믿음이 없으면 고난이나 역경이 앞을 가릴 때 눈에 보이는 현실적 장벽만을 바라보며 절망할 뿐이지만, 믿음이 있으면 고난이나 역경 속에서도 보이지 않는 곳에서 역사하시는 하나님의 은혜와 섭리를 바라볼 수 있는 영안을 가지게 되고 소망을 가지게 된다.

믿음은 우리가 소망하는 것에 대한 확신이며 우리가 보지 못하는 것에 대한 확신이다. 이것을 선지자들을 통하여 보여주셨다. 믿으면 그대로 이루어진다는 진리는 이미 하나님께서 인간을 창조하셨을 때 그렇게 되도록 그 안에 만들어놓으신 진리다. 꼭 이루고 싶은 꿈이 있는가? '간절히 기도하면 주님이 그 꿈을 반드시 이루어주시리라'는 확고한 믿음을 갖고 현실적으로 이루어진 꿈의 내용을 바라보라. 주님께서 너의 마음과 생각을 움직이게 하사 반드시 이루시게 하시리라.

◆ 무엇이든지 기도하고 구하는 것은 받은 줄로 믿으라 그리하면 너희에게 그대로 되리라.(막 11:24)

◆ 복음에는 하나님의 의가 나타나서 믿음으로 믿음에 이르게 하나니 기록된바 오직 의인은 믿음으로 말미암아 살리라.(롬 1:17)

◆ 믿음은 바라는 것들의 실상이요 보이지 않는 것들의 증거니 선진들이 이로써 증거를 얻었느니라. 믿음으로 모든 세계가 하나님의 말씀으로 지어진 줄을 우리가 아나니 보이는 것은 나타난 것으로 말미암아 된 것이 아니니라.(히 11:1-3)

◆ 아무것도 염려하지 말고 다만 모든 일에 기도와 간구로, 너희 구할 것을 감사함으로 하나님께 아뢰라. 그리하면 모든 지각에 뛰어난 하나님의 평강이 그리스도 예수 안에서 너희 마음과 생각을 지키시리라.(빌 4:6-7)

1 당신의 꿈은 무엇인가요? 꿈이 있다면 그 꿈이 꼭 이루어지리라 믿고 있나요?

2 당신이 이루고 싶은 꿈이 있어 하나님께 간절히 기도하면 그 기도를 들어주시리라 믿나요?

3 간절한 마음으로 당신의 꿈이 이루어지게 해달라고 하나님께 기도했는데 그 꿈이 실현되지 않았다면 당신은 하나님을 향해 어떤 생각을 갖게 될 것 같은가요?

4 주님에 대한 믿음은 주님과 소통하는 데 어떤 영향을 미친다고 생각하나요?

확증편향과 이단 맹신자들

7

　사람들은 저마다 있는 그대로의 현상을 객관적으로 정확히 보고 있다고 생각하지만, 실제로는 그렇지 못하다. 사람마다 현상을 바라보는 나름의 특정한 시각이나 관점을 가지고 있고, 그러한 주관적인 시각이나 관점에서 세상을 바라본다. 이러한 특정한 시각이나 관점들을 '프레임(frame)', '준거 체계(frame of reference)', 스키마(schema)' 등의 이름으로 부른다. 우리는 각자가 가지고 있는 프레임에 따라 현상을 해석하고 판단하기 때문에, 사람마다 똑같은 현상을 바라보면서도 그에 대한 인식과 해석을 달리하게 되는 것이다.

　심리학에 '확증편향(確證偏向, confirmation bias)'이란 개념이 있다. 확증편향이란 어떤 현상을 바라보는 데서 자신의 신념과 일치하는 정보만 받아들여, 자신의 신념을 보다 더 굳건히 하고 그렇지 않은 정보는 무시하는 성향을 말한다. 쉽게 말해서 자신의 신념을 유지하는 데 도움이 되는 정보만 취하려는 심리적 경향성을 말한다. 확증편향에 빠지면 어떤 현상에 대한 기존의 신념체계를 뒤집을 만한 객관적이고 합리적인 증거가 있을지라도, 자신의 신념체계를 굳게 지키고 이를 바꾸려 하지 않는다.

사람들이 자신의 신념이 잘못된 것인 줄 알면서도 미련을 버리지 못하고 확증편향에 빠지는 이유는, 자신의 기존 신념과 일치하지 않는 사실을 그대로 받아들이려면 포기해야 하는 것들이 너무 많고, 자신을 굳건히 지지해왔던 기반이 한꺼번에 무너져버릴지도 모른다는 두려움이 있기 때문이다. 그래서 끊임없이 이의를 제기하면서 자신의 신념을 유지하려 한다는 것이다.

사이비 종교지도자들의 교리나 예언이 얼마나 허황되고 거짓된 것인가에 대해서는 객관적이고 합리적인 증거들이 수없이 많이 제시되어왔다. 그럼에도 불구하고 여전히 사이비 종교에 심취한 맹신자들이 존재하는 현상도 확증편향으로 설명될 수 있다. 확증편향에 사로잡힌 이단 맹신자들은 그들이 지켜왔던 어떤 신념이나 예언이 들어맞지 않게 되면, 또 다른 어떤 그럴듯한 변명거리나 핑곗거리를 만들어 기존의 신념을 유지하려 한다.

정치권에서 진보진영과 보수진영이 서로 첨예하게 자신들의 신념을 고수하는 현상이나 인간이 변화하기 어려운 이유 등도 확증편향의 심리가 작용하기 때문이다. 〈사도행전〉 제9장에서는 바울이 회심 사건 이전에 어떤 일에 열심을 내면서 살고 있었는지를 설명하고 있다. 그는 유대교 사상을 널리 전파하는 데 앞장서야 한다는 확증편향에 사로잡혀 그리스도인들을 무자비하게 탄압하는 데 앞장섰던 인물이다. 그는 예수를 믿는 자는 모두 잡아 처벌하는 것이 옳다고 본 잘못된 확증편향에 사로잡혀 있었다. 그 결과 수많은 그리스도인들이 투옥되고 고문을 당했으며 심지어는 목숨까지 잃는 결과를 초래했다.

그가 과거의 잘못된 확증편향에서 벗어날 수 있었던 것은 다메섹 도상에서 예수를 만나 회심했기 때문이며, 그 결과 과거의 사울이 사도 바울로 변화되는 놀라운 역사가 일어났다. 주 예수 그리스도를 영접한 그리스도인들은 과거의 그릇된 확증편향에 사로잡혀 있던 옛사람에서 벗어나 마음 안에 주 예수를 영접한 새사람으로 거듭난 사람들이다.

"나는 그리스도인이라 하면서도 아직도 여전히 옛 확증편향의 고정된 굴레의 틀에서 벗어나지 못하고 있는 맹신자의 삶을 살고 있지는 않은가?" 자문해보자. 그렇다고 인정한다면 진정한 회심이 이루어질 수 있도록 주님 앞에 엎드려 진정으로 회개하며 기도해야 한다.

Holy Bible

◆ 사울이 길을 가다가 다메섹에 가까이 이르더니 홀연히 하늘로부터 빛이 그를 둘러 비추는지라 땅에 엎드려져 들으매 소리가 있어 이르시되 사울아 사울아 네가 어찌하여 나를 박해하느냐 하시거늘 대답하되 주여 누구시니이까 이르시되 나는 네가 박해하는 예수라.(행 9:3-5)

◆ 너희는 유혹의 욕심을 따라 썩어져가는 구습을 따르는 옛사람을 벗어버리고, 오직 너희의 심령이 새롭게 되어 하나님을 따라 의와 진리의 거룩함으로 지으심을 받은 새사람을 입으라.(엡 4:22-24)

묵상할 내용

1 당신은 당신이 세상을 바라보는 프레임의 한계점을 인식하고 있나요?

2 당신이 지니고 있는 프레임에 한계가 있다면 당신은 어떤 태도로 다른 사람의 견해를 받아들이는 것이 소통에 도움이 된다고 생각하나요?

3 당신이 가지고 있는 확증편향의 내용은 무엇인가요?

4 당신은 당신 나름의 확증편향에서 자유롭다고 생각하나요?

아디아포라와 디아포라

8

그리스도인이 술을 마시거나 담배를 피워도 되는가 안 되는가? 화투놀이를 하거나 주식을 해도 되는가 안 되는가? 교회에 갈 때는 정장을 해야 되는가 그렇지 않아도 되는가? 제사에 드려진 음식을 먹어야 하는가 먹지 말아야 하는가? 등의 문제를 놓고 그리스도인들 간에 논쟁하다가 급기야 다툼의 골이 깊어져 돌이킬 수 없는 분열을 초래하기도 한다.

'아디아포라(adiaphora)'란 본래 그리스어로서 '대수롭지 않은', '해도 좋고 안 해도 괜찮은'이란 뜻이다. 한편 '디아포라(diaphora)'란 '아디아포라'와는 반대로 '꼭 지키거나 하지 않으면 안 되는 것으로 명백히 규정된'이라는 의미를 지닌다.

"그리스도 외에 다른 복음은 없다"(갈 1:7)는 것과 같이 성경에 명백하게 행하고 지키도록 규정되어 있는 것을 '디아포라'라고 한다면, 성경이 명백하게 말하지 않고 있기 때문에 신자가 임의로 할 수도 있고 안 할 수도 있는 것을 '아디아포라'라고 이해하면 된다.

위에 열거한 내용들은 해도 되고 안 해도 되는 '아디아포라'에 속하는 것들이다. 예를 들면, 그리스도인 중에는 제사 음식을 아무런 거리낌 없이 먹을 수 있다고 생각하는 사람도 있고, 안 먹어야 된다고 생각하는 사람도 있을 수 있다. 이런 문제들은 신앙의 본질적인 문제, 즉 '디아포라'의 문제가 아니다. 따라서 이 중 어느 하나의 행동만이 반드시 옳고, 어느 행동은 그른 것이 아니다. 이는 논쟁의 대상이 아니다. 단지 자기가 옳다고 생각하면 그것을 자신이 지키면 된다. 그러나 자기와 다른 행동을 하는 남을 비판하지는 말아야 한다. 자신이 옳다고 생각하는 것만이 꼭 옳은 것은 아니고 다른 사람의 생각도 옳을 수 있기 때문이다.

성경은 "믿음이 연약한 자를 너희가 받되 그의 의견을 비판하지 말라"(롬 14:1)고 권면한다. 자신이 옳다고 생각하는 것만으로 남을 비판하거나 정죄하면 믿음이 약한 자의 신앙에 걸림돌이 될 수 있다. 성숙한 신자는 자신이 옳다고 생각하는 행위를 남이 행하지 않는다고 해서 비판하거나 비난하지 않을 뿐만 아니라, 설사 자신이 옳다고 생각하는 행위더라도, 그것이 믿음이 연약한 신자들에게 시험거리가 되거나 거리끼게 하는 것이 된다면 그러한 행위를 과감히 포기하고 행하지 말아야 한다.

사도 바울은 "음식으로 말미암아 하나님의 사업을 무너지게 하지 말라 만물이 다 깨끗하되 거리낌으로 먹는 사람에게는 악한 것이라"(롬 14:20), "고기도 먹지 아니하고 포도주도 마시지 아니하고 무엇이든지 네 형제로 거리끼게 하는 일을 아니함이 아름다우니라"(롬 14:21) 하고 설파하고 있다.

✦ 믿음이 연약한 자를 너희가 받되 그의 의견을 비판하지
말라.(롬 14:1)

✦ 음식으로 말미암아 하나님의 사업을 무너지게 하지 말라
만물이 다 깨끗하되 거리낌으로 먹는 사람에게는 악한 것이
라 고기도 먹지 아니하고 포도주도 마시지 아니하고 무엇이
든지 네 형제로 거리끼게 하는 일을 아니함이 아름다우니
라.(롬 14:20-21)

✦ 유대인에게 내가 유대인과 같이 된 것은 유대인들을 얻고
자 함이요 율법 아래에 있는 자들에게는 내가 율법 아래에
있지 아니하나 율법 아래 있는 자같이 된 것은 율법 아래 있
는 자들을 얻고자 함이요. 율법 없는 자에게는 내가 하나님
께는 율법 없는 자가 아니요 도리어 그리스도의 율법 아래
있는 자이나 율법 없는 자와 같이 된 것은 율법 없는 자들을
얻고자 함이라.(고전 9:20-21)

✦ 약한 자들에게는 내가 약한 자와 같이 된 것은 약한 자들
을 얻고자 함이요 내가 여러 사람에게 여러 모습이 된 것은
아무쪼록 몇 사람이라도 구원하고자 함이니(고전 9:22)

✦ 그리스도의 은혜로 너희를 부르신 이를 이같이 속히 떠
나 다른 복음을 따르는 것을 내가 이상하게 여기노라 다른
복음은 없나니 다만 어떤 사람들이 너희를 교란하여 그리스
도의 복음을 변하게 하려 함이라 그러나 우리나 혹은 하늘

로부터 온 천사라도 우리가 너희에게 전한 복음 외에 다른 복음을 전하면 저주를 받을지어다. 우리가 전에 말하였거니와 내가 지금 다시 말하노니 만일 누구든지 너희가 받은 것 외에 다른 복음을 전하면 저주를 받을지어다.(갈 1:6-9)

묵상할 내용

1 당신이 생각하는 기독교인의 '다아포라'와 '아디아포라'의 내용으로는 어떤 것들이 있으며, 그 이유는 무엇인가요?

2 당신은 기독교인이 술과 담배를 피우는 것을 인정하는 편인가요 아니면 인정하지 않는 편인가요? 그 이유는 무엇인가요?

3 당신은 기독교인이 석가탄신일에 절에 가서 절밥을 얻어먹는 것에 대해 어떻게 생각하나요?

4 '아디아포라'에 속한 것은 어떤 태도로 임하는 것이 성도들 사이의 소통에 도움이 된다고 생각하나요?

악의 평범성을 회개하고 성찰하는 삶

9

히틀러 치하 독일의 나치스 친위대 장교로서, 약 600만 명에 이르는 유대인을 강제수용소에서 희생시키고 도피했던 아이히만이 이스라엘 비밀경찰에 의해 1960년 5월 아르헨티나에서 체포되었다. 그는 독일 패망 후 가족과 함께 가명을 써가며 숨어 지내다가 체포되어, 재판 끝에 사형을 선고받고 형장에서 삶을 마감했다. 그런데 재판정에서 드러난 아이히만의 모습은 악마와 같을 것이라는 사람들의 예상과 달리 지극히 평범한 보통 사람의 모습이었다.

한나 아렌트(Hannah Arendt)는 세기의 이 재판 과정을 취재한 후, 1963년 출간한 《예루살렘의 아이히만》이라는 책에서 '악의 평범성(the banality of evil)'이라는 개념을 제시했다. 제2차 세계대전(1930~1945) 동안 나치 독일에게 유럽지역 유대인들이 대량 학살된 홀로코스트 같은 역사 속 악행은, 특별히 광신자나 반사회성 인격 장애자들에 의해 행해진 것이 아니라, 국가 권위에 아무 생각 없이 무조건 순응하며, 자신들의 행동을 보통이라고 여긴 평범한 사람들에 의해 행해질 수 있다는 내용이다. 즉 아이히만이 유대인 말살이라는 반인륜적 범죄를 저지른 것은 그의 타고난 악마적 성격 때문이 아니라, 아무런 생각 없이 상부의 명령에 따라 자신의 직무를 수행하는 '사고력의 결여' 때문이라고 주장한 것이다. 그는 자신이 그저 상부의 명령에 충실히 따랐을 뿐이기에 양심의 가책을 느끼지 못했다고 한다. 다만 그는 자기가 무엇을 하고 있는지를 깨닫지 못했다는 것이다.

'악의 평범성'은 조직의 권위에 대한 복종의식 정도가 지나치게 강한 반면 자신이 행하고 있는 일이 얼마나 비윤리적이고 비도덕적인 일인가를 성찰하지 않는 사람이면 누구나 아이히만과 같은 엄청난 악행에 빠져들 수 있다는 점을 지적한 것으로, 성찰의 중요성을 강조한 개념이다. 자신의 행위에 대한 성찰 없이 살아가는 삶 자체가 악한 것이라고 주장하는 것이다. 나치 조직과 같이 악이 일반화된 거대 관료제 조직 구조 속에서 상부의 지시·명령에 따르고 복종하다 보면 악의 평범성에 빠져 스스로가 악한 일을 행하는 데 무감각해진다는 것이 아렌트의 지적이다.

'악의 평범성'에서 벗어나기 위해서는 끊임없이 자신이 행하는 일을 되돌아보며 성찰하고, 보편적인 윤리와 도덕에 근거하여 기존의 관행에서 과감히 벗어나려는 용기와 노력이 필요하다. 그러기에 소크라테스는 성찰하지 않는 삶은 살 가치가 없다고 설파한 것이다.

기독교인의 가장 큰 사명은 자신의 삶을 하나님 말씀에 기초해 날마다 되돌아보며 성찰하고 회개하는 삶을 살아가는 것이다. 날마다 삶을 되돌아보며 하나님과 소통하고 자신과 소통하는 일을 멈추지 말아야 한다. 믿는 자들은 죄 사함을 받은 자들이지만, 아직도 죄의 쓴뿌리가 남아 있어 날마다 죄의 유혹에서 자유롭지 못한 사람들이기 때문이다.

바울은 고백한다. "그러므로 내가 한 법을 깨달았노니 곧 선을 행하기 원하는 나에게 악이 함께 있는 것이로다. 내 속사람으로는 하나님의 법을 즐거워하되, 내 지체 속에서 한 다른 법이 내 마음의 법과 싸워 내 지체 속에 있는 죄의 법으로 나를 사로잡는 것을 보는도다 오호라 나는 곤고한 사람이로다 이 사망의 몸에서 누가 나를 건져내랴"(롬 7:21-24). "너희에게 이르노니 아니라 너희도 만일 회개하지 아니하면 다 이와 같이 망하리라"(눅 13:5).

Holy Bible ☕

◆ 악인은 그의 길을, 불의한 자는 그의 생각을 버리고 여호와께로 돌아오라 그리하면 그가 긍휼히 여기시리라 우리 하나님께로 돌아오라 그가 너그럽게 용서하시리라.(사 55:7)

◆ 그러나 악인이 만일 그가 행한 모든 죄에서 돌이켜 떠나 내 모든 율례를 지키고 정의와 공의를 행하면 반드시 살고 죽지 아니할 것이라.(겔 18:21)

◆ 주 여호와의 말씀이니라 내가 어찌 악인의 죽는 것을 조금인들 기뻐하랴 그가 돌이켜 그 길에서 떠나 사는 것을 어찌 기뻐하지 아니하겠느냐.(겔 18:23)

◆ 이 때부터 예수께서 비로소 전파하여 이르시되 회개하라 천국이 가까이 왔느니라 하시더라.(마 4:17)

◆ 너희에게 이르노니 아니라 너희도 만일 회개하지 아니하면 다 이와 같이 망하리라.(눅 13:5)

◆ 베드로가 이르되 너희가 회개하여 각각 예수 그리스도의 이름으로 세례를 받고 죄사함을 받으라 그리하면 성령을 선물로 받으리니.(행 2:38)

◆ 그러므로 내가 한 법을 깨달았노니 곧 선을 행하기 원하는 나에게 악이 함께 있는 것이로다. 내 속사람으로는 하나님의 법을 즐거워하되, 내 지체 속에서 한 다른 법이 내 마음의 법과 싸워 내 지체 속에 있는 죄의 법으로 나를 사로잡아 오는 것을 보는도다 오호라 나는 곤고한 사람이로다 이 사망의 몸에서 누가 나를 건져내랴 우리 주 예수 그리스도로 말미암아 하나님께 감사하리로다 그런즉 내 자신이 마음으로는 하나님의 법을 육신으로는 죄의 법을 섬기노라.(롬 7:21-25)

묵상할 내용

1 당신은 당신이 하고 있는 일 중 옳지 않은 일이 있는지 생각해본 일이 있나요?

2 당신의 일 중에 옳지 않은 일이 있다고 생각되었을 때 어떻게 했나요?

3 직장에서 상사가 당신에게 옳지 못하다고 생각되는 일을 강요한다면 당신은 어떻게 할 것인가요?

4 당신은 하루 일을 마치고 잠자기 전 하루 동안 행했던 일들을 되돌아보나요?

반구저기(反求諸己)

10

    우리나라 전통 활쏘기를 연마하는 국궁장에 가면 어느 국궁장에 든 활을 쏘는 사대(射臺) 앞에 설치된 돌판에 공동으로 적혀 있는 사자성어가 바로 '반구저기(反求諸己)'다. 어떤 일이 잘못되었을 때 남의 탓을 하지 않고, 잘못된 원인을 자기 자신에게서 찾아 고쳐나간다는 뜻이다. 이 말은 본래 《맹자(孟子)》 '이루(離婁)' 상편에서 "행하여도 얻지 못하거든, 자기 자신에게서 잘못을 구하라(行有不得, 反求諸己)"라는 구절에서 나온 말이다.

    국궁장에 이 구절이 새겨져 있는 이유는 곧 활을 내서 화살이 과녁에 맞지 않았을 때 그 원인을 다른 데 돌리지 말고 자기 자신에게 돌려 무엇이 잘못되었기에 화살이 과녁에 적중하지 않았는지 곰곰이 되새겨보고 고쳐나갈 것을 주문하기 위한 것이리라.

    사실 145m라는 만만치 않은 거리에 놓여 있는 과녁을 향해 활을 겨누어 그 과녁을 맞추는 일(이를 '관중'이라 한다)은 결코 쉬운 일이 아니다. 이제 활터에 입문한 지 얼마 되지 않는 필자의 입장에서는 화살 다섯 발(이를 '한 순'이라 부른다)을 연속적으로 모두 과녁에 맞추는 과업(이를

'몰기'했다고 한다)을 아무렇지도 않게 반복해서 달성하는 오랜 경력의 궁사들을 볼 때면 그들이 존경스럽고 부러운 마음이 들 때가 많다. 활시위를 떠난 화살이 허공을 날아 먼 거리에 있는 과녁을 맞혔을 때 들려오는 '꽝' 하는 굉음 소리는 활을 내는 사람들이 가장 듣고 싶어 하는 소리다. 하물며 화살 다섯 발 한 순을 모두 적중하여 꽝 하는 소리를 다섯 번 연속하여 듣는 궁사들의 기분이 어떨까를 짐작해볼 수 있을 것이다.

재미있는 것은 능숙하게 활을 잘 내는 사람들도 가끔은 실수를 하여 과녁을 빗나가는 경우가 있는데 그럴 때마다 그들의 반응이 제각각이라는 점이다. 어떤 사람은 곧바로 자기 자신의 실수를 쿨하게 인정하는가 하면, 어떤 사람은 활을 탓하거나 바람의 방향을 탓하거나 자신의 컨디션이나 활터 분위기를 탓하기도 하고, 심지어 과녁에 설치된 확성기에 문제가 있다고 생떼(?)를 쓰기도 한다. 그런가 하면, 아직 초보자들은 화살 다섯 발을 다 쏘아도 그 중 한 발도 맞지 않을 때가 많다(이런 경우 '불을 냈다'고 한다). 그럴 때면 자신의 결함이 무엇인가를 반구저기하는 궁사도 있는가 하면, 마냥 화를 내며 계속 투덜거리는 궁사도 있다.

활터 과녁이라는 게 보통 예민한 게 아니어서 조금만 잘못 쏘아도 그 화살을 거부하고 만다. 이럴 때마다 곧바로 자기 자신에게서 문제의 원인을 찾아 잘못을 바로바로 고쳐나가는 사람을 과녁은 용케도 알아차려 그가 쏜 화살을 너그럽게 받아들여 '쿵' 하며 큰소리로 화답하며 환호해준다. 반구저기의 자세는 활을 즐기는 사람들뿐만 아니라 기독교인들에게도 간직하고 실천해야 할 자세다. 오늘 하루를 주님의 말씀에 어느 정도 순종하면서 살았는가를 되새겨보고, 잘못한 말이나 행동이 있으면 그 원인을 남 탓, 환경 탓으로 돌려 변명하지 말고 자신에게서 찾아내 반성하고 회개하는 성찰의 삶이 곧 반구저기의 자세이고 주님과 그리고 성도들과도 올바르게 소통하는 자세다.

Holy Bible

◆ 그런즉 너는 이스라엘 족속에게 이르기를 주 여호와의 말씀에 너희는 마음을 돌이켜 우상을 떠나고 얼굴을 돌려 모든 가증한 것을 떠나라.(겔 14:6)

◆ 그러나 악인이 만일 그가 행한 모든 죄에서 돌이켜 떠나 내 모든 율례를 지키고 정의와 공의를 행하면 반드시 살고 죽지 아니할 것이라 그 범죄한 것이 하나도 기억함이 되지 아니하리니 그가 행한 공의로 살리라.(겔 18:21-22)

◆ 내가 너희에게 이르노니 이와 같이 죄인 한 사람이 회개하면 하늘에서는 회개할 것 없는 의인 아흔아홉으로 말미암아 기뻐하는 것보다 더하리라.(눅 15:7)

◆ 베드로가 이르되 너희가 회개하여 각각 예수 그리스도의 이름으로 세례를 받고 죄사함을 받으라 그리하면 성령의 선물을 받으리니.(행 2:38)

◆ 그러므로 네가 어떻게 받았으며 어떻게 들었는지 생각하고 지켜 회개하라 만일 일깨지 아니하면 내가 도둑같이 이르리니 어느 때에 네게 이를는지 네가 알지 못하리라.(계 3:3)

1 당신의 삶 속에서 반구저기하지 않고 있는 것에는 무엇이 있나요?

2 당신은 당신이 잘못한 일이 있을 때마다 반구저기하는 편인가요 아니면 자신이 아닌 다른 것에 탓을 돌리는 편인가요? 탓을 돌린다면 주로 어디에 탓을 돌리나요?

3 가족끼리 혹은 성도들끼리 모여 각자가 반구저기하지 못하는 것에 무엇이 있는지 반성하며 이야기해보는 시간을 가져보세요.

기대이론과 인간의 죄악성

11

이스라엘의 다윗왕이 왕궁 테라스를 상쾌한 기분으로 거닐다가 민가 안마당에서 목욕을 하는 여인을 눈 아래로 바라보게 된다. 그 여인은 이스라엘 장군 우리아의 아내 밧세바였고, 그 순간 다윗왕은 그녀의 미모에 마음이 팔려 남의 아내를 범하는 죄악을 행하고 만다.

인간 행동의 원인을 연구하는 행동주의 과학자들에 따르면, 인간이 행동하는 원인은 인간이 지닌 욕구 때문이며, 인간은 그러한 욕구를 충족시키기 위해 행동한다는 것이다. 예를 들면, 배가 고픈 사람은 음식을 먹고 싶은 욕구가 발동하며, 이를 충족시키기 위해 음식을 섭취하는 행동을 하게 된다는 것이다. 그러나 인간의 어떤 욕구가 강하게 작용하더라도 그 욕구가 행동으로 나타나지 않는 때도 있다. 예를 들면, 보석 상가 진열대에 전시되어 있는 고가의 다이아몬드 반지를 소유하고 싶은 욕구가 아무리 강할지라도, 자신의 현재 재정상태나 기타 여러 가지 여건상 그것을 소유할 수 없는 형편이라면 그 보석을 소유하고 싶은 욕구를 충족시키려는 행동을 하지 않을 것이다. 즉, 어떤 것을 향한 욕구가 아무리 강하더라도 그 욕구를 스스로의 노력이나 힘으로 실현시킬 수 있다는 기대(expectancy)가 낮으면 그 욕구를 실현시키기 위한 행동을 하지 않는다는 것이다. 이를 심리학에서는 '기대이론(expectancy theory)'이라 칭한다.

브룸(V. Vroom)을 중심으로 한 기대이론 주창자들에 따르면, 행동을 유발하는 원인 변수에는 단지 욕구의 강도만이 아니라, 그 욕구를 자신이 충족시킬 수 있으리라는 '기대'라는 또 하나의 변수가 있다고 보는 것이다.

다윗왕이 밧세바를 범하는 행동을 하게 된 것은 그에게는 밧세바를 향한 성적 욕구가 강하게 작용했을 뿐만 아니라, 그에게 주어진 엄청난 권력과 높은 지위로 인해 그가 원하기만 하면 어떤 욕구든 실현할 수 있다는 기대가 강하게 작용했기 때문이다. '돈만 있으면 안 되는 것이 없다'고 생각하는 사람은 그가 어떤 욕구를 가지고 있든 간에 돈만 있으면 그 욕구를 충족시킬 수 있다는 기대감에 가득 차 있는 사람이다.

바람직한 사회는 권력이나 지위, 재물, 학력이나 명예 등이 결코 부정한 욕구들을 충족시켜 주는 기대요인으로 작용할 수 없다는 것을 모든 사회 구성원들이 지각하고 있는 사회다. 성실하게 열심히 노력하면 이루고자 하는 꿈을 꼭 실현할 수 있다는 기대감을 갖게 하는 사회가 되어야 한다.

만약 당신이 다윗왕처럼 막강한 권력이나 지위를 점하고 있다면, 당신은 다윗왕과 달리 밧세바를 향한 범죄의 유혹에서 자유로울 수 있을까? 이러한 질문에 '나는 자유로울 수 있다'고 자신 있게 말할 수 있는 사람이 있다면, 그 사람만이 다윗의 범죄를 비난할 자격이 있다. 그러나 과연 아무런 양심의 가책 없이 이렇게 자신 있게 말할 수 있는 사람이 얼마나 될까? 그러기에 우리 모두는 잠재적 죄인일 수밖에 없고 그 죄악성이 하나님과의 진솔한 소통을 가로막고 있는 것이다.

Holy Bible ☕

◆ 자기의 마음을 제어하지 아니하는 자는 성읍이 무너지고 성벽이 없는 것과 같으니라.(잠 25:28)

◆ 내가 이르노니 너희는 성령을 따라 행하라 그리하면 육체의 욕심을 이루지 아니하리라.(갈 5:16)

◆ 그러므로 나의 사랑하는 자들아 너희가 나 있을 때뿐 아니라 더욱 지금 나 없을 때에도 항상 복종하여 두렵고 떨림으로 너희 구원을 이루라.(빌 2:12)

◆ 형제들아 너희는 삼가 혹 너희 중에 누가 믿지 아니하는 악한 마음을 품고 살아 계신 하나님에게서 떨어질까 조심할 것이요. 오직 오늘이라 일컫는 동안에 매일 피차 권면하여 너희 중에 누구든지 죄의 유혹으로 완고하게 되지 않도록 하라.(히 3:12-13)

묵상할 내용

1 당신이 지금 충족시키고 싶고 실현할 능력도 있는 욕망이 있다면 그것은 무엇인가요? 그것은 주님 앞에서도 부끄럽지 않은 내용인가요?

2 당신이 강하게 원하지만 그것을 실현할 여건이 허락되지 않는 욕망에는 무엇이 있나요? 그것이 주님 앞에서도 부끄럽지 않은 내용인가요?

3 당신이 원하기만 하면 충분히 실현할 수 있지만 굳이 실현하고 싶지 않은 욕망이 있다면 그것은 무엇인가요? 왜 그 욕망을 실현하고 싶지 않은가요?

믿음과 행위

12

"너희는 그 은혜에 의하여 믿음으로 말미암아 구원을 받았으니, 이것은 너희에게서 난 것이 아니요 하나님의 선물이라. 행위에서 난 것이 아니니 이는 누구든지 자랑하지 못하게 함이라"(엡 2:8-9), "그러므로 우리가 믿음으로 의롭다 하심을 받았으니…"(롬 5:1) 등의 말씀은 우리가 행위가 아닌 믿음으로 구원을 받고 의로운 자로 인정받은 자들임을 분명히 하고 있다.

그런가 하면, 성경은 "영혼 없는 몸이 죽은 것같이 행함이 없는 믿음은 죽은 것이니라"(약 2:26), "내가 너희에게 행한 것같이 너희도 행하게 하려 하여 본을 보였느니라"(요 13:15), "너희는 내게 배우고 받고 듣고 본 바를 행하라. 그리하면 평강의 하나님이 너희와 함께 계시리라"(빌 4:9)고 말씀하시는 등 여러 곳에서 행위가 믿음의 열매 혹은 증거임을 밝히고 있다.

그렇다면 이 세상에서 믿음 가운데 살아가는 자의 삶은 믿기만 하면 되는 것이지, 행위의 내용과는 무관한 것인가? 아니면 믿음과 행위는 불가분의 관계에 있는 것인가?

인간은 본래 죄인으로 영원히 죽을 수밖에 없는 존재다. 그렇게 보잘것없는 죄인을 하나님은 사랑하시어 독생자 예수를 이 세상에 보내시어 십자가에 못 박혀 죽게 하심으로 우리의 죄를 대속해주시고, 장사한 지 삼 일 만에 다시 부활하사 우리에게 영생의 소망을 가지게 하시고, 우리를 향한 한없는 사랑의 프러포즈를 해오셨다.

우리가 믿는 자가 되었다 함은 이처럼 우리를 향한 하나님의 사랑의 프러포즈를 받아들여 주님과 서로 사랑에 빠지게 되었음을 의미하는 것이다. '나는 너를 너무 사랑해'라면서 아무런 행위도 하지 않는다면, 그것을 어떻게 사랑이라 할 수 있는가? 사랑의 감정과 생각과 행동은 상호 연결되어 있는 것이지 별개가 아니다. 사랑은 말로만 하는 것이 아니라 서로 간에 이루어지는 행함과 진실함으로 이루어지는 것이다(요일 3:18). "하나님을 사랑하는 것은 이것이니 우리가 그의 계명들을 지키는 것이라 그의 계명들은 무거운 것이 아니로다"(요일 5:3).

누군가와 사랑에 빠지면 늘 그와 동행하고 싶고 그가 하는 말에 귀 기울이고 소통하며 그의 말을 기쁨과 감사로 따르는 법이다. 주님과 사랑에 빠지면 주님과 늘 동행하며 소통하고 주님이 주시는 말씀을 억지가 아닌 기쁨과 감사로 행하게 되는 것이다. 비록 그 행위가 주님 보시기에 미흡하더라도 주님은 겉으로 나타난 행위를 보지 아니하시고, 우리 안의 주님을 향한 진정한 사랑의 마음을 바라보시면서 기뻐하시는 분이다(삼상 16:7).

믿음의 은혜는 추상적으로 머무를 게 아니라 구체적인 사랑의 행위로 나타나야 한다. 주님은 사랑이시고 사랑은 새 율법이다. '믿음장'이라고 일컬어지는 히브리서 11장에서는 아벨에서 시작하여 에

녹, 노아, 아브라함, 이삭, 야곱, 요셉, 모세, 기생 라합, 기드온, 바락, 삼손, 입다, 다윗 및 사무엘과 선지자들을 열거하며 이들이 믿음으로 어떠한 어려운 환경에서도 흔들리지 않고 하나님의 말씀에 순종하고 따랐음을 이야기한다.

우리가 의롭게 된 것은 우리가 어떤 일을 행함에 기인한 것이 아니요, 주님이 아무 공로 없는 우리를 자녀 삼아주시고 구원해주셨음을 믿고 신뢰하는 데 기인한다. 그런데 히브리서의 믿음장에서는 이들 믿음의 선지자들이 그 믿음에 힘입어 각자에게 닥쳐온 고난과 역경을 감사와 기쁨 소망 가운데 이겨낸 사람들임을 증거하고 있다. 즉, 믿음은 믿음 그 자체로 그치는 것이 아니라, 믿음에 기초하여 주님의 말씀에 순종하고 따르는 것으로, 믿음과 행위는 동전의 양면과 같이 불가분의 관계에 있음을 보여주는 내용이다.

그리스도인은 곧 주님이 나의 구원자이심을 믿는 사람들이다. 주님을 믿으면 옛사람이 죽고 새사람이 되어 변화가 일어난다. 말씀이 능력이 되어 나를 움직인다. 주님과 진정한 소통이 이루어져 주님의 말씀에 귀 기울이고 순종하며 따르게 된다. 감사와 기쁨 속에 은혜의 삶을 살며, 역경을 이겨낼 힘을 얻는다. 주님의 말씀이 달고 오묘하게 느껴진다.

그리스도인들은 믿음과 행함이 동전의 양면과 같은 것임을 믿고, 주님의 말씀대로 행하며 살아가려고 노력하는 사람들이다. 그렇지만 온전히 그렇게 살 수 없는 자신이 얼마나 아무것도 아닌 약한 존재인가를 깨닫고, 겸손한 마음으로 주님 앞에 나아가 회개하고 기도하는 사람들이다.

사도 바울은 "내가 원하는 바 선은 행하지 아니하고, 도리어 원치 아니하는 바 악은 행하는도다"(롬 7:19), "그러므로 내가 한 법을 깨달았노니 곧 선을 행하기 원하는 나에게 악이 함께 있는 것이로다. 내 속사람으로는 하나님의 법을 즐거워하되 내 지체 속에서 한 다른 법이 내 마음의 법과 싸워 내 지체 속에 있는 죄의 법 아래로 나를 사로잡는 것을 보는도다. 오호라 나는 곤고한 사람이로다 이 사망의 몸에서 누가 나를 건져내랴. 우리 주 예수 그리스도로 말미암아 하나님께 감사하리로다 그런즉 내 자신이 마음으로는 하나님의 법을 육신으로는 죄의 법을 섬기노라"(롬 7:19-25) 고백하며 믿음과 행함의 양면성을 주장하고 있다.

신앙의 본질은 내가 하나님을 믿기 이전에 하나님이 먼저 나를 믿어주셨음을 깨닫는 것이다. 하나님은 그저 말로만 우리를 믿어주시고 하나님을 믿으라고 권면하지 않으셨다. 하나님은 독생자를 이 세상에 내려 보내셔서 우리의 죄를 대속하기 위해 독생자를 십자가에 못 박혀 죽게 하심으로 우리를 향한 한없는 사랑을 확증해 보이셨고, 부활하게 하심으로 우리로 하여금 사망 권세를 이기고 영생의 소망을 갖게 하셨다. 주님은 먼저 우리를 무조건 사랑의 마음으로 믿어주시고 그 사랑을 몸소 실천해 보이신 것이다. 내가 주를 믿는다는 것은 먼저 크고 놀라운 사랑을 실천하신 주님의 사랑에 너무 감사하여 주님과 사랑에 빠지는 것이다.

누군가가 나를 진정으로 믿어주고 사랑으로 나의 마음을 바라보며 나의 마음을 읽어주고 나를 위로해줄 때, 나 또한 그를 믿고 신뢰하여 그의 말에 귀 기울이고 기쁨으로 감사로 순종하게 된다. 사랑하는 사람의 말에 힘을 얻어 어떤 고난에도 쓰러지지 않고 일어서게 된다.

믿음은 주님께서 십자가에 못 박혀 죽으시면서까지 나를 사랑하시고, 내 마음의 중심을 바라보시며 나의 위로자가 되심을 무조건적으로 받아들이는 것이다. 믿음은 주님의 말씀을 이성적으로 따지지 않고 무조건적으로 받아들여 순종하고 따르는 것이다.

Holy Bible

◆ 아브람이 구십구 세 때에 여호와께서 아브람에게 나타나사 그에게 이르시되 나는 전능한 하나님이라 너는 내 앞에서 행하여 완전하라.(창 17:1)

◆ 여호와께서 사무엘에게 이르시되 그의 용모와 키를 보지 말라 내가 이미 그를 버렸노라 내가 보는 것은 사람과 같지 아니하니 사람은 외모를 보거니와 나 여호와는 중심을 보느니라 하시더라.(삼상 16:7)

◆ 내가 너희에게 행한 것같이 너희도 행하게 하려 하여 본을 보였노라.(요 13:15)

◆ 그러므로 우리가 믿음으로 의롭다 하심을 받았으니 우리 주 예수 그리스도로 말미암아 하나님과 화평을 누리자.(롬 5:1)

◆ 내가 원하는 바 선은 행하지 아니하고, 도리어 원하지 아니하는 바 악을 행하는도다.(롬 7:19)

◆ 너희는 그 은혜에 의하여 믿음으로 말미암아 구원을 받았으니 이것은 너희에게서 난 것이 아니요 하나님의 선물이라 행위에서 난 것이 아니니 이는 누구든지 자랑하지 못하게

함이라.(엡 2:8-9)

✦ 너희는 내게 배우고 받고 듣고 본 바를 행하라 그리하면 평강의 하나님이 너희와 함께 계시리라.(빌 4:9)

✦ 하나님의 말씀은 살아 있고 활력이 있어 좌우에 날선 어떤 검보다도 예리하여 혼과 영과 및 관절과 골수를 찔러 쪼개기까지 하며 또 마음의 생각과 뜻을 판단하나니 지으신 것이 하나도 그 앞에 나타나지 않음이 없고 우리의 결산을 받으실 이의 눈앞에 만물이 벌거벗은 것같이 드러나느니라 그러므로 우리에게 큰 대제사장이 계시니 승천하신 이 곧 하나님의 아들 예수시라 우리가 믿는 도리를 굳게 잡을지어다.(히 4:12-14)

✦ 영혼 없는 몸이 죽은 것같이 행함이 없는 믿음은 죽은 것이니라.(약 2:26)

✦ 자녀들아 우리가 말과 혀로만 사랑하지 말고 오직 행함과 진실함으로 하자.(요일 3:18)

✦ 사랑하지 아니하는 자는 하나님을 알지 못하나니 이는 하나님은 사랑이심이라.(요일 4:8)

✦ 누구든지 하나님을 사랑하노라 하고 그 형제를 미워하면 이는 거짓말하는 자니 보는 바 그 형제를 사랑하지 아니하는 자는 보지 못하는 바 하나님을 사랑할 수 없느니라.(요일 4:20)

✦ 하나님을 사랑하는 것은 이것이니 우리가 그의 계명들을 지키는 것이라 그의 계명들은 무거운 것이 아니로다.(요일 5:3)

묵상할 내용

1 당신은 믿음과 행함의 관계에 대해 어떻게 생각하나요?

2 당신은 예수 그리스도를 믿는 크리스천으로서 행함에 있어 특별히 제대로 지켜지지 않는 내용에는 무엇이 있나요?

3 그리스도인의 선행과 그리스도를 믿지 않는 사람의 선행에는 무슨 차이가 있다고 생각하나요?

4 교회 활동에 충실한 교인의 바람직하지 못한 행위에 세상 사람들이 손가락질하는 것에 대해 어떻게 생각하나요?

5 행위가 없는 믿음은 주님과 소통하는 데 어떤 영향을 미친다고 생각하나요?

그리스도 예수 사람들의 자랑거리

13

세상 사람들은 열심히 자랑거리를 만들어 남들로부터 인정받고 존경받고 싶어 한다. 오늘날은 이른바 '자기 PR의 시대'라며 자신의 자랑거리를 더 적극적, 경쟁적으로 드러내는 시대가 되었다. 그러나 그리스도 예수를 마음 안에 영접한 예수의 사람들은 자랑거리 내용이나 자랑거리를 바라보는 시각이 세상 사람들의 그것과 구별되는 사람들이다.

첫째, 세상 사람들은 재물이나 권력, 지위, 명예와 같은 자랑거리를 귀하게 여기고 자랑을 일삼지만, 그리스도의 사람들은 이와 같은 세상의 자랑거리를 배설물로 여기고(빌 3:8), 오직 예수의 십자가만을 자랑하는 사람들이다. "그러나 내게는 우리 주 예수 그리스도의 십자가 외에 결코 자랑할 것이 없으니, 그리스도로 말미암아 세상이 나를 대하여 십자가에 못 박히고 내가 또한 세상을 대하여 그러하니라"(갈 6:14).

둘째, 세상 사람들은 자신의 자랑거리를 적극적으로 드러내어 자랑하려 하면서도, 자신의 약한 것이나 부족한 것과 같은 단점은 감추려고 한다. 그러나 그리스도의 사람들은 자신의 약함을 자랑하는 사람들이다. "내가 부득불 자랑할진대 내가 약한 것을 자랑하리라"(고후 11:30). 그리스도의 사람들은 자신의 약점이나 약함을 걸림돌이 아닌 디딤돌로 삼아 그리스도께 의존하는바, 주님께 약점을 아뢸 때 주님이 그 약점을 축복의 통로로 삼아 복을 내려주시고 강하게 해주심을 믿기 때문이다.

"여러 계시를 받은 것이 지극히 크므로 너무 자만하지 않게 하시려고 내 육체에 가시 곧 사탄의 사자를 주셨으니 이는 나를 쳐서 너무 자만하지 않게 하려 하심이라. 이것이 내게서 떠나가게 하기 위하여 내가 세 번 주께 간구하였더니, 나에게 이르시기를 내 은혜가 네게 족하도다. 이는 내 능력이 약한 데서 온전하여짐이라 하신지라. 그러므로 도리어 크게 기뻐함으로 나의 여러 약한 것들에 대하여 자랑하리니 이는 그리스도의 능력이 내게 머물게 하려 함이라. 그러므로 내가 그리스도를 위하여 약한 것들과 능욕과 궁핍과 박해와 곤고를 기뻐하노니 이는 내가 약한 그때에 강함이라"(고후 12:7-10)고 바울은 고백하고 있다.

셋째, 세상 사람들은 자랑거리를 만들어 자랑의 대상으로 삼지만, 그리스도의 사람들은 자랑거리를 자랑의 대상으로 삼지 않고 감사의 대상으로 삼아 그러한 자랑거리를 주신 주님께 감사하며 겸손한 삶을 살아가는 사람들이다.

나에게 주어진 자랑거리가 내 힘과 능력으로 이루어진 것이라고 생각하면 교만한 마음이 생기고 자랑하기 마련이다. 그리스도의 사람들은 자신의 자랑거리가 자신의 힘과 능력이 아닌 주님께서 부여하신 지혜와 능력의 결과물이라고 생각하기 때문에 교만하지 않고 자랑거리를 주신 주님의 은혜에 감사하는 사람들이다.

✦ 그러나 내게는 우리 주 예수 그리스도의 십자가 외에 결코 자랑할 것이 없으니 그리스도로 말미암아 세상이 나를 대하여 십자가에 못 박히고 내가 또한 세상을 대하여 그러하니라.(갈 6:14).

✦ 내가 부득불 자랑할진대 내가 약한 것을 자랑하리라.(고후 11:30)

✦ 여러 계시를 받은 것이 지극히 크므로 너무 자만하지 않게 하시려고 내 육체에 가시 곧 사탄의 사자를 주셨으니 이는 나를 쳐서 너무 자만하지 않게 하려 하심이라. 이것이 내게서 떠나가게 하기 위하여 내가 세 번 주께 간구하였더니, 나에게 이르시기를 내 은혜가 네게 족하도다. 이는 내 능력이 약한 데서 온전하여짐이라 하신지라. 그러므로 도리어 크게 기뻐함으로 나의 여러 약한 것들에 대하여 자랑하리니 이는 그리스도의 능력이 내게 머물게 하려 함이라. 그러므로 내가 그리스도를 위하여 약한 것들과 능욕과 궁핍과 박해와 곤고를 기뻐하노니 이는 내가 약한 그때에 강함이라.(고후 12:7-10)

✦ 너희는 유혹의 욕심을 따라 썩어져가는 구습을 좇는 옛사람을 벗어버리고 오직 너희의 심령이 새롭게 되어 하나님을 따라 의와 진리의 거룩함으로 지으심을 받은 새사람을 입으라.(엡 4:22-24)

묵상할 내용

1 당신은 크리스천으로서 어떤 것을 자랑거리로 삼으면서 살아가고 있나요?

2 당신은 진실로 예수의 십자가 외에 결코 자랑할 것이 없다는 생각으로 살아오셨나요?

포도원 주인의 마음

14

〈마태복음〉에서는 천국을 비유하여 마치 품꾼을 얻어 포도원에 들여보내려고 이른 아침에 나간 집 주인과 같다고 한다(마 20:1).

집주인이 하루 한 데나리온씩 품꾼들과 약속하여 포도원에 들여보내는데, 제 삼시나 제 육시 혹은 제 구시나 제 십일시에 포도원에 들어와 일한 품꾼에게도 이른 아침에 포도원에 들어와 일한 품꾼과 동일하게 한 데나리온씩을 품삯으로 주었다. 이에 먼저 온 품꾼들이 더 받을 줄 알았더니 그들도 똑같이 한 데나리온씩 받은지라, 품꾼들 중 늦게 온 사람들은 한 시간밖에 일하지 아니하였거늘, 그들에게 종일 수고하며 더위를 견딘 자신들과 똑같이 한 데나리온을 준 주인을 원망했다. 이에 주인이 그중 한 사람에게 대답하여 가로되 "친구여 내가 네게 잘못한 것이 없노라. 네가 나와 한 데나리온의 약속을 하지 아니하였느냐. 네 것이나 가지고 가라. 나중 온 이 사람에게 너와 같이 주는 것이 내 뜻이니라. 내 것을 가지고 내 뜻대로 할 것이 아니냐. 내가 선하므로 네가 악하게 보느냐 이와 같이 나중 된 자로서 먼저 되고 먼저 된 자로서 나중 되리라"(마 20:13-16).

포도원 주인의 마음이 곧 예수님의 마음이다. 포도원에 들어와 일한 모든 품꾼들에게 일한 시간과 관계없이 동일하게 한 데나리온씩을 품삯으로 지불하신 예수님의 처분은 세상의 가치배분 기준으로 보면 불공평하기 짝이 없다. 세상의 가치배분 기준은 주로 결과에 초점을 두고 각자가 이룩한 성과(업적)나 일에 투입한 시간을 기준으로 품삯을 정한다. 따라서 더 많이 일하거나 더 많은 성과를 내면 당연히 더 많은 품삯을 받을 것이라 기대한다. 만약 그 기대를 저버리고 동일하게 품삯을 지불하면 이를 불공정한 처사라며 이의를 제기하고 저항하게 된다. 동일한 성과에 다른 보상을 받게 되면 상대적 박탈감을 느끼기도 한다.

예수님은 포도원에 들어온 품꾼들이 얼마나 오랫동안 얼마나 많은 일을 하느냐에 관심을 두지 않으시고, 포도원에 들어와 일한 모든 사람에게 동일한 품삯을 주시려는 자비하신 분이다. 포도원에서 일을 했다는 그 자체에 관심이 있으신 분이다. 예수님은 한 사람도 빠짐없이 모든 사람들이 포도원에 들어와 품꾼으로 일하면서 일용할 양식을 얻기를 원하신다. 주님을 위해 더 많은 일을 하면 주님의 더 큰 은혜를 받을 것이라는 생각은 세상 기준일 뿐 주님의 뜻이 아니다.

주님은 아무리 작은 일이라도 그것이 주님이 나에게 명하신 귀한 사명이라고 굳게 믿고 감사와 사랑의 마음으로 기쁘게 행하고 보상받으려 하지 않는 일꾼을 기뻐하시고 그와 소통하려 하신다. 천국은 이 세상과 다른 법칙이 지배하는 곳이며, 주님을 믿는 우리들은 천국의 시민들이다.

◆ 천국은 마치 품꾼을 얻어 포도원에 들여보내려고 이른 아침에 나간 집 주인과 같으니(마 20:1)

◆ 주인이 그 중의 한 사람에게 대답하여 이르되 친구여 내가 네게 잘못한 것이 없노라. 네가 나와 한 데나리온의 약속을 하지 아니하였느냐 네 것이나 가지고 가라 나중 온 이 사람에게 너와 같이 주는 것이 내 뜻이니라. 내 것을 가지고 내 뜻대로 할 것이 아니냐. 내가 선하므로 네가 악하게 보느냐. 이와 같이 나중 된 자로서 먼저 되고 먼저 된 자로서 나중 되리라.(마 20:13-16)

묵상할 내용

1 예수님은 왜 주님을 위해 더 많은 일을 한다고 해서 더 큰 은혜를 주지 않는다고 생각하나요?

2 당신은 자식들을 대할 때 어떤 배분 기준에 따르나요?

3 당신은 '열 손가락 깨물어서 아프지 않은 손가락 없다'는 말과 '열 손가락 깨물어 더 아픈 손가락 있다'는 말 중 어느 것에 더 공감하나요?

_____

_____

_____

_____

_____

_____

_____

_____

_____

_____

_____

예수님의 사랑을 거스른 제자들

15

　〈누가복음〉 9장에서는 사마리아 지역에서 사마리아인들이 예루살렘을 향해 가시는 예수님을 받아들이지 않는 행태에 대해 제자 야고보와 요한이 분노하는 내용과, 두 제자의 이런 행태를 꾸짖는 예수님의 이야기가 등장한다(눅 9:51-56).

　예수께서 승천하실 기약이 차가매 예루살렘을 향하여 올라가기로 굳게 결심하시고, 사자들을 앞서 보내시매 그들이 가서 예수를 위하여 준비하려고 사마리아인의 한 마을에 들어갔더니, 예수께서 예루살렘을 향하여 가시기 때문에 사마리아인들이 받아들이지 아니하였다. 이를 보고 제자 야고보와 요한이 분노하여 예수님께 이르기를 "주여 우리가 불을 명하여 하늘로부터 내려 저들을 멸하라 하기를 원하시나이까?"(눅 9:54)라고 묻는다. 이 말은 들은 예수님은 그들을 돌아보시며 꾸짖으시고 함께 다른 마을로 가셨다는 내용이다.

　사마리아(Samaria)인은 팔레스타인 사마리아 부근에 살던 민족으로, 직접적으로는 이스라엘 남북왕조 시대에 존재했던 북왕국 이스라엘의 후손들이다. 북왕국 이스라엘은 기원전 722년경에 아시리아에 멸망당했다. 이후 남왕국 유다에서 정체성을 계승한 유대인들은 이들을 무시하고 이방인으로 배척했다. 그런데 예수님을 따랐던 대표적인 제자 야고보와 요한마저도 사마리아인들이 예수님의 가시는 길을 방해하자 이에 발끈하여 하늘로부터 불을 명하여 그들을 멸하고자 주님께 묻는다. 이들 두 제자들은 인간 취급도 못 받는 천한 사마리아인들이 감히 존귀하신 예수님께서 가시는 길을 방해하는 행태에 분노했다. 제자들의 이러한 분노 안에는 사마리아인들을 향한 무시와 차별, 그리고 자신들의 우월감과 교만이 자리 잡고 있음을 알 수 있다.

예수께서는 유대인이나 비유대인이냐를 가릴 것 없이 모든 인류를 구원하기 위해 이 세상에 오셔서, 당신의 목숨을 바치면서까지 모든 인류를 공평하게 사랑하셨고, 우리를 향하여 당신께서 그러하셨듯이 이웃을 사랑하라고 명하셨다. 야고보와 요한이 예수님 사랑의 의미를 제대로 깨달았더라면 사마리아인들을 무시하고 차별하면서 그들이 겉으로 보인 행태만을 바라보며 분노하지 않았을 것이다.

제자들은 유대인들에게 차별당하며 상처 입은 사마리아인들의 마음을 바라보면서, 그들의 입장에서 그들의 아픔에 공감해주고 왜 그들이 그러한 행태를 보였는가를 이해하고 용서했어야 했다. 그리하여 예수께 "주여, 저들의 마음을 저희들도 아오니, 저들을 긍휼히 여기사 용서해주시옵소서"라고 요청했어야 했다. 예수께서는 당신을 십자가에 못 박는 데 앞장선 자들을 향해서도 "아버지 저들을 사하여 주옵소서 자기들이 하는 것을 알지 못함이니이다"(눅 23:34) 하며 그들을 용서해주십사 요청하셨다.

예수를 믿는다면서도 여전히 가난한 자, 약한 자들을 무시하고 우월감에 사로잡혀 비난과 비판, 정죄를 일삼으며 주님 사랑의 진정한 의미와 정신을 외면하는 것이 우리들의 모습이다. 예수님이 손수 우리에게 보여주신 사랑의 마음으로 핍박받는 자, 가난하고 헐벗은 자, 약자들에게 다가가 그들을 긍휼히 여기고 보살피며 그들을 위해 주님께 기도할 때 주님과의 진정한 소통이 이루어지고 그 기도가 상달될 것이다.

Holy Bible

◆ 제자 야고보와 요한이 이를 보고 이르되 주여 우리가 불을 명하여 하늘로부터 내려 저들을 멸하라 하기를 원하시나이까.(눅 9:54)

◆ 해골이라 하는 곳에 이르러 거기서 예수를 십자가에 못 박고 두 행악자도 그렇게 하니 하나는 우편에, 하나는 좌편에 있더라 이에 예수께서 이르시되 아버지 저들을 사하여 주옵소서 자기의 하는 것을 알지 못함이니이다 하시더라.(눅 23:33-34)

묵상할 내용

1 당신은 당신보다 약한 자, 가난한 자들을 무시하고 그들 앞에서 교만하고 우월감에 사로잡힌 말이나 행동을 한 적이 있나요?

2 크리스천으로서 당신을 향해 비난과 비판을 일삼는 사람이 있다면 어떤 마음으로 어떻게 대응해야 할까요?

_____

_____

_____

_____

_____

_____

_____

_____

_____

_____

_____

_____

_____

인간의 존재감과 크리스천의 삶

16

    인간이 다른 존재와 구별되는 명확한 특징은 삶 속에서 스스로 필요하다고 생각하는 가치를 창출해나가는 존재라는 점이다. 《실존통합심리상담》의 저자 한재희는 인간이 살아가면서 추구하는 가장 큰 것은 무엇보다도 자신이 무언가 가치 있는 존재라고 인식하는 것, 즉 존재감(存在感)을 얻는 것이라고 한다.

    존재감은 실존하는 인간의 내면 가장 깊은 곳에 자리 잡고 있는 기본 욕구로서, 인간은 본능적으로 자신이 무언가 가치 있는 존재라는 것을 드러내고 인정받기 위해 끊임없이 투쟁적인 삶을 살아간다는 것이다. 어떤 사람은 타인을 통제하고 지배함으로써 자신의 존재감을 드러내고자 하는가 하면, 어떤 사람은 반대로 자신의 감정과 욕구는 무시한 채 타인의 욕구에만 민감하게 반응하며 순응함으로써 인정받는 관계를 통해 존재감을 유지하려 한다. 또 어떤 사람은 자신의 역할과 기능, 그리고 소유를 통해 자신의 존재감을 드러내려 한다.

    일반적으로 개인이 존재감을 확보하고 유지하기 위해 자신의 가치를 평가하는 기준으로 삼는 것에는 다음과 같은 세 가지가 있다.

첫째 '소유가치'로서, 보석, 명품, 자동차, 재산, 신분, 지능 등 귀하고 값진 소유물을 자신과 동일시하면서 얻는 가치감이다. 예를 들면, 자신이 귀하고 값진 보석을 소유하고 있다는 것을 통해 자신의 존재감을 얻는 것이다.

둘째 '효용가치'로서, 주로 사회나 대인관계에서 행하는 자신의 역할이나 기능의 효능성을 통해 존재감을 얻고 유지하는 것을 의미한다. 예를 들면, 학교에서의 우수한 학업 성적, 기관이나 직장에서의 높은 직위, 변호사나 공인회계사 자격 취득과 같이 사회 사람들이 부러워하는 전문가 자격증 취득, 연예인으로서 많은 팬을 확보하고 있는 것 등을 통해 자신이 가치 있는 존재라는 생각을 갖는 것이다.

셋째 '존재가치'로서, 소유가치나 효용가치가 외적 조건과 결부되어 평가되는 것과 달리, 이것은 사회적 세계나 사적 관계에서 또는 영적 세계나 개인의 내면적 세계에서 자신의 존재 자체로 인해 갖는 가치감이다. 예를 들면, 어린이는 엄마에게 어떤 조건이나 역할, 유능성과 상관없이 자녀라는 존재로 세상의 무엇보다 소중하고 귀한 가치를 지닌다.

소유가치와 효용가치는 존재가치의 경험 위에 놓일 때 비로소 존재감에 대한 유용한 요소가 될 수 있다. 존재가치를 경험하지 못한 채 두 가지 가치로 존재감을 유지하려 하다 보면 그 존재감은 지속적인 내면적 불안과 두려움에 휩싸이게 된다. 소유가치와 효용가치의 기반이 되는 외적 조건은 가변적이므로, 외적 조건이 상실되면 존재감 또한 무너져버릴지 모른다는 두려움이 발생하는 것이다. 엄청난 팬을 확보하고 있는 유명 연예인이 공황장애로 힘들어하는 것은 효용가치는 높지만 그것이 존재가치의 기반 위에 놓여 있지 않기 때문이다.

기독교인은 자신이 전지전능하신 주님께서 십자가에 못 박혀 죽으시면서까지 무조건적으로 사랑하는 존재라는 점을 믿는 사람들이다. 주님은 우리의 존재 자체를 사랑하는 것이지 소유가치나 효용가치 때문에 사랑하는 것이 아니다. 따라서 진정한 기독교인은 높은 존재가치를 통해 자신의 존재감을 갖고 하나님과 소통하는 존재다.

주님께서 우리의 존재 자체를 사랑하셨듯이 우리도 우리의 자식과 가족 그리고 내 이웃을 그들의 존재 그 자체로 사랑해야 한다. 인간은 소유가치나 효용가치로 인정받는 존재가 아니라, 존재 그 자체로서 인정받고 관심을 받을 때 진정한 존재감을 얻게 되고 자유롭고 건강한 삶을 살아갈 수 있다. 소유가치나 효용가치만으로 존재감을 높이려다 보면 이러한 가치들을 얻지 못하면 열등감이나 죄의식에 빠지는가 하면, 이러한 가치들을 달성하면 우월감에 빠지거나 언제 그 가치들을 상실할지도 모른다는 불안감이나 두려움으로부터 자유롭지 못하게 된다.

Holy Bible

◆ 하나님이 자기 형상 곧 하나님의 형상대로 사람을 창조하시되 남자와 여자를 창조하시고 하나님이 그들에게 복을 주시며 하나님이 그들에게 이르시되 생육하고 번성하며 땅에

충만하라, 땅을 정복하라, 바다의 물고기와 하늘의 새와 땅
에 움직이는 모든 생물을 다스리라 하시니라.(창 1:27-28)

◆ 여호와께서 이와 같이 말씀하시되 지혜로운 자는 그의
지혜를 자랑하지 말라 용사는 그의 용맹을 자랑하지 말라
부자는 그의 부함을 자랑하지 말라 자랑하는 자는 이것으
로 자랑할지니 곧 명철하여 나를 아는 것과 나 여호와는 사
랑과 정의와 공의를 땅에 행하는 자인 줄 깨닫는 것이라.(렘
9:23-24)

◆ 우리가 아직 죄인 되었을 때에 그리스도께서 우리를 위하
여 죽으심으로 하나님께서 우리에 대한 자기의 사랑을 확증
하셨느니라.(롬 5:8)

묵상할 내용

1 당신의 존재감을 높여주는 것에는 어떤 것들이 있나요?

2 가족이 모여 각자가 생각하는 존재감의 평가 기준에 대해 이야기를 나누어보세요. 서로 간의 소통을 증진시키고 서로를 이해할 수 있는 계기가 될 것입니다.

3 당신은 당신 자녀들에게 소유가치와 효용가치 그리고 존재가치 중 어느 가치를 강조하나요?

주님의 사랑 방식, "나는 네가 그냥 좋아"

17

인간은 누구나 존중받고 인정받고 사랑받고 싶어 하는 존재다. 관계성 속에서 상대방을 진정으로 사랑해줄 때 그는 자신이 존중받고 인정받는 존재임을 깨닫게 된다. 문제는 무엇 때문에 상대방을 사랑해주느냐 하는 점이다. 상대방을 사랑하고 인정하는 이유로는 두 가지가 있다.

첫째, 상대방이 갖춘 조건이 내가 원하는 것과 일치하기 때문에 상대방을 인정해주고 사랑하는 경우다. 이러한 사랑을 '조건적 사랑'이라 한다. 부모가 자식이 공부를 잘하기 때문에 사랑하고, 남녀가 상대방이 재물이나 재능이 많거나 외모가 출중하거나 사람들이 선망하는 어떤 지위나 자격을 소유하고 있어서 그를 사랑하는 경우다.

둘째, 아무런 조건 없이 상대의 존재 그 자체가 좋아서 그를 무조건적으로 사랑하는 경우다. 진정한 사랑은 그 사람의 어떤 조건 때문이 아니라, 그 사람의 존재 자체를 사랑하는 것이다. 진정한 사랑은 상대방을 어떤 기준이나 조건에 따라 판단하지 않는다.

자식을 사랑하기 때문이라며 부모가 자식을 비난하고 판단하고 정죄하고 지시하며 명령하거나 강요하는 것은 무조건적 사랑이 아닌 조건적 사랑이다. 사랑의 조건을 정해놓고 그 조건을 충족하면 사랑하고 칭찬하다가, 그 조건에 다다르지 못하면 비난이나 비판을 행하는가 하면 지시나 명령으로 강요한다. 조건적 사랑은 진정한 사랑이 아니다. 그것은 사랑이라는 이름의 폭력이다. 그 안에 도사리고 있는 자기 욕심을 사랑이라는 이름으로 포장하고 있을 뿐이다.

이런 조건적 사랑으로 성공한 자녀가 있을 수 있다. 그렇게 성공한 자녀를 가진 부모들에게 세상 사람들은 "자식을 참 잘 키웠다"며 부러워한다. 그러나 이렇게 자란 자식들은 그들이 이른바 성공을 거두고 사회지도층으로 높은 지위를 점하면서도 수많은 사회적 문제를 일으키는 장본인이 되기도 한다.

부모의 조건적 사랑 속에서 자란 아이는 성장 과정에서 부모가 원하는 조건이 충족되지 못했을 때마다 부모가 내뱉던 말이 마음의 상처로 남아 있기도 하고, 무엇이 진정으로 옳고 바람직한 것인가에 대한 나름의 판단이 결여된 채, 힘 있는 자, 나를 인정해주는 자의 가치만을 추종하면서 살아가기 때문에 진정으로 자신이 원하는 삶, 자신이 좋아하는 삶을 살아가지 못한다. 따라서 세속의 사랑과 존경을 받으려면 늘 영혼이 배고프다. 남에게 잘 보이려 하는 삶은 헛된 영광(vain glory)을 추구하는 삶이기 때문이다.

하나님은 "나는 네가 그냥 좋아"라며 우리를 무조건적으로 그냥 사랑해주시는 분이다. 무조건적으로 우리 이야기를 들어주고 이해해주고 돌보아주시는 분이다. 이러한 무조건적인 하나님의 사랑이 내 안에 있을 때 나 자신을 사랑하게 되고, 더 나아가 내 이웃을 사랑할 수 있게 되고 자연을 사랑할 수 있게 된다.

◆ 바리새인의 서기관들이 예수께서 죄인 및 세리들과 함께 잡수시는 것을 보고 그의 제자들에게 이르되 어찌하여 세리 및 죄인들과 함께 먹는가 예수께서 들으시고 그들에게 이르시되 건강한 자에게는 의사가 쓸데없고 병든 자에게라야 쓸데 있느니라 나는 의인을 부르러 온 것이 아니요 죄인을 부르러 왔노라 하시니라.(막 2:16-17)

◆ 우리가 아직 죄인 되었을 때에 그리스도께서 우리를 위하여 죽으심으로 하나님께서 우리에 대한 자기의 사랑을 확증하셨느니라.(롬 5:8)

◆ 하나님의 사랑이 우리에게 이렇게 나타난 바 되었으니 하나님이 자기의 독생자를 세상에 보내심은 그로 말미암아 우리를 살리려 하심이라 사랑은 여기 있으니 우리가 하나님을 사랑한 것이 아니요 하나님이 우리를 사랑하사 우리 죄를 속하기 위하여 화목 제물로 그 아들을 보내셨음이라 사랑하는 자들아 하나님이 이같이 우리를 사랑하셨은즉 우리도 서로 사랑하는 것이 마땅하도다.(요일 4:9-11)

묵상할 내용

1 당신이 조건적 사랑을 행하는 대상은 누구인가요?

2 당신은 무조건적으로 사랑하는 사람이 있나요?

3 당신은 하나님이 무조건적으로 당신을 사랑한다는 것을
확신하나요?

육신의 생각과 영의 생각

18

당신이 어느 날 아무도 알아보지 못할 곳에 놓여 있는 엄청난 액수의 돈 보따리를 줍게 되었다면 어떻게 할 것인가? 당신의 마음 한 구석에서 돈에 대한 욕심이 불타올라 "아무도 모를 거야. 네가 그냥 가져버려도 아무런 문제가 없을 거야"라고 강하게 당신을 유혹하는 소리가 들려올 것이다. 그런가 하면 한편에서는 "그건 네 돈이 아니잖아. 빨리 파출소에 가지고 가서 주인을 찾아달라고 신고해"라는 양심의 소리가 들려올 것이다.

우리의 마음밭에서는 어떤 상황에 직면하면 옳고 바른 방향으로 대처해나가려는 생각과, 고통을 최소화하고 쾌락을 극대화하는 본능적 욕망을 추구하는 방향으로 나가려는 생각이 서로 갈등을 일으킨다. 이 두 가지 상반된 생각 가운데 어느 생각에 치우쳐 말이나 행동을 드러내 보이느냐에 따라 그 사람의 성격이나 됨됨이, 즉 인격이 형성된다.

인간은 육신을 가지고 태어난 존재로서 육신이 요구하는 본능적 욕망의 유혹이 너무 강하기에, 양심의 소리보다는 본능적 욕망의 유혹에 흔들려 곧잘 넘어가는 존재다. 육신을 지니고 있는 한 인간은 전적으로 양심적이고 도덕적인 요소만으로 살아갈 수 없는 존재다. 따라서 인간은 본질적으로 죄성을 마음 안에 내포한 죄인일 수밖에 없는 존재다.

누가복음 18장에는 바리새인과 세리의 비유에 대한 이야기가 나온다. 성전에 올라가 기도할 때 바리새인은 서서 따로 기도하여 이르되 "하나님이여 나는 다른 사람들 곧 토색, 불의, 간음을 하는 자들과 같지 아니하고, 이 세리와도 같지 아니함을 감사하나이다. 나는 이레에 두 번씩 금식하고 또 소득의 십일조를 드리나이다"라며 자기를 의롭다 믿고 다른 사람을 멸시하는 기도를 한다. 한편, 세리는 멀리서서 감히 눈을 들어 하늘을 쳐다보지도 못하고 다만 가슴을 치며이르되 "하나님이여 불쌍히 여기소서 나는 죄인이로소이다"라며 자신이 죄인임을 고백하는 기도를 드린다.

그리스도의 영이 함께하는 우리 믿는 자들에게도 육신을 지니고 있는 한 늘 깨어 기도하지 않으면 육신의 생각이 우리를 삼키기 위해 호시탐탐 우리의 영혼을 노리고 있음을 깨달아야 한다. 육신의 생각에 사로잡혀 있는 자들은 하나님을 기쁘게 할 수 없다(롬 8:8).

자신은 율법을 철저히 준수하고 죄악을 범하지 않는 무흠한 존재라며 교만에 사로잡혀 있는 바리새인을 향해 주님은 겉으로는 사람에게 옳게 보이되 안으로는 외식과 불법이 가득한 '회칠한 무덤'(마 23:27)이라 칭하셨다. 반면에 세상 사람들로부터 외면당하고 하늘을 우러러보지도 못하며 자신이 죄인임을 고백한 세리를 주님은 의인이라 칭하시고 그와 소통하시고 그의 기도를 들어주셨다.

사도 바울과 같이 모든 이의 믿음의 본이 되는 사람도 선을 행하기 원하는 그에게 육신의 악이 함께 있음을 다음과 같이 고백한다. "마음으로는 하나님의 법을 육신으로는 죄의 법을 섬기노라"(롬 7:25), "내가 한 법을 깨달았노니 곧 선을 행하기 원하는 나에게 악이 함께 있는 것이로다"(롬 7:21), "내 속 곧 내 육신에 선한 것이 거하지 아니하는 줄을 아노니 원함은 내게 있으나 선을 행하는 것은 없노라"(롬 7:18), "내가 원하는 바 선은 하지 아니하고 도리어 원치 않은 바 악은 행하는도다"(롬 7:19), "오호라 나는 곤고한 사람이로다 이 사망의 몸에서 누가 나를 건져내랴"(롬 7:24).

Holy Bible

◆ 육신의 생각은 사망이요 영의 생각은 생명과 평안이니라 육신의 생각은 하나님과 원수가 되나니 이는 하나님의 법에 굴복하지 아니할 뿐 아니라 할 수도 없음이라.(롬 8:6-7)
◆ 육신에 있는 자들은 하나님을 기쁘시게 할 수 없느니라.(롬 8:8)
◆ 만일 너희 속에 하나님의 영이 거하시면 너희가 육신에 있지 아니하고 영에 있나니 누구든지 그리스도의 영이 없으면 그리스도의 사람이 아니라.(롬 8:9)
◆ 그러므로 형제들아 우리가 빚진 자로되 육신에게 져서 육신으로 살 것이 아니니라 너희가 육신대로 살면 반드시 죽을 것이로되 영으로써 몸의 행실을 죽이면 살리니 무릇 하나님의 영으로 인도함을 받는 사람은 곧 하나님의 아들이라.(롬 8:12-14)

묵상할 내용

1 당신은 오늘 하루 얼마나 육신의 생각에 치우친 삶을 살았고, 얼마나 영의 생각에 치우친 삶을 살았나요?

2 당신은 육신을 가진 우리 인간이 하나님을 기쁘게 하기 위해서는 어떻게 해야 한다고 생각하나요?

노예근성과 우상숭배

19

1863년 1월 1일, 미국 링컨(Abraham Lincoln) 대통령의 노예해방으로 자유의 몸이 된 노예들 가운데 일부는 주인을 향해 제발 자신을 내치지 말고 노예 상태로 있게 해달라며 애원했다고 한다. 광야 생활 중 이스라엘 민족들은 차라리 노예 상태의 애굽 생활이 좋았다며 출애굽을 이끄신 하나님과 모세를 원망하였다(민 21:5). 이처럼 예속에서 벗어날 자유가 주어졌거나 자유를 쟁취할 수 있는 상황임에도 자유를 향유하지 못하고 예속된 상태에 만족하는 정신 또는 근성을 '노예근성(奴隸根性, a servile spirit)'이라 한다.

한편 우상숭배(idolatry)란 각종 자연물이나 인물을 초자연적인 존재의 형태로 만들거나, 또는 그것을 상징하는 형태로 만들어 숭배하면서 그것에 예속되고 의존하는 것을 의미한다. 따라서 노예근성이나 우상숭배 개념은 모두 어떤 대상을 향해 자신을 자발적으로 구속시켜 자유를 구가하지 못하게 하는 정신 또는 근성이 포함되어 있다는 점에서 궤를 같이한다.

성경은 새긴 상을 만들지 말고 그것들에게 절하지 말며 그것들을 섬기지 말 것(출 20:4-5)을 십계명의 하나로 제시하고 있다. 우상 숭배를 하지 말라는 것은 어떤 우상을 하나님과 겸해서 섬기거나(마 6:24), 그것을 하나님보다 더 우위에 두고 섬기지 말라는 의미다.

그런데 노예근성이나 우상숭배 대상은 어떤 자연물이나 사람에 국한되는 것이 아니다. 성경은 음란과 부정과 사욕과 악한 정욕과 탐심에 사로잡힌 것도 우상숭배라며 이것들로 인해 하나님의 진노가 임하심을 분명히 하고 있다(골 3:4-6). 따라서 재물욕이나 권력욕, 명예욕 같은 육신적 욕망의 유혹에 묶여 하나님보다 이들을 더 중히 여기는 사람들은 곧 우상숭배에 사로잡혀 있는 사람들이다. 그들은 자신들이 이들 욕망의 노예가 되어 그것들에 구속되어 하나님이 주시는 진정한 자유를 향유하지 못하면서도, 오히려 그런 삶을 자랑스럽게 생각하며 노예의 삶을 살아가는 사람들이다.

리로이 존스(Everett LeRoi Jones)는 1968년 뉴욕 할렘에서 행한 연설에서 "노예가 노예로서의 삶에 너무 익숙해지면 놀랍게도 자신의 다리에 묶여 있는 쇠사슬을 서로 자랑하기 시작한다. 어느 쪽의 쇠사슬이 빛나는가, 더 무거운가 등. 그리고 쇠사슬에 묶여 있지 않은 자유인을 비웃기까지 한다"고 했다.

인간의 욕망은 한이 없어서 만족이 없기에 불평과 불만이 상존하며, 권력이나 명예, 재물을 취하면 아래로 추락할까봐 혹은 잃을까봐 두려워한다. 그러가 하면 나름 열심히 노력했는데도 뜻대로 이루어지지 않거나 알아주지 않으면 분노가 치솟거나 절망하기도 한다. 진정한 행복의 가장 큰 요소는 자신을 유혹하고 구속하는 욕망의 노예나 우상의 대상으로부터 벗어나 자유를 구가하는 일이다.

그리스도인들은 육신적 욕망의 사슬에 묶여 죄의 종노릇을 하면서도 이를 인식하지 못하고 오히려 자랑까지 일삼는 노예근성에서 벗어나 주님의 종, 의의 종으로 살아가는 사람들이다. 내가 죽고 내 안의 성령이 지배하는 삶을 살아가는 사람들이다. 세속적, 육신적 욕심을 내려놓고 낮아지고, 나누어주는 삶 속에서 진정한 자유를 누리고 영생의 삶, 평안의 삶을 살아가는 사람들이다.

육신의 욕망을 따르는 사람은 육신의 일을 생각하고, 성령의 말씀을 따르는 사람은 주님의 일을 생각하는바, 육신의 일을 생각하면 사망에 이르게 되지만 영의 일을 생각하면 하나님과 소통하면서 영원한 생명과 평안을 누린다(롬 8:5-6). 육신의 정욕과 안목의 정욕과 이생의 자랑과 같은 것들은 주 하나님으로부터 온 것이 아니요 세상으로부터 온 것인바, 이 세상과 그 정욕은 지나가버리지만, 오직 하나님의 뜻을 행하는 자는 하나님의 나라에서 영생을 누릴 수 있다(요일 2:15-17).

Holy Bible

◆ 너를 위하여 새긴 우상을 만들지 말고 또 위로 하늘에 있는 것이나 아래로 땅에 있는 것이나 땅 아래 물 속에 있는 것의 어떤 형상도 만들지 말며 그것들에 절하지 말며 그것들을 섬기지 말라 나 네 하나님 여호와는 질투하는 하나님인즉 나를 미워하는 자의 죄를 갚되 아버지로부터 아들에게로

삼사 대까지 이르게 하거니와 나를 사랑하고 내 계명을 지키는 자에게는 천 대까지 은혜를 베푸느니라.(출 20:4-6)

◆ 백성이 하나님과 모세를 향하여 원망하되 어찌하여 우리를 애굽에서 인도해내어 이 광야에서 죽게 하는가 이곳에는 먹을 것도 없고 물도 없도다 우리 마음이 이 하찮은 음식을 싫어하노라 하매 여호와께서 불뱀들을 백성 중에 보내어 백성을 물게 하시므로 이스라엘 백성 중에 죽은 자가 많은지라.(민 21:5-6)

◆ 한 사람이 두 주인을 섬기지 못할 것이니 혹 이를 미워하고 저를 사랑하거나 혹 이를 중히 여기고 저를 경히 여김이라 너희가 하나님과 제물을 겸하여 섬기지 못하느니라.(마 6:24)

◆ 육신을 따르는 자는 육신의 일을, 영을 따르는 자는 영의 일을 생각하나니 육신의 생각은 사망이요 영의 생각은 생명과 평안이니라.(롬 8:5-6)

◆ 이 세상이나 세상에 있는 것들을 사랑하지 말라 누구든지 세상을 사랑하면 아버지의 사랑이 그 안에 있지 아니하니 이는 세상에 있는 모든 것이 육신의 정욕과 안목의 정욕과 이생의 자랑이니 다 아버지께로부터 온 것이 아니요 세상으로부터 온 것이라 이 세상도, 그 정욕도 지나가되 오직 하나님의 뜻을 행하는 자는 영원히 거하느니라.(요일 2:15-17)

묵상할 내용

1 당신 안에 남아 있는 노예근성이나 우상숭배 대상에는
무엇이 있나요?
2 당신 안에 남아 있는 우상숭배 대상이나 노예근성에서
벗어나기 위해 당신은 어떤 노력을 하고 있나요?
3 당신이 기독교인이 됨으로써 탈피했다고 생각하는 노예
근성으로는 무엇이 있나요?

죄를 바라보는 시각의 차이

20

　기독교는 인간은 모두가 근원적으로 에덴동산에서의 아담과 하와의 원죄(原罪, original sin)를 물려받은 죄인이라는 인간관에 기초하고 있다. 즉, 인간은 누구나 죄로부터 완전히 자유롭지 못한 존재라고 보는 것이다.

　그러나 예수 그리스도를 믿으면 이 죄로부터 구원받아 의인으로 칭함을 받을 수 있다고 말한다. "만일 우리가 죄가 없다고 말하면 스스로 속이고 또 진리가 우리 속에 있지 아니할 것이요 만일 우리가 죄를 자백하면 그는 미쁘시고 의로우사 우리 죄를 사하시며 우리를 모든 불의에서 깨끗하게 하실 것이요"(요일 1:8-9)라는 것이 성경의 말씀이다. 이처럼 우리 모두는 본래 죄인이지만, 사람에 따라서는 죄를 바라보는 시각에 차이가 있다.

　첫째, 진정한 기독교인과 같이 자신이 죄인임을 받아들이면서도 이를 적극적으로 회개하고 벗어나려고 노력하는 사람이다. 이들은 죄인임을 인정하면서도 믿음으로 의롭다 하심을 얻었기에 죄의 구속으로부터 벗어나 하나님과 더불어 화평을 누리는 사람들이다(롬

5:1).

부하 장군의 아내 밧세바를 범한 다윗이지만, 나단 선지자가 그의 죄를 책망하자 왕관을 벗어던지고 회개함으로써, 하나님은 진심으로 참회하는 다윗에게 그의 죄를 용서해주셨다. 그리고 다윗 왕에게 은총을 베풀어주셨다(삼하 12장). 그리스도인은 자신이 지은 죄에 대해 "죄송합니다. 제가 잘못했습니다"라며 용감하게 자신의 죄를 시인하고 용서를 구하는 사람이다.

둘째, 인간은 스스로의 노력으로 죄에서 벗어날 수 있다고 보는 사람들이다. 율법주의자들은 율법을 지킴으로써 죄에서 벗어나 의인이 될 수 있다고 믿는다. 유교에서는 수기(修己)의 과정을 통해 의인이 될 수 있다고 믿는다. 이런 유형의 사람들은 자신은 완벽한 삶을 살아야 하고 또 그렇게 살 수 있다고 생각한다. 이들은 이른바 완벽주의자들로서 자신이나 타인의 실수나 죄를 용납하지 못하는 사람들이다. 따라서 완벽하지 못한 자신에 대해 '자기 처벌'을 가하거나 타인의 잘못을 정죄하고 비판한다.

〈누가복음〉에서는 바리새인과 세리의 기도를 비교하여 설명하고 있다(눅 18:10-13). 바리새인은 하나님께 기도하며 자신이 다른 사람들 곧 토색, 불의, 간음을 하는 자들과 같지 아니하고, 세리와도 같지 아니함에 감사하고 있다. 이레에 두 번씩 금식하고 소득의 십일조를 드리고 있음을 드러내고 있다. 한편, 세리는 멀리 서서 감히 눈을 들어 하늘을 우러러보지도 못하고 다만 가슴을 치며 자신이 죄인임을 고백하며 하나님께서 불쌍히 여겨주실 것을 기도한다.

셋째, 자신이 죄인임을 인정하면서도 "나는 죄 때문에 구원받을 수 없어"라며 죄의식에 사로잡혀 있는 사람이다. 이들은 죄의 종으로 살아가면서 죄의 구속으로부터 벗어나 구원받을 수 없다는 생각에 사로잡혀 늘 불안 속에서 살아간다.

넷째, 죄를 범했음을 인정하면서도 이를 자신의 탓으로 돌리지 않고, 따라서 회개하지 않는 사람들이다. 자신이 죄인 된 것은 음모나 함정에 빠졌기 때문이거나, 자신의 잘못이 아닌 타인이나 환경 때문이라며 '남 탓'이나 '환경 탓'을 하는 사람들이다. 이런 유형의 사람들 가운데는 지나치게 남을 의식하는 사람들이 많다. 따라서 죄를 인정하려니까 자신의 자존심이 상해서 견딜 수 없다고 생각한다.

주님과 소통할 수 있는 사람은 자신이 죄인임을 솔직하게 인정하면서 주님 앞에 자백하며 회개하는 사람이다. 주님 앞에 죄를 자백하고 회개할 때 주님은 그의 소리를 들으사 그의 죄를 사하시며 모든 불의에서 깨끗하게 하시기 때문에 죄의 구속으로부터 벗어나 하나님과 더불어 화평을 누릴 수 있다.

Holy Bible ☕

◆ 예수께서 대답하여 이르시되 건강한 자에게는 의사가 쓸 데없고 병든 자에게라야 쓸 데 있나니 내가 의인을 부르러 온 것이 아니요 죄인을 불러 회개시키러 왔노라.(눅 5:31-32)

◆ 두 사람이 기도하러 성전에 올라가니 하나는 바리새인이요 하나는 세리라. 바리새인은 서서 따로 기도하여 이르되

하나님이여 나는 다른 사람들 곧 토색, 불의, 간음을 하는 자들과 같지 아니하고 이 세리와도 같지 아니함을 감사하나이다. 나는 이레에 두 번씩 금식하고 또 소득의 십일조를 드리나이다 하고 세리는 멀리 서서 감히 눈을 들어 하늘을 쳐다보지도 못하고 다만 가슴을 치며 이르되 하나님이여 불쌍히 여기소서 나는 죄인이로소이다 하였느니라.(눅 18:10-13)

◆ 기록한 바 의인은 없나니 하나도 없으며 깨닫는 자도 없고 하나님을 찾는 자도 없고 다 치우쳐 함께 무익하게 되고 선을 행하는 자는 없나니 하나도 없도다.(롬 3:10-12)

◆ 그러므로 우리가 믿음으로 의롭다 하심을 받았으니 우리 주 예수 그리스도로 말미암아 하나님과 화평을 누리자.(롬 5:1)

◆ 그러므로 한 사람으로 말미암아 죄가 세상에 들어오고 죄로 말미암아 사망이 들어왔나니 이와 같이 모든 사람이 죄를 지었으므로 사망이 모든 사람에게 이르렀느니라.(롬 5:12)

◆ 한 사람이 순종하지 아니함으로 많은 사람이 죄인 된 것 같이 한 사람이 순종하심으로 많은 사람이 의인이 되리라.(롬 5:19)

◆ 죄의 삯은 사망이요 하나님의 은사는 그리스도 예수 우리 주 안에 있는 영생이니라.(롬 6:23)

◆ 모든 사람과 더불어 화평함과 거룩함을 따르라 이것이 없이는 아무도 주를 보지 못하리라.(히 12:14)

◆ 만일 우리가 죄가 없다고 말하면 스스로 속이고 또 진리

가 우리 속에 있지 아니할 것이요 만일 우리가 우리 죄를 자백하면 그는 미쁘시고 의로우사 우리 죄를 사하시며 우리를 모든 불의에서 깨끗하게 하실 것이요, 만일 우리가 범죄하지 아니하였다 하면 하나님을 거짓말하는 이로 만드는 것이니 또한 그의 말씀이 우리 속에 있지 아니하니라.(요일 1:8-10)

묵상할 내용

1 죄에 대한 당신의 시각은 어떠한가요?

2 기독교인은 죄의식과 죄책감 중 어느 것에 치중해야 한다고 생각하나요?

나는 심었고 아볼로는 물을 주었으되…

21

〈고린도전서〉3장에는 바울과 아볼로에 관한 이야기가 나온다. 바울은 고린도 지역에 처음으로 복음을 전하고 교회를 세우는 사역을 담당했다. 그런가 하면 아볼로는 바울이 고린도를 떠난 후 그곳에 와서 설교와 권면으로 고린도 교회가 성장할 수 있도록 사역한 인물이다. 두 사람 모두가 고린도에 교회를 설립하고 성장하게 하는 데 이바지한 사람들이다. 그런데 고린도 교인들 사이에서 어떤 이는 바울에게 속한 자요, 어떤 이는 아볼로에게 속한 자라며 파당을 이루어 대립하는 일이 발생했다(고전 3:4).

이에 사도 바울은 "아볼로는 무엇이며 바울은 무엇이냐 그들은 주께서 각각 주신 대로 너희로 하여금 믿게 한 사역자들이니라"(고전 3:5)라며 바울이나 아볼로는 주께서 주신 각각의 사역을 담당한 자들일 뿐임을 피력하고 있다. 예수님은 달란트의 비유(마 25:14-30)를 통해 우리들 각자에게 각자의 역량대로 주님께서 부여하신 달란트의 사명을 성실하게 이룰 것을 권면하고 계신다.

이어서 바울은 "나는 심었고 아볼로는 물을 주었으되 오직 하나님은 자라나게 하셨나니 그런즉 심는 이나 물 주는 이는 아무것도 아니로되 오직 자라게 하시는 이는 하나님뿐이니라"(고전 3:6-7)라고 말하고 있다. 두 사람은 각각 자기에게 부여된 사역을 담당했을 뿐이며, 그들의 사역이 열매를 맺게 된 것은 그들의 수고 자체에 의해서가 아니라 하나님께서 성장하게 하셨기 때문임을 강조하는 내용이다. "또 이르시되 하나님의 나라는 사람이 씨를 땅에 뿌림과 같으니 그가 밤낮 자고 깨고 하는 중에 씨가 나서 자라되 어떻게 그리 되는지를 알지 못하니라"(막 4:26-27).

민음의 식구들 가운데에도 자신의 힘으로 모든 것을 이루었다고 생각하는 성도들이 많이 있다. 흔히들 잘된 자식을 바라보며 "내가 자식을 잘 키웠지"라고 말하지만, "내가 자식을 잘 돌보았지"라고 표현하는 게 옳다.

논에 심은 모가 빨리 자라나게 하기 위해 묘포기를 억지로 뽑아 키를 높여준 결과 오히려 벼들을 말라 죽게 만들었다는 어리석은 농부처럼 되지는 말아야 한다. 그 농부는 참으로 부지런하고 성실한 농부였지만, 자신이 해야 할 일과 하나님이 행하셔야 할 일을 구별하지 못했다. 현명한 농부는 자신이 해야 할 일은 땅에 거름을 주어 옥토를 만들거나, 날마다 농산물을 보살피고 정성을 다해 가꾸는 일을 게을리하지 않는 것일 뿐, 정작 가꾼 농산물을 자라나게 하고 결실을 맺게 하시는 이는 주 하나님이심을 깨닫고, 하나님의 섭리에 감사하고 순종하며 인내를 가지고 기다릴 줄 아는 농부다.

우리 믿는 자들 또한 이른바 진인사대천명(盡人事待天命)의 자세를 가지고 스스로가 행해야 할 일과 하나님께 맡겨야 할 일이 무엇인가를 깨닫고 인내로 기다리며 감사할 줄 아는 사람이어야 한다.

현명한 농부는 어떤 품종을 어떤 토질의 땅에 심어야 건강하게 자라는지를 잘 안다. 마찬가지로 현명한 부모는 자녀들이 무엇을 하고 싶어 하는지, 자녀들의 적성이나 능력은 어떠한지를 파악할 줄 알고, 장차 자녀가 거기에 걸맞은 일을 할 수 있도록 도와주려고 노력한다. 자녀의 뜻이나 적성이나 능력을 무시한 채 억지로 부모가 원하는 쪽으로 자녀를 몰아가는 부모는 어리석은 부모다.

현명한 농부는 날마다 농작물을 보살피고 정성을 다해 가꾸는 일을 게을리하지 않지만, 그러면서도 어디서부터 농민 자신의 노력이 아닌 자연의 섭리에 맡겨야 하는지를 잘 안다. 자연이 해결해야 할 과제에 대해서는 이를 자연의 섭리에 맡기고 자연에 감사하고 순종하며 인내로 기다릴 줄 안다. 농사가 하늘과 땅과 사람(天地人)의 합작품이듯이, 자식 농사 또한 부모와 자식과 사회와 국가 그리고 하나님의 합작품이다.

자식이 공부할 수 있는 여건을 만들어주는 것은 부모와 국가가 수행해야 할 과제이지만, 정작 공부를 하는 것은 아이의 과제다. 말이 목말라하는 것을 알아차리고 말을 물가로 안내하는 것은 말 주인의 과제이지만, 물을 마실 것인가 말 것인가는 말 자신의 과제다. 말의 목을 휘어잡아 억지로 물을 먹게 해서는 안 된다. "다 네가 잘되라고 그러는 거야" 혹은 "다 널 사랑해서 그러는 거야"라며 아이가 어릴 때부터 사사건건 가르치고 지도하고 훈계하는가 하면, 아이가 원하는 것이 아니라 부모가 원하는 방향으로 아이를 몰아붙이는 것은 잘못된 사랑으로 자식 농사를 망치는 '사랑이라는 이름의 폭력'에 지나

지 않는다. 농심(農心)과 자식을 키우는 마음은 정직과 근면, 인내와
감사, 순응과 겸손의 마음이다.

Holy Bible

✦ 또 이르시되 하나님의 나라는 사람이 씨를 땅에 뿌림과
같으니 그가 밤낮 자고 깨고 하는 중에 씨가 나서 자라되 어
떻게 그리 되는지를 알지 못하니라.(막 4:26-27)

✦ 어떤 이는 말하되 나는 바울에게라 하고 다른 이는 나는
아볼로에게라 하니 너희가 육의 사람이 아니리요. 그런즉 아
볼로는 무엇이며 바울은 무엇이냐 그들은 주께서 각각 주신
대로 너희로 하여금 믿게 한 사역자들이니라. 나는 심었고
아볼로는 물을 주었으되 오직 하나님께서 자라나게 하셨나
니. 그런즉 심는 이나 물 주는 이는 아무것도 아니로되 오직
자라게 하시는 이는 하나님뿐이니라. 심는 이와 물 주는 이
는 한 가지이나 각각 자기가 일한 대로 자기의 상을 받으리
라.(고전 3:4-8)

✦ 그런즉 너희가 먹든지 마시든지 무엇을 하든지 다 하나님
의 영광을 위하여 하라.(고전 10:31)

✦ 또 무엇을 하든지 말에나 일에나 다 주 예수의 이름으로
하고 그를 힘입어 하나님 아버지께 감사하라.(골 3:17)

1 당신도 모르게 하룻밤 사이에 쑥 자란 식물을 바라보면서 어떤 생각을 해보았나요?

2 건강하게 어느새 훌쩍 커버린 자식을 바라보면서 그것이 온전히 당신 스스로의 힘과 노력에 의한 것이라고 생각하나요?

3 자식을 키우면서 하나님이 행하실 부분을 당신 스스로 담당하겠다며 걱정하고 근심하며 자식에게 비난과 비판을 일삼으며 명령하고 훈계한 일이 있나요?

4 가정이나 직장에서 당신에게 주어진 역할을 넘어 주제넘게 남의 일에 관여한 일이 있거나, 당신의 일에 다른 사람으로부터 간섭받은 경험이 있나요? 각각의 경우에 어떤 느낌이 들었나요?

5 자라나게 하시는 이는 오직 하나님이심을 믿고 의지할 때, 그 믿음이 하나님과 타인과의 소통에 어떤 영향을 미친다고 생각하나요? 각자 이야기를 나누어보세요.

기회비용과 그리스도인의 삶

22

"내가 그때 그렇게 하기로 결정했던 게 결정적인 실수였어"라며 자신이 행한 의사결정에 대해 후회하는 사람이 있는가 하면, "내가 그때 그렇게 하기로 결정했던 게 얼마나 다행이었는지 모르겠어, 정말 잘한 결정이었어"라며 자신이 행한 의사결정이 바람직한 결정이었음을 자랑삼아 이야기하는 사람도 있다.

인간의 삶은 크고 작은 의사결정(decision making)이 연속되는 과정이다. 의사결정은 두 가지 이상의 대안 중에서 어느 하나를 선택하는 과정이다. 점심으로 자장면을 먹을 것인가 짬뽕을 먹을 것인가를 놓고 자장면을 선택하는 것도 의사결정이고, 두 사람 이상의 결혼 대상자를 놓고 누구와 결혼할 것인가를 선택하는 것도 의사결정이다. 따라서 인간의 삶은 의사결정 곧 선택의 과정이며, 선택을 어떻게 하느냐에 따라 전혀 다른 삶을 살아가게 된다.

지금 나에게 선택의 기회가 똑같이 주어진 두 개 이상의 대안이 있다고 하자. 그런데 내가 그중 하나의 대안이 다른 대안보다 더 많은 편익을 줄 것으로 생각해 그 대안을 선택하면, 나머지 다른 대안이 나에게 줄 수 있는 편익의 기회를 포기하거나 잃는 것이 되는데, 이때 포기하거나 잃게 되는 편익을 '기회비용(opportunity cost)'이라고 한다. 즉, 기회비용이란 선택의 대상에서 제외되어 포기한 가치를 말한다.

짬뽕과 자장면이라는 두 가지 대안 중에서 어느 것이 더 맛있을까를 놓고 고민하다가 자장면을 먹기로 의사결정을 하면 짬뽕이 주는 맛을 포기해야 하는데, 이때 포기한 짬뽕이 주는 맛이 기회비용이다. 자장면을 선택한 것이 참 잘한 선택이 되려면 내가 선택한 자장면으로부터 얻는 맛이 포기한 대안인 짬뽕으로부터 얻는 맛, 즉 기회비용보다 커야 한다. 그러나 자장면을 선택하지 말고 짬뽕을 먹을 걸 그랬다며 자장면을 선택한 것을 후회한다면, 이는 자장면의 맛이 포기한 기회비용, 즉 짬뽕 맛보다 못하다는 의미다.

우리의 삶은 무한한 선택의 과정이며 그 과정에서 자신이 선택한 결정에 대해 잘한 선택이었다고 평가하기도 하는가 하면, 잘못된 선택이었다며 후회하기도 한다. 따라서 후회 없는 삶을 살기 위해서는 첫째, 선택의 과정에서 선택한 대안에 대한 평가뿐만 아니라, 포기한 대안의 가치, 즉 기회비용을 제대로 평가할 수 있어야 하고, 둘째, 선택한 대안에 대한 평가가 포기한 대안의 평가에 해당하는 기회비용보다 높아야 한다.

평가의 과정에서 어떤 사람은 재물이나 권력, 지위, 명예와 같은 이른바 세속적 가치에 더 중점을 두고 평가하는가 하면, 어떤 사람은 세속적 가치보다는 사랑, 나눔과 양보, 평안, 신뢰와 같은 보다 본질적 가치에 중점을 두고 평가한다. 이들 가운데 어떤 가치를 중시하고 그 가치를 추구하면서 살아가느냐에 따라 사람마다의 삶의 모습이 달라지고 그 삶에 대한 평가 또한 달라지게 된다.

하나님은 우리에게 세상으로부터 온 육신의 정욕, 안목의 정욕, 이생의 자랑거리를 사랑하지 말고 하나님을 사랑하라고 권면하신다(요일 2:15-16). 주님을 알지 못하고 세속적 욕망에 가득 찬 삶을 살아가는 사람들은 육신의 정욕이나, 안목의 정욕, 이생의 자랑거리가 되는 길을 기회비용에 해당하는 주님의 말씀에 입각한 삶이나 주님이 가르쳐주신 사랑을 실천하는 삶보다 더 높게 평가하고, 그런 삶을 추구하면서 살아가는 어리석음에서 벗어나지 못하는 사람들이다.

"너희가 하나님과 재물을 겸하여 섬기지 못하느니라"(마 6:24). 누구든지 그리스도 안에 있으면 새로운 피조물이라(고후 5:17), 거듭난 삶, 변화된 삶을 살아가야 한다. 내가 죽으면 영생을 얻으나, 나를 살리면 유한한 생명뿐이다(요 3:15). 그리스도인들은 자신을 죽이고 자신 안에 계신 주님의 말씀에 순종하며 살아가는 사람들이다. 생명의 말씀으로 살아가는 삶의 기회비용에 해당하는 세속적 욕심을 채우는 삶을 쓰레기같이 여기는 사람들이다.

사도 바울은 그리스도를 아는 지식을 가장 고상한 것으로 여기고, 자신이 누릴 수 있었던 지위나 명예, 지식 등 세상의 다른 모든 가치들을 잃어버리고 배설물로 여겼다(빌 3:8). 베드로라 하는 시몬과 그의 형제 안드레는 고기를 잡던 그물을 버리고, 다른 두 형제 곧 세베대의 아들 야고보와 그의 형제 요한은 배와 아버지를 버리고 예수님을 따라나섰다(마 4:18-22).

◆ 갈릴리 해변에 다니시다가 두 형제 곧 베드로라 하는 시몬과 그의 형제 안드레가 바다에 그물 던지는 것을 보시니 그들은 어부라 말씀하시되 나를 따라 오라 내가 너희를 사람을 낚는 어부가 되게 하리라 하시니 그들이 곧 그물을 버려두고 예수를 따르니라. 거기서 더 가시다가 다른 두 형제 곧 세베대의 아들 야고보와 그의 형제 요한이 그의 아버지 세베대와 함께 배에서 그물 깁는 것을 보시고 부르시니 그들이 곧 배와 아버지를 버려두고 예수를 따르니라.(마 4:18- 22)

◆ 한 사람이 두 주인을 섬기지 못할 것이니 혹 이를 미워하고 저를 사랑하거나 혹 이를 중히 여기며 저를 경히 여김이라 너희가 하나님과 재물을 겸하여 섬기지 못하느니라. 그러므로 내가 너희에게 이르노니 목숨을 위하여 무엇을 먹을까 무엇을 마실까 몸을 위하여 무엇을 입을까 염려하지 말라 목숨이 음식보다 중하지 아니하며 몸이 의복보다 중하지 아니하냐.(마 6: 24-25)

◆ 하나님이 세상을 이처럼 사랑하사 독생자를 주셨으니 이는 그를 믿는 자마다 멸망하지 않고 영생을 얻게 하려 하심이라.(요 3:16)

◆ 그리스도의 사랑이 우리를 강권하시는도다 우리가 생각하건대 한 사람이 모든 사람을 대신하여 죽었은즉 모든 사

람이 죽은 것이라. 그가 모든 사람을 대신하여 죽으심은 살아 있는 자들로 하여금 다시는 그들 자신을 위하여 살지 않고 오직 그들을 대신하여 죽었다가 다시 살아나신 이를 위하여 살게 하려 함이라.(고후 5:14-15)

◆ 그런즉 누구든지 그리스도 안에 있으면 새로운 피조물이라 이전 것은 지나갔으니 보라 새것이 되었도다.(고후 5:17)

◆ 그러나 무엇이든지 내게 유익하던 것을 내가 그리스도를 위하여 다 해로 여길 뿐더러 또한 모든 것을 해로 여김은 내 주 그리스도 예수를 아는 지식이 가장 고상하기 때문이라 내가 그를 위하여 모든 것을 잃어버리고 배설물로 여김은 그리스도를 얻고 그 안에서 발견되려 함이니 내가 가진 의는 율법에서 난 것이 아니요 오직 그리스도를 믿음으로 말미암은 것이니 곧 믿음으로 하나님께로부터 난 의라.(빌 3:7-9)

◆ 이 세상이나 세상에 있는 것들을 사랑하지 말라 누구든지 세상을 사랑하면 아버지의 사랑이 그 안에 있지 아니하니 이는 세상에 있는 모든 것들이 육신의 정욕과 안목의 정욕과 이생의 자랑이니 다 아버지께로부터 온 것이 아니요 세상으로부터 온 것이라.(요일 2:15-16)

◆ 이 세상도, 그 정욕도 지나가되 오직 하나님의 뜻을 행하는 자는 영원히 거하느니라.(요일 2:17)

묵상할 내용

1 당신 삶의 과정에서 가장 바람직한 결정은 무엇이었나요?

2 당신 삶의 과정에서 가장 잘했다고 생각하는 결정과, 가장 잘못했다고 생각하는 결정을 위해 포기한 기회비용의 내용은 무엇인가요?

3 주님과의 소통을 위해서는 의사결정 과정에서 선택한 대안의 내용과 포기하는 기회비용의 내용이 어떠한 것들이어야 한다고 생각하나요?

4 오늘 당신이 행한 의사결정 내용들을 되돌아보며, 그 결정이 주님의 뜻에 합당한 결정이었는지 되돌아보세요.

5 당신이 중시하는 가장 중요한 가치는 무엇이며, 그것이 주님의 뜻에 합당한 가치라고 생각하나요?

주님을 붙잡는 자와 주님께 붙잡힌 자

23

걸으로는 똑같은 교인처럼 보이지만 크게 세 가지 서로 다른 유형의 교인이 있는 것 같다.

첫 번째 유형은 일주일에 한 번 주일에 교회에 나가 예배에 참석하기는 하지만, 그저 형식적일 뿐 말씀을 듣고도 그 의미가 무엇인지 깨닫지 못하며, 세상에 나가서는 믿지 않는 사람들과 똑같이 생각하고 행동하는 이른바 '선데이 크리스천' 유형의 교인이다.

두 번째 유형은 주님을 붙잡는 교인이다. 이 유형의 교인은 주님을 믿는다고 고백하며 기도하고 간구하는 삶을 살지만, 여전히 자기 안에 자아가 살아서 자신이 삶의 주체로서 자기 뜻에 따라 판단하고 행동하는 유형이다. 자신의 삶 속에서 누리는 모든 지위와 명예 그리고 재물의 복을 입술로는 주님의 은혜라고 고백하면서도, 실질적으로는 자신의 노력으로 이루어진 결과라고 생각하기에 세상을 향해 자랑하는 것을 즐긴다.

해결해야 할 어려운 문제에 직면하면 주님을 주인으로 모시고 열심히 그 문제에서 벗어나게 해달라고 기도하는 것 같지만, 자신의 판단에 따라 때를 정해놓고 그때까지 문제를 해결해달라며 매달린다. 즉, 자신이 주체가 되어 주님을 자신의 뜻대로 통제하려 하는 교인이다. 따라서 자신의 문제가 해결되지 않으면 주님을 원망하는가 하면, 급기야 주님을 떠나버리기도 한다. 이들은 헌신하고 봉사하는 일에 종사하는 것이 주님의 기쁨이 되게 하려는 데 목적을 두기보다 주로 다른 사람에게 보이고자 하는 데 목적이 있다. 하늘나라의 시민권을 얻은 자라고 말하면서도 이 세상에 속한 자로서 하늘나라보다 이 세상 속에 더 큰 소망을 두고 살아가는 교인이다.

세 번째 유형은 주님께 붙잡힌 자 된 교인이다. 이 유형은 자기 안의 자아가 죽고 그 안에 주님이 살아 계셔서 자기의 뜻이 아닌 주님의 뜻에 따라 생각하고 행동하는 사도 바울과 같은 유형의 교인이다. 자신이 삶의 주체가 아니라, 자신은 온전히 주님께 붙잡힌 자 된 주님의 종 된 신분으로 온전히 주님의 뜻에 순종하며 살아가는 존재임을 고백한다.

이들은 종의 신분이면서도 그 안에서 진정한 자유를 만끽하고, 날마다 감사가 넘치는 삶을 살아간다(고전 7:21-24). 세속적 지위나 명예, 재물이나 지식을 자랑하는 것이 아니라, 십자가 외에는 자랑할 것이 없음을 깨닫고 고백한다(갈 6:14). 어려운 문제에 직면하면 주님께 이를 해결해달라고 기도하지만, 그 결과는 주님의 뜻에 맡긴다. 닥친 문제를 한탄하거나 원망하기보다는 그로 인해 주님에게 더 의존할 기회를 주심에 감사드린다. 자신 안에 주인 되신 성령의 명령대로 살아가려고 노력하면서도, 육신을 소유한 존재로서 주님의 뜻에 온전히 따르지 못하는 자신을 늘 되돌아보며 회개하는 삶을 살아간다.

주님께 붙잡힌 바 된 사도 바울 또한 "내가 원하는 바 선은 행하지 아니하고 도리어 원하지 아니하는 바 악을 행하는도다"(롬 7:19)라며 육신의 유혹과 싸우고 있다. 급기야 그는 "오호라 나는 곤고한 사람 이로다. 이 사망의 몸에서 누가 나를 건져내랴"(롬 7:24)고 부르짖으며 자신이 육신의 생각을 떨쳐내지 못한 죄인임을 고백하고 있다.

자신은 율법을 철저히 준수하고 죄악을 범하지 않는 무흠한 존재라며 교만에 사로잡혀 있는 바리새인을 향해 주님은 겉으로는 사람에게 옳게 보이되 안으로는 외식과 불법이 가득한 '회칠한 무덤'(마 23:27)이라 칭하셨다. 반면에 세상 사람들로부터 외면당하고 하늘을 우러러보지도 못하며 자신이 죄인임을 고백한 세리를 의인이라 칭하셨다.

Holy Bible ☕

◆ 화 있을진저 외식하는 서기관들과 바리새인들이여 회칠한 무덤 같으니 겉으로는 아름답게 보이나 그 안에는 죽은 사람의 뼈와 모든 더러운 것이 가득하도다 이와 같이 너희도 겉으로는 사람에게 옳게 보이되 안으로는 외식과 불법이 가득하도다.(마 23:27-28)

◆ 내가 원하는 바 선은 행하지 아니하고 도리어 원하지 아니하는 바 악을 행하는도다.(롬 7:19)

◆ 내 속사람으로는 하나님의 법을 즐거워하되 내 지체 속

에서 한 다른 법이 내 마음의 법과 싸워 내 지체 속에 있는 죄의 법으로 나를 사로잡는 것을 보는도다 오호라 나는 곤고한 사람이로다 이 사망의 몸에서 누가 나를 건져내랴.(롬 7:22-24)

◆ 주 안에서 부르심을 받은 자는 종이라도 주께 속한 자유인이요 또 그와 같이 자유인으로 있을 때에 부르심을 받은 자는 그리스도의 종이니라 너희는 값으로 사신 것이니 사람들의 종이 되지 말라 형제들아 너희는 각각 부르심을 받은 그대로 하나님과 함께 거하라.(고전 7:22-24)

◆ 그러나 내게는 우리 주 그리스도의 십자가 외에 결코 자랑할 것이 없으니 그리스도로 말미암아 세상이 나를 대하여 십자가에 못 박히고 내가 또한 세상을 대하여 그러하니라.(갈 6:14)

1 당신은 위에 기술한 세 가지 유형의 크리스천 중 어느 유형에 속한다고 생각하나요? 그리고 그 이유는 무엇인가요?

2 당신은 당신 자신이 의로운 사람이라고 생각하나요, 아니면 죄인이라고 생각하나요?

3 당신이 세상 사람을 향해 자랑할 만한 것에는 무엇이 있나요? 그리고 주님 앞에 자랑할 것은 무엇이 있나요?

나와 나 자신과의 소통

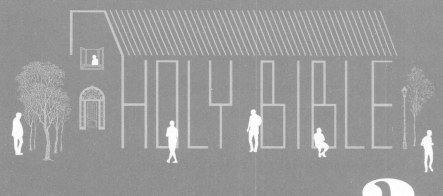

모든 지킬 만한 것 중에 더욱 네 마음을 지키라 생
명의 근원이 이에서 남이니라.(잠 4:23)

모든 것이 마음의 문제다

1

일체유심조(一切唯心造)라는 말이 있다. 모든 것은 오직 마음이 지어낸다는 뜻으로 모든 일에 어떤 마음가짐을 갖느냐가 중요하다는 의미다.

자식에게 지나치게 집착해서 무엇이 될 것을 강요하고 그렇지 못한 자식을 비난하거나 비판하는 부모가 있다면, 그것은 자식의 문제라기보다는 부모의 문제이며, 부모의 마음 안에 상처가 있거나 지나친 욕심이 있는 것으로 보아야 한다.

내가 상대방에게 미움이나 분노의 감정을 가지고 있는 경우, 그 원인을 상대방 탓으로 돌리는 경우가 많지만, 좀 더 깊이 성찰해보면 그것은 곧 내 마음 안의 미움이나 분노의 문제다. 똑같은 상황이라도 내 마음이 어떠한지에 따라 반응하는 모습이 달라지기 때문이다.

마음 안에 상대에 대한 미움이 가득할수록 상대의 미운 점들이 끝없이 눈에 들어온다. 남편에 대한 미움이 가득할수록 남편의 미운 점만 눈에 보이며, 심지어 웃는 모습까지도 미워 보인다. 며느리에 대한 시어머니의 마음에 미움이 가득하면 며느리의 미운 점만 보인다.

그러기에 늘 비난이나 비판, 책망과 훈계가 뒤따른다.

　내 마음 안에 기쁨이 가득하면 상대방의 과거와 똑같은 부정적 행태에도 너그럽게 반응한다. 그러나 내 안에 우울이나 분노가 가득하면 과거 너그럽게 반응했던 상대의 행동에도 발끈 화를 내며 그 원인을 상대에게 돌린다. 용돈을 달라는 아들에게 엄마의 기분이 좋을 때면 흔쾌히 주지만, 마침 엄마의 기분이 상해 있으면 "넌 무슨 돈을 그렇게 많이 쓰냐?"며 핀잔을 한다. 내가 행복하면 "세상은 참 살 만해" 하면서 세상을 행복한 모습으로 바라보지만, 내가 우울하면 "세상이 말세야"라며 세상을 우울한 모습으로 바라본다.

　마음 안에 긍정적 생각을 지닌 부모는 성적이 꼴찌인 아들을 바라보면서도 "우리 아들은 그래도 학교에는 빠지지 않고 잘 다녀서 너무 고마워" 하며 긍정적 반응을 보이지만, 부정적 생각에 사로잡힌 부모는 "학교만 열심히 다니면 뭐하니? 성적이 꼴찌인데"라며 한탄만 한다. 마음 안에 적극적, 긍정적, 낙관적 생각을 가진 사람은 견디기 어려운 고난에 직면하더라도 이에 좌절하거나 이를 걸림돌로 생각하지 않고, 자신이 더욱 발전하기 위한 토대를 튼튼하게 하는, 꼭 거쳐야 할 디딤돌로 생각한다.

　내가 내 앞에 펼쳐지는 모든 현상을 긍정적, 적극적, 낙관적인 마음으로 바라보면 내 인생은 그렇게 흘러가게 되어 있고, 내 앞에 펼쳐지는 현상을 부정적, 비관적, 소극적인 마음으로 바라보면 내 인생 또한 그렇게 흘러가고 만다. 미래는 내가 결심하고 선택하는 대로 만들어지기 때문이다.

　실제 온도가 영하가 아닌 영상 14도였고, 환기구가 있어서 산소도 충분히 공급되던 냉동차 냉동실에 갇혀 있던 한 남자가 그곳에서 동사체로 발견되었다는 소식을 접했을 때, 정말 그랬을까 하는 생각이 들었다. 그를 사망에 이르게 한 것은 냉동실이라는 객관적 환경이 아니라, 주어진 환경을 부정적·절망적 시각으로 바라본 그의 마음밭에서 발현된 생각이었다. 이처럼 마음은 육체를 지배할 정도로 강한 영향력을 지닐 뿐만 아니라, 두통이나 복통, 마비 등 인간의 신체질환에도 영향을 미친다.

신체화 장애(somatization disorder)란 두통이나 복통, 마비 등 신체질환과 동일한 증상이 나타나지만, 실제로는 신체질환이 아닌 심리적 요인으로 나타나는 증상을 말한다. 신체화 장애는 뚜렷한 병명 없이 신체 증상이 지속되기 때문에 환자는 희망을 잃고 무력감, 좌절감을 느껴 우울증 등을 동반하기도 하며, 집중력이나 식욕이 감소하거나, 짜증이 많고 예민해지기도 한다.

한국인에게만 있는 특유한 병이라 해서 영어사전에도 수록된 '화병(hwabyung)' 역시 억누른 감정이 신체질환으로 나타나는 신체화 장애로 볼 수 있다. 신체화 장애는 심리적으로 지나치게 자기 통제적이고 절제적이며 자신의 감정을 제대로 표출하지 못하고 스트레스에 취약한 경우 나타날 수 있다.

성경은 "너희 안에 이 마음을 품으라 곧 그리스도 예수의 마음이니"(빌 2:5)라며 마음의 중요성을 강조한다. 내 마음 안에 예수의 마음이 있으면 어떤 상황에서도 항상 기쁨이 있고 감사가 넘치게 마련이며, 그렇게 살아가는 삶은 행복한 삶이다. 주님은 인간관계를 아름답게 유지하기 위한 지혜로 "네 마음을 다하며 목숨을 다하며 힘을 다하며 뜻을 다하여 주 너의 하나님을 사랑하고 또한 네 이웃을 네 몸과 같이 사랑하라"(눅 10:27)고 권면하신다.

　내 마음 안에 주님의 사랑이 가득하면 모든 게 사랑스러워 보이고 사랑스럽게 들린다. 당신의 마음 안에 당신의 가족이나 당신 이웃에 대한 부정적인 말이나 행동만 눈에 들어온다면, 당신 안에 주님께서 은혜로 주신 이웃 사랑의 마음이 메말라 있음을 알아야 한다.

Holy Bible

◆ 하나님이여 내 속에 정한 마음을 창조하시고 내 안에 정 직한 영을 새롭게 하소서.(시 51:10)

◆ 모든 지킬 만한 것 중에 더욱 네 마음을 지키라 생명의 근 원이 이에서 남이니라.(잠 4:23)

◆ 평온한 마음은 육신의 생명이나 시기는 뼈를 썩게 하느니 라.(잠 14:30)

◆ 마음의 즐거움은 얼굴을 빛나게 하여도 마음의 근심은 심 령을 상하게 하느니라.(잠 15:13)

◆ 사람이 마음으로 자기의 길을 계획할지라도 그의 걸음을 인도하시는 이는 여호와시니라.(잠 16:9)

◆ 노하기를 더디 하는 자는 용사보다 낫고 자기의 마음을 다스리는 자는 성을 빼앗는 자보다 나으니라.(잠 16:32)

◆ 입에서 나오는 것들은 마음에서 나오나니 이것이야말로

사람을 더럽게 하느니라.(마 15:18)

◆ 시험에 들지 않게 깨어 있어 기도하라 마음에는 원이로되 육신이 약하도다 하시고(막 14:38)

◆ 선한 사람은 마음에 쌓은 선에서 선을 내고 악한 자는 그 쌓은 악에서 악을 내나니 이는 마음에 가득한 것을 입으로 말함이니라.(눅 6:45)

◆ 네 마음을 다하며 목숨을 다하며 힘을 다하며 뜻을 다하여 주 너의 하나님을 사랑하고 또한 네 이웃을 네 자신같이 사랑하라.(눅 10:27)

◆ 너희 보물 있는 곳에는 너희 마음도 있으리라.(눅 12:34)

◆ 내가 궁핍함으로 말하는 것이 아니니라 어떠한 형편에든지 나는 자족하기를 배웠노니 나는 비천에 처할 줄도 알고 풍부에 처할 줄도 알아 모든 일 곧 배부름과 배고픔과 풍부와 궁핍에도 처할 줄 아는 일체의 비결을 배웠노라 내게 능력 주시는 자 안에서 내가 모든 것을 할 수 있느니라.(빌 4:11-13)

◆ 그리스도의 평강이 너희 마음을 주장하게 하라 너희는 평강을 위하여 한 몸으로 부르심을 받았나니 너희는 또한 감사하는 자가 되라.(골 3:15)

1 몸과 마음은 어떤 관계에 있다고 생각하나요?

2 당신은 요즘 긍정적, 낙관적, 적극적 마음을 가지고 있나요? 아니면 부정적, 비관적, 소극적 마음이 가득한가요?

3 당신은 요즘 당신 자신이 미워지나요? 혹은 당신의 가족이나 이웃 중에 특별히 미워하는 사람이 있나요? 왜 그런 마음이 들까를 깊이 묵상해보세요.

4 그리스도인이 품어야 할 마음은 어떤 마음이어야 한다고 생각하나요?

내 마음 안의 세 사람의 '나'

2

주머니에 돈 한 푼 없고 주변에 잘 아는 사람도 없는 데다, 며칠을 아무것도 먹지 못하고 굶은 김공복(가명)씨는 고픈 배를 움켜쥐고 거리를 헤매다 마침 김이 모락모락 나는 맛있는 찐빵이 진열되어 있는 가게 앞을 지나가게 되었다.

찐빵을 바라보는 순간 그는 그 찐빵이 너무 먹고 싶어 견딜 수 없었지만, 정작 그의 주머니에는 그 빵을 살 수 있는 돈이 한 푼도 없었다. 순간 그의 마음 한구석에서 "공복아! 망설이지 말고 무조건 가서 그 찐빵을 집어 먹어. 주인이 뭐라고 하든 말든 일단 먹어"라는 유혹의 소리가 들려왔다, 그 유혹의 소리를 따라 공복이는 그 빵을 무조건 먹어야겠다는 생각에 진열대 앞까지 걸어갔다. 그런데 그 순간 그의 마음 또 한구석에서 "공복아! 아무리 배가 고프더라도 값도 지불하지 않고 막무가내로 빵을 먹으면 안 되지. 그러면 절도죄가 되는 거야"라며 자제할 것을 요구하는 소리가 들렸다.

배고픔에 찐빵을 먹으려던 공복씨는 마음 안에서 들려오는 두 가지 서로 다른 요청 사이에서 갈등하기 시작했다. 주인의 허락도 없이 무조건 먹으려니 범죄를 저지르는 것이 되어 두려웠고, 참으려니 배고픔의 고통이 너무 심했기 때문이다.

어떻게 해야 하나를 한참 고민하던 공복씨는 찐빵집 문을 열고 주인이 있는 곳으로 가서 주인에게 사정 이야기를 했다. "아저씨, 죄송합니다. 실은 제가 며칠을 아무것도 먹지 못한 채 굶은 상태인데요, 여기 찐빵을 보니 너무 먹고 싶어 견딜 수가 없습니다. 하지만 저에겐 돈이 한 푼도 없습니다. 죄송하지만 제가 여기 있는 찐빵을 좀 먹고 그 대가로 여기 가게에서 얼마 동안 일을 도와드리면 안 될까요?"

공복씨의 딱한 사정을 들은 주인은 흔쾌히 공복씨의 요청을 받아주었고 찐빵을 듬뿍 먹게 해주었다. 그 결과 공복씨는 절도 범죄를 저지르지 않고 주인의 허락 아래 배고픔의 고통에서 벗어날 수 있었다.

우리의 마음 안에는 의식의 영역뿐만 아니라 무의식이라는 거대한 영역이 존재한다는 것을 처음 밝혀낸 프로이트(Sigmund Freud)는 인간의 마음 안에 존재하는 세 사람의 '나'를 '원초아(id: 이드)', '자아(ego)', '초자아(super ego)'라는 이름을 붙여 설명했다.

첫째, '원초아'는 먹고 자고 사랑하는 것과 같이 인간이 다른 동물과 마찬가지로 삶을 영위하기 위해 육신적, 본능적으로 갖는 욕구를 충족시키려 하는 나이다. 배가 고프면 먹고 싶은 욕구를 충족시키려 하거나, 남녀 사이의 성적 욕구를 충족시키고 싶어 하는 것이 원초아다. 원초아는 세 명의 나 중에서 가장 막대한 에너지를 가진 나이며, 근본적으로 성적(性的)이고 공격적인 충동성을 지니고 있다.

무의식이 지배하는 원초아는 '쾌락의 원리'에 따라 움직인다. 즉,

쾌락을 극대화하고 고통을 회피하기 위해 욕구가 일어나면 즉각 해결하려 하고, 고통이 있으면 이를 회피하려 드는 나이다. 따라서 원초아는 논리적이라기보다는 즉흥적이고 상상 지향적인 경향을 띤다. 위의 김공복씨 사례에서처럼 배고픔의 고통이 있으면 공복씨 마음 안에서 이것저것 따지지 말고 즉각적으로 찐빵을 먹을 것을 요청하는 나의 모습이 곧 원초아다.

둘째, '초자아'는 부모와 사회로부터 배운 도덕적, 윤리적, 종교적 가치 혹은 양심을 구현하려는 나이다. 초자아가 추구하는 가치 중 많은 부분은 자신의 부모로부터 보고 배운 가치가 내재화(introjection)된 것이거나, 이웃이나 학교에서 학습된 가치다. 초자아로서의 나는 내가 도덕적, 양심적으로 행동하도록 강요하려 한다. 초자아로서의 나는 내가 생각하고 말하고 행동하는 일에 완벽성을 지향한다. 위의 공복씨의 사례에서 죄책감을 느끼게 하고 범죄 행위임을 깨닫게 하는 것이 초자아의 기능이다.

셋째, '자아'는 우리가 '나'라고 지칭할 때의 나로서, 외부 사람들에게 보여지는 나를 의미한다. 원초아의 충동과 초자아의 요청을 외적, 현실적 여건이나 제약 요인 등을 고려함으로써 효과적으로 실현시키려는 '현실 원칙(reality principle)'을 따르는 나이다. 즉 '초자아로서의 나'는 현실 원리보다는 도덕이나 완벽성과 같은 이상을 지향하려 하는 데 비해, '자아로서의 나'는 현실에 기반을 두고 있다.

현실 원칙을 따르는 나로서의 자아는 원초아의 충동이 만족되는 것을 원하지만, 그것이 현실적 여건 하에서 문제를 일으키지 않도록 안전한 방식으로 효과적이고 합리적으로 만족되기를 원하는 나이다. 즉, 자아는 원초아의 욕망과 외부 세계의 제약 사이를 중재하는 조정자 역할을 하는 나이다. 위의 사례에서 김공복씨가 주인과 합의하여 빵을 먹고 그 대가로 노동을 제공하기로 한 것처럼 실제로 겉으로 나타내 보이는 나의 모습이 곧 자아다.

내 안에 있는 세 사람의 나, 곧 원초아, 자아, 초자아로서의 나는 본능적 욕망과 현실 및 이상 사이에서 끊임없이 투쟁하며 갈등하는 관계에 있다. 따라서 우리 인간의 삶은 삶의 과정에서 직면하는 구체적인 상황에서 우리 안에 있는 이 세 사람의 나 사이의 갈등을 어떻게 풀어가느냐에 따라 결정된다고 할 수 있다.

만약 김공복씨가 '원초아'의 요청에 굴복하여 그 요청대로 행동했더라면, 그의 행동은 원시적, 충동적, 공격적이고 자기중심적이며 제멋대로인 특성을 드러내어, 찐빵을 훔치거나 강탈하는 등의 방법으로 배고픈 욕구를 해결했을 것이다. 그 결과 절도죄 등을 범한 범죄자의 삶을 살아갔을 것이다. 반면 김공복씨가 초자아의 요청대로 행동했더라면, 그는 현실적이라기보다는 도덕적이고 윤리적이며 양심적인 면에 치중하여 완벽성을 추구하는 삶, 하늘을 우러러 한 점 부끄러움이 없는 삶을 살아가라는 요청을 받아들여, 배고픈 상태를 꾹참고 그 빵집 앞을 그냥 지나쳐버렸을 것이다. 그 결과 배고픔에 쓰러졌거나, 심하면 죽음에 이르렀을 수도 있다.

한편, 내 안의 세 사람 가운데 '자아'의 힘이 강한 사람은 김공복씨처럼 배고픔의 고통에서 벗어나고 싶어 하는 '원초아'의 요구와, 이상적으로 행동할 것을 요구하는 초자아의 요구를 현실적 여건 속에서 합리적으로 조절할 수 있는 힘이나 능력이 있는 사람이다. 이러한 사람을 '자아 강도(ego strength)'가 높은 사람이라고 부른다.

이처럼 자아 강도가 높은 사람은 내 마음 안의 세 사람의 나로부터 가해지는 요청들을 효과적으로 조정하는 능력이 있는 사람이다. 자아 강도가 낮은 사람은 경쟁하는 압력 사이에서 휩쓸려다니는 반면, 자아 강도가 높은 사람은 그 압력을 현실에 맞게 소통하고 관리할 수 있는 능력이 있는 사람으로서, 건강한 삶을 살아가는 사람이다.

'원초아'를 길들여지지 않은 채 자기가 하고 싶은 대로 행동하는 야생마에 비유한다면, '초자아'는 잘 길들여진 말에 비유할 수 있고, '자아'는 두 마리의 말이 끄는 마차를 운전하는 마부에 비유될 수 있다. 마차가 나아가는 방향은 곧 그 사람의 인생 여정에 해당한다. 마부가 두 마리의 서로 다른 말을 어떻게 잘 통제하느냐에 따라 마차가 나아가는 방향, 곧 인생 여정이 달라질 것이다. 이때 마부의 통제 능력이 탁월하면 그는 곧 자아 강도가 높은 사람이며, 건강한 인생을 살아가는 사람이라고 할 수 있다.

성경에서의 선악과 사건은 아담과 하와가 '원초아'와 '초자아' 사이의 갈등을 조정하는 자아 강도가 낮아 '원초아'의 유혹에 굴복하여 일어난 사건이다. 프로이트에 따르면 자아 강도가 약해서 '원초아'와 '초자아'가 대결하는 긴장관계가 지속되면 이것이 정신분열의 원인이 된다고 한다.

원초아의 유혹에 굴복하는 사람은 상대방과의 소통 과정에서 상대 입장은 고려하지 않은 채 단지 자신의 감정이나 느낌대로 상대에게 반응하는가 하면, 초자아의 요구에만 사로잡힌 사람은 상대와의 소통 과정에서 자신의 내면 감정이나 생각을 잘 드러내지 않은 채 오직 상대의 비위만을 맞추려 할 것이다. 모두 바람직한 소통에 어려움이 따른다. 하지만 자아 강도가 높은 사람은 상대와의 소통 과정에서 상황에 맞게 자신의 감정이나 생각을 적절하게 드러내는가 하면, 상대의 입장이나 처지도 고려하여 반응함으로써 바람직한 소통을 이룰 수 있다.

건강한 기독교인은 자아 강도가 높은 사람으로서 구체적 상황에 직면했을 때 원초아의 요청과 초자아의 요청을 현실적 여건 하에서 합리적으로 해결할 수 있는 사람이다. 인간은 육신의 욕망을 추구하려는 원초아의 유혹으로부터 완전히 자유로울 수 없다. 기독교인들 또한 '초자아'의 요청대로 말씀에 순종하고 따라야 하는 존재이면서도, 여전히 육신을 지닌 존재로서 육신의 욕망에서 완전히 벗어날 수 없는 존재다. 그러기에 그리스도인은 늘 자신을 되돌아보며 말씀대로 완전하게 살아가지 못하는 자신을 인정하고 회개하는 삶을 살아야 한다.

바울은 마음으로는 하나님의 법을 육신으로는 죄의 법을 섬기는 (롬 7:25) 자신을 향해 "오호라 나는 곤고한 사람이로다 이 사망의 몸에서 누가 나를 건져내랴"(롬 7:24)고 고백했다.

Holy Bible 📖

◆ 내 속 곧 내 육신에 선한 것이 거하지 아니하는 줄을 아노니 원함은 내게 있으나 선을 행하는 것은 없노라. 내가 원하는 바 선은 하지 아니하고 도리어 원하지 아니하는 바 악을 행하는도다 만일 내가 원하지 아니하는 그것을 하면 이를

행하는 자는 내가 아니요 내 속에 거하는 죄니라 그러므로 내가 한 법을 깨달았노니 곧 선을 행하기 원하는 나에게 악이 함께 있는 것이로다 내 속사람으로는 하나님의 법을 즐거워하되 내 지체 속에서 한 다른 법이 내 마음의 법과 싸워 내 지체 속에 있는 죄의 법으로 나를 사로잡는 것을 보는도다 오호라 나는 곤고한 사람이로다 이 사망의 몸에서 누가 나를 건져내랴.(롬 7:18-24)

◆ 우리 주 예수 그리스도로 말미암아 하나님께 감사하리로다 그런즉 내 자신이 마음으로는 하나님의 법을 육신으로는 죄의 법을 섬기노라.(롬 7:25)

◆ 율법이 육신으로 말미암아 연약하여 할 수 없는 그것을 하나님은 하시나니 곧 죄로 말미암아 자기 아들을 죄 있는 육신의 모양으로 보내어 육신에 죄를 정하사 육신을 따르지 않고 그 영을 따라 행하는 우리에게 율법의 요구가 이루어지게 하려 하심이니라.(롬 8:3-4)

◆ 육신을 따르는 자는 육신의 일을, 영을 따르는 자는 영의 일을 생각하나니 육신의 생각은 사망이요 영의 생각은 생명과 평안이니라 육신의 생각은 하나님과 원수가 되나니 이는 하나님의 법에 굴복치 아니할 뿐 아니라 할 수도 없음이라 육신에 있는 자들은 하나님을 기쁘시게 할 수 없느니라.(롬 8:5-8)

◆ 만일 너희 속에 하나님의 영이 거하시면 너희가 육신에 있지 아니하고 영에 있나니 누구든지 그리스도의 영이 없으면 그리스도의 사람이 아니라.(롬 8:9)

◆ 그러므로 형제들아 우리가 빚진 자로되 육신에게 져서 육신으로 살 것이 아니니라 너희가 육신대로 살면 반드시 죽을 것이로되 영으로써 몸의 행실을 죽이면 살리니 무릇 하나님의 영으로 인도함을 받는 사람은 곧 하나님의 아들이라.(롬 8:12-14)

◆ 내가 이르노니 너희는 성령을 따라 행하라 그리하면 육체의 욕심을 이루지 아니하리라. 육체의 소욕은 성령을 거스르고 성령은 육체를 거스르나니 이 둘이 서로 대적함으로 너희가 원하는 것을 하지 못하게 하려 함이니라. 너희가 만일 성령의 인도하시는 바가 되면 율법 아래에 있지 아니하리라. 육체의 일은 분명하니 곧 음행과 더러운 것과 호색과 우상 숭배와 주술과 원수 맺는 것과 분쟁과 시기와 분냄과 당 짓는 것과 분열함과 이단과 투기와 술 취함과 방탕함과 또 그와 같은 것들이라 전에 너희에게 경계한 것같이 경계하노니 이런 일을 하는 자들은 하나님의 나라를 유업으로 받지 못할 것이요 오직 성령의 열매는 사랑과 희락과 화평과 오래 참음과 자비와 양선과 충성과 온유와 절제니 이 같은 것을 금지할 법이 없느니라. 그리스도 예수의 사람들은 육체와 함께 그 정욕과 탐심을 십자가에 못 박았느니라. 만일 우리가 성령으로 살면 또한 성령으로 행할지니 헛된 영광을 구하여 서로 노엽게 하거나 서로 투기하지 말지니라.(갈 5:16-26)

묵상할 내용

1 당신은 당신 마음 안의 세 사람 중 주로 누구의 힘에 좌우되며 살아가고 있나요?

2 당신은 당신의 자아 강도가 높다고 생각하나요, 아니면 낮다고 생각하나요? 그 이유는 무엇인가요?

3 당신은 과거 초자아의 요구보다 원초아의 요구에 굴복하여 행동했던 일 중에 기억나는 것이 있나요?

4 당신은 스스로가 왜 죄인일 수밖에 없다고 생각하나요?

내 마음밭을 가꾸고 지키기

3

    인간의 정서와 생각, 행동이 발현되는 근원은 인간의 마음밭이다. 우리의 마음밭에 어떠한 정서와 생각의 씨앗이 뿌리내리고 있느냐에 따라 우리가 바라보는 것, 들리는 것이 달라진다.

    유학(儒學)의 경전인 사서오경(四書五經) 중 사서의 하나인 《대학 (大學)》에 "마음이 거기에 있지 않으면 보아도 보이지 않고, 들어도 들리지 않는다(心不在焉 視而不見 聽而不聞)"는 말이 있다. 마음은 육신의 감각기관을 조종하고 움직이는 힘이 있다. 마음에 어떤 대상을 바라보려는 의욕이 없으면 육신의 감각기관인 눈이 그 대상을 보더라도 그 물체가 보이지 않는다. 마음이 상대의 이야기를 들으려 하지 않으면, 상대가 어떤 소리를 하더라도 그 소리가 들리지 않는다. 사람은 어떤 대상에 얼마만큼의 관심, 즉 마음을 두느냐에 따라 그만큼 보이게 되고, 그만큼 들리는 법이다.

    마음밭이 권력을 향한 욕심에 사로잡힌 사람들에게는 힘 있는 지배자만이 눈에 들어오고, 그 사람들의 이야기에 귀를 기울인다. 마음밭이 온통 권력 욕심에 사로잡혔던 이성계의 눈에는 무학대사마저도 탐욕스러운 돼지처럼 보였지만, 부처님의 자비로운 마음으로 세상을 바라보던 무학대사 눈에는 권력욕에 사로잡힌 이성계마저도 부처님으로 보였다. '뭐 눈에는 뭐만 보인다'는 옛말이 이를 대변하는 것이다.

마음밭이 재물에 대한 욕심으로 가득 차 있으면 재물이 있는 곳에 눈이 가고, 그와 관련된 이야기나 소식에 귀를 기울인다. 상대를 미워하는 마음이 가득하면 상대의 부정적인 면이 눈에 들어오고, 상대에 대한 부정적인 이야기들만 귀에 들어온다. 자기 자신을 향해 미워하는 마음이 있으면 자신의 부족한 면만 보이고, 자신에 대한 부정적인 소리에 귀 기울인다. 마음밭이 헐벗고 굶주린 사람들, 핍박받는 사람들을 향한 사랑의 마음으로 가득하면 그들의 비참한 현실이 눈에 들어오고, 그들의 고통 소리에 귀를 기울이게 된다. 주님을 사랑하는 마음이 내 안에 있으면, 주님을 바라보고 주님의 말씀에 귀 기울인다.

마음 안에 상대에 대한 진정한 사랑의 마음이 가득하면 할수록 상대에게 해주고 싶은 일들이 눈에 가득하게 보인다. 그래서 많은 것들을 베풀어주고도 더 베풀어주지 못해 안타까워한다. 자식을 지극 정성으로 사랑하는 부모는 자식을 위해 온갖 희생을 하고 나서도 잘해주지 못한 점만 보여 자식에게 미안해한다. 부모를 지극한 효심으로 돌보는 자식은 부모님이 살아 계실 때 온갖 정성을 다해 부모를 돌보았으면서도, 부모가 돌아가시면 미처 해드리지 못한 효도가 마음에 걸려 가슴 아파한다. 그러나 효심이 부족한 자녀는 부모가 돌아가시면 자신이 부모님이 살아 계실 때 베푼 그 정도의 효도면 할 만큼

했다며 자위해버린다.

사랑에 빠진 연인들은 온통 사랑하는 상대와 시선을 주고받으면서도 늘 더 보고 싶어 하고 연인의 소리에 귀 기울인다. 마음 안에 자선의 심성이 가득한 사람은 늘 헐벗고 굶주리고 핍박받는 사람들에게 시선이 간다.

서로가 서로에게 무관심하다는 것은 서로의 마음밭에 상대를 향한 어떠한 감정이나 생각도 생성되지 않는다는 것이며, 따라서 상대가 무슨 일을 하고 지내든 눈에 들어오지 않고, 상대가 무슨 말을 하든 귀 기울이지도 않는다는 의미다. 그러므로 가족 간에 서로를 미워하는 관계보다 더 비참한 관계는 상호 무관심한 관계다. 가족 간에 서로를 미워한다는 것은 서로 간에 부정적 관심이나마 관심을 가지고 서로의 말이나 행동을 바라보거나 듣는 상태를 의미하기 때문이다.

성경 〈잠언〉에서는 우리 인간이 지켜야 할 그 어떤 것보다도 우리 마음을 지키라고 명령한다(잠 4:23). 생명의 근원이 마음에서 나기 때문이라는 것이다. 성경은 육신의 생각은 사망이요 영의 생각은 생명과 평안이라고 한다(롬 8:5-6). 마음밭이 육신의 욕망을 충족시키려는 생각으로 가득 찬 사람은 그 욕망을 충족시켜줄 수 있는 대상만을 바라보고 그곳에 귀를 기울이지만, 마음밭에 성령이 충만한 사람은 하나님 일에 시선이 가고 하나님 말씀에 귀 기울인다.

여호와 하나님을 향한 굳건한 믿음을 가지고 있던 아브라함은 자식을 바라보는 대신 여호와 하나님을 바라보았고, 소년 다윗 또한 거인 골리앗을 바라보지 않고 전지전능하신 여호와 하나님을 바라보았다.

◆ 모든 지킬 만한 것 중에 더욱 네 마음을 지키라 생명의 근원이 이에서 남이니라.(잠 4:23)

◆ 선한 사람은 마음에 쌓은 선에서 선을 내고 악한 자는 그 쌓은 악에서 악을 내나니 이는 마음에 가득한 것을 입으로 말함이니라.(눅 6:45)

◆ 육신을 따르는 자는 육신의 일을, 영을 따르는 자는 영의 일을 생각하나니 육신의 생각은 사망이요 영의 생각은 생명과 평안이니라 육신의 생각은 하나님과 원수가 되나니 이는 하나님의 법에 굴복하지 아니할 뿐 아니라 할 수도 없음이라 육신에 있는 자들은 하나님을 기쁘시게 할 수 없느니라. 만일 너희 속에 하나님의 영이 거하시면 너희가 육신에 있지 아니하고 영에 있나니 누구든지 그리스도의 영이 없으면 그리스도의 사람이 아니라.(롬 8:5-8)

묵상할 내용

1 당신은 요즘 무엇에 주로 눈이 가나요? 누구의 무슨 소리가 귀를 솔깃하게 하나요?

2 당신은 세상이 미움과 원망으로 가득 차 보이고, 무슨 일에든 부정적인 모습만 보이지는 않나요? 그렇다면 왜 그렇다고 생각하나요?

3 당신과 소통이 되지 않고 갈등을 겪는 누군가가 있나요? 그 사람을 향한 당신의 마음은 어떠한가요?

천국은 내 마음 안에 있다

4

우리의 삶 속에서 기쁨이나 즐거움과 같은 긍정적 감정이나 슬픔이나 좌절 같은 부정적 감정을 느낄 때 흔히 어떤 사건이나 환경, 혹은 어떤 사람이 그러한 감정들을 직접적으로 유발한다고 믿는다. 그러나 이는 착각이다. 내가 느끼는 부정적 감정이나 긍정적 감정의 원인은 외부의 어떤 사건이나 사람이나 상황 같은 환경적 요인 그 자체에 있는 것이 아니라, 그러한 것들을 내가 어떤 생각에 기초해서 어떤 의미로 받아들이느냐에 달린 것이다. 그러한 것들 자체가 자동적으로 나의 감정을 만들어내는 것이 아니다.

객관적으로 아무리 부족하거나 어려운 상태일지라도 마음으로 거기에 긍정적 의미를 부여하면 행복할 수 있다. 내가 아닌 남이 또는 어떤 사건이나 상황이 나를 불행하게 하거나 행복하게 만드는 것이 아니다. "천국은 너희 마음 안에 있다"(눅 17:21)는 것이 예수님의 가르침이다.

많은 사람들은 그들이 원하거나 바라는 대로 어떤 일이 이루어지면 좋고, 그렇지 못하면 나쁜 것이라는 고정관념에 사로잡혀 있다.

돈이 많으면 행복한 것이고, 돈이 없고 가난하면 불행한 것이라고 생각한다. 시험에 합격하면 행복한 것이고, 불합격하면 불행한 것이라고 생각하면서 좌절하고 낙심하고 우울해한다. 그러나 돈이 없어도 행복해하는 사람이 있는가 하면, 시험에 불합격하고도 좌절하거나 낙심하지 않고 오히려 자기 발전의 계기로 삼는 사람도 있다.

행복에 어떤 전제조건을 상정하면, 그 조건이 성립되어야만 행복해질 수 있기 때문에, 행복해질 수 있는 가능성은 그만큼 줄어들고 불행의 가능성은 늘어난다. 내가 원하는 것이 이루어졌다고 해서 꼭 결과가 좋은 것도 아니고, 이루어지지 않았다고 해서 꼭 결과가 나쁜 것도 아니다.

성경에서 사도 바울은 자신을 괴롭히는 육신의 질환(확실하지는 않으나 안질이 있었다고 함)을 자신에게서 떠나가게 해달라고 세 번이나 주님께 간구했지만, 주님께서는 그의 병을 고쳐주시지 않고 오히려 "내 은혜가 네게 족하도다"(고후 12:9) 하시며 바울이 원하던 것과는 정반대의 기도 응답을 주셨다. 사도 바울은 기도 응답의 깨달음을 통해 그가 그리스도를 위하여 자신의 약한 것들과 자신에게 가해지는 능욕과 궁핍과 박해를 오히려 기뻐하노라고 고백하고 있다(고후 12:7-10). 항상 기뻐하고 범사에 감사하라는 것이 성경의 가르침이다 (살전 5:16-18).

"이러면 어떻고 저러면 어때서? 어느 것이나 좋은 거지"라고 생각하는 것은 아무렇게나 될 대로 되라는 자포자기의 마음 상태를 의미하는 것이 아니라, 어떤 상황도 긍정적인 의미로 받아들이겠다는 낙관적인 마음의 자세를 나타내는 표현이다. 주여 나의 인생길에 함께하시면서 "나의 원대로 마옵시고 아버지의 원대로 하옵소서"(막 14:36).

마음이 건강하다는 것은 자신이 원하고 바라는 모습뿐만 아니라, 자기가 원하지 않는 불완전하고 부족한 모습도 기꺼이 수용하는 낙관적 생각을 지닌 상태다. 즉, 마음 중심에 주어진 상황과 관계없이 긍정적인 마음을 잃지 않고 낙관적 생각을 갖는 사람이 진정으로 마음의 건강성을 소유한 사람이라고 할 수 있다.

마음 안에 상대방을 향한 사랑의 마음이 있으면 상대의 나쁜 일보다는 좋은 일이 보이고, 설사 나쁜 일이 보일 때에도 비난이나 비판보다는 너그러운 마음으로 용서하고 안아준다. 사랑은 모든 허물을 가리고 덮어주는 법이다(잠 10:12). 그러기에 사랑은 모든 사람을 행복하게 만든다.

사랑에 빠진 연인들은 상대의 좋은 것만 보이고, 도대체 나쁜 것이나 부족한 것들은 눈에 잘 들어오지 않는다. 사랑하는 연인이 비록 꾀꼬리 목소리가 아니더라도 그 목소리가 아름답고 매력적이라며 호들갑을 떠는가 하면, 참 재미없는 말에도 깔깔대며 웃음을 멈추지 않는다. 이른바 눈에 콩깍지가 씐 것이다. 맛없는 음식도 사랑하는 사람이 만들어주면 그저 맛있고, 사랑하는 사람과 함께 먹으면 더욱 맛이 있다. 그런가 하면 아무리 맛있는 음식이라도 싫어하는 사람, 가까이하고 싶지 않은 사람이 만든 요리이거나, 그들과 그 음식을 같이 먹으면 맛이 현격히 떨어지거나 아예 맛을 잃고 만다.

열 달 동안 엄마 뱃속에서 엄마와 소통하다가 세상에 나온 아기를 바라보는 엄마는 자기의 아기가 세상에서 제일 예뻐 보인다며 눈에

넣어도 아프지 않을 것 같단다. 그 엄마는 구린내 나는 아기의 똥을 치우면서도 구수한 냄새가 난다며 기쁨으로 아이의 변을 치운다. 하지만 권태기에 이른 남편이 변기를 잘못 사용하면 더럽다며 온갖 타박을 해댄다.

식당에 모르는 사람이 남긴 음식은 불결하다며 멀리하면서도, 사랑하는 자식이나 남편 또는 아내가 먹다 남긴 비빔밥은 맛있게도 먹어치운다. 성령 충만으로 마음 안에 주님의 사랑이 가득했던 테레사 수녀는 헐벗고 굶주리며 병든 빈민가 사람들의 모습이 눈에 들어왔고, 그들의 신음에 귀 기울이며 기쁨으로 다가가 음식을 함께 나누고 함께 기거하며, 그들의 상처를 같이 아파하며 지극 정성으로 치료해 주었다.

우리 마음이 어떠하냐에 따라 그것이 우리의 시각, 청각, 미각이나 후각, 그리고 촉각에 영향을 미치고 행동에도 영향을 미치며, 더 나아가 우리의 운명을 결정짓는다. 천국이나 지옥은 내 마음 안에 있고, 내 마음 안에 천국이 있으면 세상이 다 천국으로 보인다.

Holy Bible ☕

◆ 미움은 다툼을 일으켜도 사랑은 모든 허물을 가리느니라.(잠 10:12)

◆ 이르시되 아빠 아버지여 아버지께는 모든 것이 가능하오니 이 잔을 내게서 옮기시옵소서 그러나 나의 원대로 마시옵

고 아버지의 원대로 하옵소서 하시고(막 14:36)

◆ 바리새인들이 하나님의 나라가 어느 때에 임하나이까 묻거늘 예수께서 대답하여 이르시되 하나님의 나라는 볼 수 있게 임하는 것이 아니요 또 여기 있다 저기 있다고도 못하리니 하나님의 나라는 너희 안에 있느니라.(눅 17:20-21)

◆ 여러 계시를 받은 것이 지극히 크므로 너무 자만하지 않게 하시려고 내 육체에 가시 곧 사탄의 사자를 주셨으니 이는 나를 쳐서 너무 자만하지 않게 하려 하심이라 이것이 내게서 떠나가게 하기 위하여 내가 세 번 주께 간구하였더니 내게 이르시기를 내 은혜가 네게 족하도다 이는 내 능력이 약한 데서 온전하여짐이라 하신지라 그러므로 도리어 크게 기뻐함으로 나의 여러 약한 것들에 대하여 자랑하리니 이는 그리스도의 능력이 내게 머물게 하려 함이라 그러므로 내가 그리스도를 위하여 약한 것들과 능욕과 궁핍과 박해와 곤고를 기뻐하노니 이는 내가 약할 그 때에 강함이라.(고후 12:7-10)

묵상할 내용

1 당신은 과거 어렵고 힘든 일을 맞았을 때 어떤 마음으로 대응했나요? 그리고 지금 그와 같은 일을 다시 경험한다면 어떤 마음으로 대응할 것 같나요?

2 당신의 요즘 삶은 기쁨과 감사가 넘치는 삶인가요, 아니면 불평과 불만이 가득한 우울한 삶인가요? 왜 그런 마음을 느낀다고 생각하나요?

3 잠언의 말씀처럼(10:12) 미움은 왜 다툼을 일으키고, 사랑은 모든 허물을 덮는다고 생각하나요?

'지금, 여기'에 기뻐하고 감사하세요

5

우울한 사람은 과거에 사는 것이고, 불안한 사람은 미래에 사는 것이며, 평안한 사람은 이 순간에 사는 것이다. BC 6세기경에 활동한 중국 도가(道家)의 창시자 노자(老子)의 말이다.

과거에 사로잡혀 있는 사람은 늘 우울하다. 과거에 경험했던 슬펐던 일, 억울했던 일, 부끄럽고 수치스러웠던 일, 놀랍고 두려웠던 일들로 인한 상처의 아픔에서 벗어나지 못한 사람은 오늘도 그 상처의 노예가 되어 고통스러워하고 우울해한다.

그런가 하면, 잘나가던 과거의 추억에서 벗어나지 못한 사람 또한 왕년의 추억에 사로잡힌 채 현실이 너무 초라하게 느껴져 우울해한다. 소돔과 고모라 성을 탈출하던 롯의 아내는 뒤를 돌아보다가 소금 기둥이 되고 말았다(창 19:26). 성안에 두고 나온 자기의 소유물을 버려야 하는 것이 너무도 억울하여 뒤를 돌아다보다가 저주를 받아 소금기둥이 된 것이다. 과거는 십자가에 못 박고 새사람으로 거듭나라는 것이 그리스도의 가르침이다(롬 6:6, 엡 4:22-24).

한편, 아직 도래하지도 않은 미래를 걱정하며 사는 사람은 늘 불안해한다. 지금 행복한 삶을 살아가고 있다고 생각하면서도 "지금은 행복한데 만약 미래에 이 행복이 보장되지 않으면 어떡하지?" 하는 조바심에 불안해한다. 지금 불행을 경험하는 사람은 "만약 미래에도 이 불행이 지속되면 어쩌나" 하면서 불안해한다.

성경은 "너희 중에 누가 염려함으로 그 키를 한 자라도 더할 수 있겠느냐"(마 6:27)며, "아무것도 염려하지 말고, 다만 모든 일에 기도와 간구로, 너희 구할 것을 감사함으로 하나님께 아뢰라. 그리하면 모든 지각에 뛰어난 하나님의 평강이 그리스도 예수 안에서 너희 마음과 생각을 지키시리라"고 한다(빌 4:6-7).

과거에 사로잡혀 우울해하고, 오지도 않은 미래에 사로잡혀 불안해하면, 우울과 불안의 늪에 빠져 지금 여기에 주어진 일을 즐기지도 못하고 충실히 행하지도 못한다. 지금 여기에 주어진 당신의 과제를 긍정적이고 낙관적인 시각으로 바라보면서 늘 감사한 마음으로 최선을 다하라. 당신의 마음에 평안이 올 것이다. 지금 여기에 당신에게 주어진 것을 사랑하면 행복하지만, 이미 지나갔거나 아직 못 가진 것을 사랑하면 불행하다.

사람들은 현재를 보다 나은 미래를 위해 준비하고 일방적으로 희생해야 하는 시간이라고 생각하는 경향이 있다. 현재를 즐기고 만끽해야 할 시간이 아니라, 참고 견뎌야 할 시간이라고 생각한다. 그러다가 정작 미래의 시기가 도래하면 또다시 더 나은 다음의 미래를 위한다는 명분으로 그 시간을 희생하고 만다. 당장 누려야 할 기쁨과 즐거움을 포기한 채 미래로 미루다가 정작 아무런 즐거움과 기쁨도 누리지 못한 채 생을 마감하고 만다.

행복으로 가는 길은 지금 순간을 충분히 즐기고 감사하는 것으로 부터 비롯된다. 주어진 현실이 어떠하든 항상 즐기고 기뻐하고 감사하며 살라는 것이 성경의 가르침이다(살전 5:16-18). 이것이 우리를 향하신 하나님의 생각이다.

Holy Bible ☕

♦ 그러므로 내가 너희에게 이르노니 목숨을 위하여 무엇을 먹을까 무엇을 마실까 몸을 위하여 무엇을 입을까 염려하지 말라 목숨이 음식보다 중하지 아니하며 몸이 의복보다 중하지 아니하냐. 공중의 새를 보라 심지도 않고 거두지도 않고 창고에 모아들이지도 아니하되 너희 하늘 아버지께서 기르시나니 너희는 이것들보다 귀하지 아니하냐. 너희 중에 누가 염려함으로 그 키를 한 자라도 더할 수 있겠느냐.(마 6:25-27)
♦ 우리가 알거니와 우리의 옛 사람이 예수와 함께 십자가에 못 박힌 것은 죄의 몸이 죽어 다시는 우리가 죄에게 종노릇 하지 아니하려 함이니(롬 6:6)
♦ 너희는 유혹의 욕심을 따라 썩어져가는 구습을 따르는 옛 사람을 벗어버리고 오직 너의 심령이 새롭게 되어 하나님을 따라 의와 진리와 거룩함으로 지으심을 받은 새사람을 입으라.(엡 4:22-24)
♦ 아무것도 염려하지 말고 오직 모든 일에 기도와 간구로,

너희 구할 것을 감사함으로 하나님께 아뢰라. 그리하면 모든 지각에 뛰어난 하나님의 평강이 그리스도 예수 안에서 너희 마음과 생각을 지키시리라.(빌 4:6-7)

◆ 항상 기뻐하라 쉬지 말고 기도하라 범사에 감사하라 이 것이 그리스도 예수 안에서 너희를 향하신 하나님의 뜻이니 라.(살전 5:16-18)

1 당신이 살아온 삶은 어떠했다고 생각하나요? 그런 삶이 당신 현재의 삶에 어떤 영향을 미치고 있나요?

2 나이 든 사람들 중 요즘 젊은이들 사이에서 유행하는 '꼰대'라는 소리를 듣는 이유가 무엇이라고 생각하나요? 그리고 그런 사람들은 왜 젊은이들과 소통하는 데 어려움이 있다고 생각하나요?

3 그리스도인은 주님의 은혜로 거듭난 사람입니다. 과거와 현재, 그리고 미래에 대한 그리스도인의 자세는 어떠해야 한다고 생각하나요?

자존감은 높이고 자존심은 낮추어라

6

사람에 따라서는 자기 자신을 부족한 사람, 무능한 사람, 존재 가치가 없는 쓸모없는 사람이라고 평가하는 등 자신에 대해 부정적 시각을 가지고 자기 비하를 일삼는 사람이 있는가 하면, 자기 자신을 괜찮은 사람, 어떤 어려운 일도 해낼 수 있는 사람, 사람들로부터 사랑받는 사람이라고 평가하는 등 자신을 긍정적이고 적극적이며 낙관적으로 평가하는 사람이 있다.

전자와 같이 자기 자신에 대해 부정적 시각을 가진 사람은 자존감(self esteem)이 낮은 사람이고, 후자와 같이 자기 자신을 사랑하고 자신에 대해 긍정적 시각을 가진 사람은 자존감이 높은 사람이다.

학생들을 상담하다 보면 그들 대부분에게서 공통적으로 나타나는 심리적 현상이 있는데, 그것은 바로 자존감이 현저히 낮다는 점이다. 자존감은 "당신은 어떤 사람이라고 생각하는가?"라는 질문에 스스로가 내리는 주관적인 판단이나 평가를 의미한다.

스스로에 대한 주관적인 평가라는 점에서 예를 들면, 다른 사람들이 아무리 나를 능력 있고 괜찮은 사람이라고 평가하더라도 나 자신이 그렇게 평가하지 않으면 나는 자존감이 낮은 사람이다. 그렇다면 나는 나 스스로를 어떻게 평가할 때 자존감이 높은 것일까?

첫째, "나는 괜찮은 사람이다", "나는 어떤 어려운 일도 해낼 수 있는 사람이다", "나는 많은 사람들로부터 사랑받는 사람이다", "나의 모든 일들은 잘될 것이다"와 같이 자신을 긍정적이고 적극적이며 낙관적으로 평가하는 사람은 자존감이 높은 사람이다.

이때 오해해서는 안 될 것은, 자존감이 높은 사람이 이와 같이 자신에 대해 긍정적인 평가를 한다고 해서 자신의 단점을 인정하지 않는 것이 아니라는 점이다. 자존감이 높은 사람은 자신의 장점과 단점이 무엇인지를 잘 알고, 자신의 장점을 자랑스러워하는가 하면, 단점에 대해서도 이를 숨기려 하거나 부끄러워하거나 원망하지 않고, 이를 스스로 인정하고 발전의 계기로 삼아 적극적으로 극복해내려고 노력하는 사람이다. 또한 자존감이 높은 사람은 설사 실패를 경험하더라도 이에 좌절하거나 남 탓으로 돌리지 않고 인정하면서 다시 시도하려는 적극성을 보인다.

자존감은 자신은 특별한 존재, 우월한 존재이고 따라서 남들과 달리 특별한 대우를 받아야 한다고 생각하는 자기애(나르시시즘, narcissism)와 구별된다. 자기애에 빠진 사람은 자신의 단점을 인정하지 않으려 하며, 타인이 자신의 단점을 지적하며 비난하는 것은 그가 자신의 우월성을 부러워해서 질투하기 때문이라고 생각한다. 따라서 자기애에 빠진 사람은 대인관계에서 교만한 태도를 보이는 등 소통에 문제를 일으키기 때문에 외로운 삶을 살게 된다.

둘째, 자존감이 높은 사람은 자신을 남들과 비교하여 우월감을 갖거나 열등감을 갖지 않는다. 자신의 고유한 가치에 관심을 가지며, 자신의 존재를 있는 그대로 인정하고 사랑할 줄 아는 사람이다. 인간은 누구나 장점이 있는가 하면 단점도 있다고 본다. 따라서 남들과의 관계에서 겸손한 태도를 취하고, 남의 단점을 들추어내어 비판하거나 판단하지 않으며, 남의 장점에 대해서는 이를 인정해주고 칭찬해준다.

자존감은 자존심(pride)과 구별된다. 자존감은 타인과 상관없이 스스로가 스스로를 존중하는 마음인 데 비해, 자존심은 다른 사람들과의 비교를 전제로 하고, 타인과 비교해서 자신이 더 낫다고 생각하는 것이다. 따라서 자신을 타인과 비교하여 자신이 타인에 비해 덜 가진 사람, 능력이 덜 있는 사람, 덜 예쁜 사람, 덜 똑똑한 사람이라고 생각할 때 자존심이 상하게 된다. 자존심이 강한 사람은 다른 사람과 자신을 비교하여 자신이 우월하다고 생각하면 우월감에 빠져 교만해지기 쉽고, 자신이 부족하다고 생각하면 열등감에 사로잡힌다. 결국 자존심이 강한 사람은 자존감이 낮은 사람이라고 볼 수 있다.

자존심이 강한 사람은 자신의 장점이 인정받기를 원하는 반면, 자신의 단점을 드러내려 하지 않거나, 자신의 단점을 누군가가 지적하면 이를 인정하지 않으려 하고, 변명하고 반박하며 적극적으로 방어하려고 한다. 그러나 자존감이 높은 사람은 어떤 문제에 직면했을 때 타인을 비판하며 타인을 바꾸려 하기보다는 자기 자신을 돌아보고 자신을 바꾸려고 노력한다.

자존감의 개념을 이와 같이 정의할 때 자존감이 낮은 사람은 자신을 부족한 사람, 무능한 사람, 존재 가치가 없는 쓸모없는 사람이라고 평가하는 등 자신에 대해 부정적 시각을 지닌 사람이다. 따라서 늘 우울하고, 남들이 자신의 부족함을 눈치챌까봐 두려워 남들과 잘 어울리려고 하지 않으므로 외톨이로 지내는가 하면, 못난 자신을 인정하기 싫어서 더 못난 타인을 지나치게 공격하거나 비판하기도 한다.

그런가 하면, 상대방이 순수한 감정으로 행한 말과 행동을 주관적으로 잘못 해석해서 분노를 표하거나 위해를 가하기도 한다. 자신의 부족함을 드러내지 않으려고 지나치게 완벽성을 추구하거나 남의 요구를 거절하지 못하며, 지나치게 남의 비위를 맞추려 하기도 한다. 자기불신에 빠져 있기 때문에 다른 사람도 믿을 수 없다고 생각하므로 냉소적인 태도를 보이고 불신감을 드러내기도 한다.

자존감은 높여야 하고 자존심은 낮추어야 한다. 하지만 자존심이 없는 사람은 없다. 우리는 늘 의식적이든 무의식적이든 남과 비교하며 살아가기 때문이다. 어느 정도의 자존심은 자기 발전의 계기가 되기도 한다. 다만 자존감은 낮으면서 자존심만 강한 사람은 자신을 괴롭히고 타인을 힘들게 하는 불행한 삶을 사는 사람이다.

그리스도인은 존재 그 자체가 주님의 기쁨이다. 따라서 그리스도인의 자존감은 높아야 하고 자존심은 낮아야 한다. 성경에서는 그리스도인이 왜 자존감이 높아야 하는지를 여러 곳에서 밝히고 있다. 나는 하나님의 형상으로 창조되었고(창 1:26, 28), 나는 하나님께 내 모습 그대로 무조건적으로 사랑받고 있으며(롬 5:8), 나는 보배롭고 존귀하며 말할 수 없는 가치를 지니고 있고(사 43:4), 나는 하나님의 거룩한 성도이며(히 10:10, 고전 1:2, 6:11), 나는 하나님의 사랑받는 자녀이기 때문이다(요 1:12, 엡 2:19).

헨리 나우웬(Henri Nouwen)은 "자기 자신을 부인하는 것은 영적인 삶의 가장 큰 적이다. 왜냐하면 그것은 우리를 '사랑스러운 존재'라고 부르는 신성한 목소리를 거절하는 것이기 때문이다"라고 했다.

Holy Bible

◆ 하나님이 이르시되 우리의 형상을 따라 우리의 모양대로 우리가 사람을 만들고 그들로 바다의 물고기와 하늘의 새와 가축과 온 땅과 땅에 기는 모든 것을 다스리게 하자 하시고, 하나님이 자기 형상 곧 하나님의 형상대로 사람을 창조하시되 남자와 여자를 창조하시고 하나님이 그들에게 복을 주시며 그들에게 이르시되 생육하고 번성하며 땅에 충만하라, 땅을 정복하라, 바다의 물고기와 하늘의 새와 땅에 움직이는 모든 생물을 다스리라 하시니라.(창 1:26-28)

◆ 네가 내 눈에 보배롭고 존귀하며 내가 너를 사랑하였은즉 내가 네 대신 사람들을 내어 주며 백성들이 네 생명을 대신하리니(사 43:4)

◆ 영접하는 자 곧 그 이름을 믿는 자들에게는 하나님의 자녀가 되는 권세를 주셨으니(요 1:12)

◆ 우리가 아직 죄인 되었을 때에 그리스도께서 우리를 위하여 죽으심으로 하나님께서 우리에 대한 자기의 사랑을 확증하셨느니라.(롬 5:8)

◆ 고린도에 있는 하나님의 교회 곧 그리스도 예수 안에서 거룩하여지고 성도라 부르심을 얻은 자들과 또 각처에서 우리의 주 곧 그들과 우리의 주 되신 예수 그리스도의 이름을 부르는 모든 자들에게 하나님 우리 아버지와 주 예수 그리스도로부터 은혜와 평강이 있기를 원하노라.(고전 1:2-3)

◆ 그러므로 이제부터 너희는 외인도 아니요 나그네도 아니요 오직 성도들과 동일한 시민이요 하나님의 권속이라.(엡 2:19)

◆ 내가 궁핍하므로 말하는 것이 아니니라 어떠한 형편에든지 나는 자족하기를 배웠노니 나는 비천에 처할 줄도 알고 풍부에 처할 줄도 알아 모든 일 곧 배부름과 배고픔과 풍부와 궁핍에도 처할 줄 아는 일체의 비결을 배웠노라. 내게 능력 주시는 자 안에서 내가 모든 것을 할 수 있느니라.(빌 4:11-13)

◆ 이 뜻을 따라 예수 그리스도의 몸을 단번에 드리심으로 말미암아 우리가 거룩함을 얻었노라.(히 10:10)

1 당신은 자존감이 높은 사람인가요, 아니면 자존심이 강한 사람인가요? 어떤 면에서 그렇게 평가하나요?

2 자존감이 높은 사람과 자존심이 강한 사람에 대해 열거한 본문의 구체적 내용들을 기준으로 당신 자신의 자존감과 자존심을 되돌아보세요. 그리고 특별히 변화되어야 할 내용은 무엇인지 찾아보세요.

3 자존감이 높고 낮은 것이 당신 자신과의 소통 그리고 이웃과의 소통에 어떤 영향을 미친다고 생각하나요?

건강한 열등감과 병적 열등감

7

어릴 적 집안이 가난해서 상급학교에 진학할 수 없었던 사람은 자신의 학력에 대해 열등감을 가질 수 있고, 외모가 못난 사람은 자신의 외모에 대해 열등감을 가질 수 있다. 열등감이란 자신의 어떤 부분이 모자라거나 부족하다고 느끼는 주관적 감정이다. 열등감은 주관적 감정이기에 상급학교를 졸업한 사람도 학력에 대해 열등감을 가질 수 있고, 남들이 보기에 잘생긴 외모를 지닌 사람도 자신의 외모에 대해 열등감을 가질 수 있다.

사람은 예외 없이 누구나 자신의 어느 부분에 대해 열등감을 갖는다. 그런가 하면, 누구나 자신이 지닌 열등감의 상태에서 벗어나 좀 더 향상된 상태로 자신을 드러내고 싶은 보편적인 욕구가 있는데 심리학자 아들러(Alfred Adler)는 이를 '우월성의 추구'라 했다. 문제는 어떤 방식으로 열등감을 벗어나 우월성을 추구하느냐에 따라 건강한 열등감의 소유자가 있는가 하면, 병적인 열등감에 빠져 있는 사람도 있다는 것이다.

건강한 열등감의 예를 들면, 집안이 가난하여 상급학교에 진학하지 못해 학력 열등감을 지닌 사람이 있다고 하자. 그가 이런 열등감에서 벗어나기 위해 늦은 나이지만 학업에 열중하여 자신의 열등감을 극복해나갔다면 그는 건강함 열등감을 지닌 사람이다. 그는 자신의 열등감을 흔쾌히 인정하고 열심히 노력해서 이를 극복해나가는 사람이다. 이처럼 열등감 자체는 나쁜 것이 아니라 이를 잘 극복하면 그것이 오히려 자기 성장과 발전의 원동력이 될 수 있다.

한편, 심한 열등감으로 괴로워하면서도 열등감을 적극적으로 극복해서 변화하려고 노력하기보다는 열등감을 자신이 변화하지 않는 핑곗거리나 변명거리로 내세우는 사람이 있다. 예를 들면, "나는 외모가 못생겨서 결혼할 수 없어"라며 자포자기하는 사람처럼, 결혼을 못하는 원인을 자신의 외모 탓으로 돌리며 결혼을 위한 아무런 시도도 행하지 않는 사람이다.

그런가 하면 자신이 어느 부분에 열등감을 지니고 있음에도 불구하고 이를 순순히 인정하고 받아들이려 하지 않고, 마치 자신은 열등감이 없는 것처럼 위장하고 포장하는 사람이 있다. 예를 들면 가난하다는 열등감을 숨기기 위해 사치를 일삼으며 부자인 척하거나, 학력 열등감을 숨기기 위해 학력을 위조하거나, 외모 열등감을 감추려고 성형수술에 중독된 사람들이 이에 해당한다. 이들 모두가 병든 열등감에 사로잡힌 사람들이다.

주님을 믿고 의지하며 주님께서 각자에게 부여하신 달란트의 사명을 감당하려는 사람들에게 주님은 감당할 수 있는 능력을 은혜로 베풀어주신다. 따라서 크리스천들은 건강한 열등감의 소유자가 되어야 한다. 자신의 열등감을 적극적으로 극복하기 위해 주님께 감당할 수 있는 능력을 주십사 기도하며 소통하고, 이웃에게는 자신이 먼저 당당히 자신의 부족함을 변명하거나 숨기지 않음으로써 상호 신뢰에 기초한 소통이 이루어질 수 있는 여건을 마련해야 한다.

Holy Bible

◆ 예수께서 이르시되 할 수 있거든이 무슨 말이냐 믿는 자에게는 능히 하지 못할 일이 없느니라.(막 9:23)

◆ 내가 진실로 진실로 너희에게 이르노니 나를 믿는 자는 내가 하는 일을 그도 할 것이요 또한 그보다 큰 일도 하리니 이는 내가 아버지께로 감이라 너희가 내 이름으로 무엇을 구하든지 내가 행하리니 이는 아버지로 하여금 아들로 말미암아 영광을 받으시게 하려 함이라 내 이름으로 무엇이든지 내게 구하면 내가 행하리라.(요 14:12-14)

◆ 너희는 너희가 하나님의 성전인 것과 하나님의 성령이 너희 안에 계시는 것을 알지 못하느냐 누구든지 하나님의 성전을 더럽히면 하나님이 그 사람을 멸하시리라 하나님의 성전은 거룩하니 너희도 그러하니라.(고전 3:16-17)

◆ 그의 힘의 위력으로 역사하심을 따라 믿는 우리에게 베푸신 능력의 지극히 크심이 어떠한 것을 너희로 알게 하시기를 구하노라.(엡 1:19)

나와 나 자신과의 소통

묵상할 내용

1 당신이 지니고 있는 열등감에는 무엇이 있나요?

2 당신은 그 열등감에 어떻게 대처해나가고 있나요?

3 크리스천은 열등감에 어떻게 대처해야 한다고 생각하며, 그 이유는 무엇인가요?

4 병적 열등감을 가진 사람은 타인과의 소통에 어떤 영향을 미친다고 생각하나요?

페르소나와 그림자

8

　'페르소나(persona)'라는 말은 고대 그리스에서 배우들이 왕이나 신하의 역할을 할 때 쓰던 가면을 말한다. 마치 연극에서 연기자가 극중 인물의 가면을 쓰고 연기하는 것과 같이, 우리는 우리에게 주어진 다양한 상황에서 그 상황에 맞는 다양한 역할의 가면을 쓰고 살아간다. 예를 들면, 가정에서는 남편이나 아내, 아버지나 어머니의 역할을 연기하고, 회사에 나가서는 사장이나 사원의 가면을 쓰고 역할을 하다가, 초등학교 동창회에 나가서는 소꿉친구 시절의 가면을 쓰고 친구들과 격의 없이 실없는 농담을 주고받기도 한다.

　이처럼 주어진 다양한 상황에 맞게 쓰는 가면을 '페르소나'라고 한다. 정신의학자인 칼 융(Carl Jung)은 각 사람이 자신에게 주어진 사회적 역할(예: 가정에서의 부모 역할이나 직장에서의 사장이나 사원 역할)에 부응하기 위해서 형성된 '기능적 인격'을 '페르소나'라고 이름 붙였다.

　사람은 누구나 지위와 환경에 맞는 가면을 쓰고 사는데, 그것이 사회와 관계를 맺는 데 반드시 필요하다는 것이 융의 주장이다. 회사에서 사장의 가면을 쓰다가도, 동창회에 가면 사장의 가면을 벗고 스스럼없는 친구의 가면을 써야 소통이 잘 이루어진다. 따라서 상황에 맞는 가면을 잘 쓰는 사람이 사회에 잘 적응하고 타인과의 관계도 잘 맺는 원만한 사람이다.

교사가 가족에게까지 선생님의 역할을 계속하거나, 군인이 가정에 돌아와서도 군인의 규율을 강요하는가 하면, 종교인이 어떤 상황에서 누구를 만나든지 자신의 종교를 드러내는 행동을 하는 것처럼 어느 하나의 가면만을 고집하는 경우, 원활한 소통을 저해하고 관계성에 저해가 될 수 있다. 그러나 오해하지 말아야 할 것은 페르소나는 타인을 속이기 위한 나쁜 의미의 가면이 아니라, 신분과 체면을 지키며 사회에 적응하기 위해 필요한 가면이라는 점이다.

페르소나가 우리에게 주는 교훈은 가면, 즉 페르소나가 본래적, 근원적인 자신의 참모습이 아니라는 것을 알아야 한다는 점이다. 본래적인 자신의 참모습이 무엇인지를 알지 못하고 페르소나를 '자신'이라고 착각하면, 그 역할에 갇혀 진짜 자신이 누구인지를 잃어버려 정체성의 혼란을 겪고 만다.

예를 들면, 착한 아이 콤플렉스에 빠져 있는 사람처럼 겉으로는 누구에게나 착한 사람의 가면을 쓰고 착한 역할만을 감당하는 사람이, 속으로는 상대방을 미워하거나 시기하는 등 본래 자신의 내면의 모습과 너무 다르면, 역할 감당도 힘들고 에너지가 그만큼 많이 소요되어 무척 피곤하고 무기력해진다. 사람이 의식적, 이성적으로 자기가 사회적으로 행해야 할 역할, 즉 페르소나에 너무 빠져들다 보면 그 사람의 다른 인격 측면, 즉 페르소나로 인해 무의식 속에 억압된 자아가 드러나지 않는다,

융은 페르소나로 인해 무의식 속에 억압되어 있는 자아를 '그림자 (shadow)'라 칭했다. 무의식 속에 잠재해 있기 때문에 자신이 의식적으로 제어할 수 없는 영역이 그림자에 속한다. 사람이 평상시에는 의식적, 이성적으로 자신의 사회적 역할이나 상황에 맞게, 즉 페르소나로 행동하지만, 간혹 어떤 상황에서는 자신도 모르게 자신이 억제할 수 없는 방어적이고 자기중심적인 충동적 행동들이 튀어나오기도 하는데, 이것이 바로 그림자라고 할 수 있다.

그림자는 자신이 드러내놓고 싶지 않은 자아의 영역이다. 예를 들면 이기심, 시기심 같은 자기중심적 행동이나 분노, 음욕이나 탐욕 등과 같은 것이 이에 해당한다. 기독교에서는 이를 '7가지 죄(즉, 칠죄종)'라 칭하는 것으로 교만, 인색, 시기, 분노, 음욕, 탐욕, 나태로 인식하고 있다.

페르소나와 그림자는 누구에게나 존재해 있는 동전의 양면과도 같은 것이다. 따라서 둘 중 어느 하나를 떼고 볼 수는 없다. 내가 머리로는 인지하지 못해도 방어적이고 자신만을 위한 행동들을 은연중에 하게 되기 때문이다. 페르소나와 숨어 있는 자아 즉 그림자가 너무 불일치하면 표리부동한 이중적인 성격을 보이고 그 결과 사회 적응에 곤란을 겪게 된다. 따라서 우리에게 요구되는 것은 페르소나로서의 삶과 페르소나에 가려서 보이지 않는 자신의 본모습, 즉 그림자를 찾는 자기성찰의 작업이다.

자신의 그림자 중에서 핵심을 차지하는 것이 자신이 지니고 있는 트라우마(trauma, 정신적 외상)이다. 트라우마는 나로 하여금 무엇인가를 못하게 하거나 행하게 하는 그런 에너지다. 예를 들면, 과거에 큰 화상을 입은 경험이 있으면 그 뒤로는 불에 관련된 것만 보아도 움

찔한다거나, 누군가에게서 큰 배신을 경험한 사람은 그 후 사람과의 관계에서 쉽게 접근하지 못하는 것이 트라우마다. 그런가 하면, 자신이 열심히 공부해서 높은 학력을 소유하고 싶었지만 그럴만한 환경이 못 되어 배움의 기회를 상실한 사람이 높은 학력의 소유자를 부러워하며 배우기 위해 몸부림치는 것도 일종의 트라우마다.

트라우마는 누구에게나 정도 차이는 있지만 존재한다. 따라서 자신이 지닌 트라우마를 보면 자신의 그림자 내용이 어떤 것인지를 알 수 있다. 즉, 자신을 크게 매혹시키거나 엄청난 거부감을 주는 것이 무엇인가를 알아차리면 자신의 그림자가 어디에 있는지 실마리를 찾을 수 있다. 기독교인들의 가장 큰 사명은 가면을 쓰고 살아가는 자신의 삶을 하나님 말씀에 기초해서 되돌아보고, 성찰하고, 회개하며, 진정한 자신의 참모습을 찾아가는 것이다. 융은 이처럼 자기를 찾는 자기성찰의 작업을 자기실현이라 칭했다.

Holy Bible ☕

◆ 사람의 영혼은 여호와의 등불이라 사람의 깊은 속을 살피느니라.(잠 20:27)

◆ 화 있을진저 외식하는 서기관들과 바리새인들이여 잔과 대접의 겉은 깨끗이 하되 그 안에는 탐욕과 방탕으로 가득하게 하는도다. 눈 먼 바리새인이여 너는 먼저 안을 깨끗이 하라 그리하면 겉도 깨끗하리라.(마 23:25-26)

묵상할 내용

1 당신은 어떤 사회적 관계에서 상황에 걸맞은 페르소나 역할을 제대로 하고 있다고 생각하나요?

2 당신이 사회적 관계에서 주어진 상황이나 역할에 걸맞지 않게 행동하는 분야는 어디라고 생각하나요?

3 당신은 당신 안에 잠재해 있는 그림자로 어떤 것들이 있다고 보나요?

4 페르소나와 그림자 관점에서 당신은 사회적 관계에서 소통이 제대로 이루어지기 위해 어떻게 해야 한다고 생각하나요?

5 하나님 앞에 나아와 기도할 때 당신은 무슨 페르소나를 써야 한다고 생각하나요?

"제가 뭐라고…"와 "내가 누군데…"

9

하나님께서는 모세를 향해 애굽의 바로에게 가서 이스라엘 자손을 애굽에서 인도하여 내라는 명령을 하신다(출 3:10). 이에 모세는 "내가 누구관대 바로에게 가며 이스라엘 자손을 애굽에서 인도하여 내리이까?"(출 3:11)라며 첫 번째 변명을 시작으로 총 5회에 걸쳐 변명을 계속하는 내용이 있다(출 3-4장). 자신은 감히 하나님의 일을 감당하기 위해 선택받을 만한 인물이 아니라고 생각한 것이다.

한편 〈출애굽기〉(10장)에서는 애굽왕 바로의 교만한 모습을 소개하고 있다. 여호와께서 모세로 하여금 바로에게로 들어가게 하시고, 바로에게 이스라엘 민족을 보낼 것을 명하였지만 이에 굴복하지 않은 결과, 아홉 번째의 재앙이 이집트를 덮었고 이집트는 흑암으로 가득하게 되었다. 그럼에도 불구하고 바로는 모세의 명령에 불복하고 급기야 자신의 눈앞에 나타나지 말라고 말하며, 다시 나타난다면 죽여버리겠다고 협박한다.

우리말에 "제가 뭐라고…"라는 표현이 있는가 하면, "내가 누군데…"라는 표현도 있다. "제가 뭐라고"라는 표현 뒤에는 늘 자신을 비하하는 태도로부터 나오는 부정적인 표현이 뒤따른다. 모세도 자신은 본래 말에 능하지 못한 자이며, 입이 뻣뻣하고 혀가 둔한 자(출 4:10)라고 변명하거나 "주여 보낼 만한 자를 보내소서"(출 4:13)라며 하나님의 명령에 부정적 반응을 보였다. 한편 "내가 누군데"라는 표현 뒤에는 늘 자기의 잘난 점을 드러내는 교만한 표현이나 행동이 뒤따른다. 바로가 모세를 향해 드러낸 표현이나 행동이 그렇다.

"제가 뭐라고…"라며 자신을 비하하는 자세나 "내가 누군데…"라며 자기우월감이나 교만에 사로잡힌 모습은 그 어느 것도 하나님께서 기뻐하시는 모습이 아니며 원활한 소통을 가로막는 표현이다.

"제가 뭐라고 이스라엘 민족을 애굽에서 이끌어내는 어마어마한 일을 해내리이까?"라는 태도를 보인 모세의 변명에 하나님은 "내가 정녕 너와 함께 있으리라"(출 3:13)고 약속하셨다. 주님은 늘 우리와 동행하시며 우리의 형편과 사정을 잘 아시고, 때를 따라 도우시는 분이시다(히 4:16).

우리 믿음의 형제들은 아무것도 아닌 존재가 아니다. 전지전능하신 하나님을 아버지라 부를 수 있는 엄청난 지위에 있는 존재다. 그런가 하면 우리는 주님의 지위를 넘보는 교만에 사로잡혀 아무런 부족함이 없는 완벽한 존재라는 생각에 사로잡힌 존재도 아니다. 주님은 부족한 우리를 있는 그대로 사랑하시고, 필요할 때 지혜와 능력을 주셔서 우리를 당신이 필요로 하는 자로 만들어 사용하시는 분이다.

성경에서는 "교만은 패망의 선봉이요 거만한 마음은 넘어짐의 앞잡이니라. 겸손한 자와 함께하여 마음을 낮추는 것이 교만한 자와 함께하여 탈취물을 나누는 것보다 나으니라"는 잠언의 말씀(잠언

16:18-19)을 비롯해서, 수많은 곳에서 겸손과 교만을 대비하여 거론하며, 믿는 자가 피해야 할 가장 큰 죄악이 교만임을 강조하고 있다.

교만(驕慢, pride)은 높은 자존심으로, 자신과 타인을 비교하여 자신은 타인보다 더 중요한 존재라는 태도, 과도한 자기애 등을 가리키는 것으로서 낮은 자존감의 소유자가 보이는 태도다. 교만은 잘난 체하고 뽐내며, 타인을 낮게 여기고 함부로 대하려는 건방지고 오만한 태도를 의미한다. 따라서 교만은 겸손과는 정반대 개념으로, 남에게 가르침을 받으려고 하기보다는 가르치려 들고, 함부로 남을 판단하고 정죄하는 태도라고 할 수 있다. 그런가 하면 겸손을 가장한 지나친 자기비하적 태도 역시 자기 자신을 존중하지 못하는 낮은 자존감을 가진 사람들의 태도다.

기독교에서 교만은 칠죄종(七罪宗)의 하나로 꼽힌다. 칠죄종은 초기 그리스도교 시절부터 사용된 용어로서, 오늘날 일반적으로는 교만, 인색, 시기, 분노, 음란, 탐욕, 나태가 일곱 가지 큰 죄를 의미하는 칠죄종에 속한다. 이들 죄를 칠죄종으로 분류하는 이유는 이들 죄악들이 단지 도덕적으로나 종교적으로 중대한 죄악이기 때문만이 아니라, 그것이 결정적인 원인(또는 동기)이 되어 다른 죄악을 낳는 파급효과가 매우 크기 때문이다. 그런데 칠죄종 중에서도 교만은 가장 큰 죄악으로 꼽힌다. 그리스도교에서 설명하는 칠죄종 중 교만은 나머지 6개 죄악들의 모태가 되기 때문이다.

아담과 하와가 에덴동산에서 범한 원죄도 선악과를 따먹지 말라는 하나님의 명령을 업신여기고, 자신들이 하나님과 같이 되려는 교만 때문이었다. 교만으로 인해 원죄가 발생했고, 그로 인해 다른 죄악들이 야기되었으므로 교만이 곧 다른 모든 죄악의 원흉임을 이해할 수 있다. 안타까운 것은 교만이 칠죄종의 가장 큰 원흉이지만, 인간이 가장 범하기 쉬운 죄악이라는 점이다. 인간은 누구나 다른 사람과의 비교를 통해 자신은 남보다 더 인정받고 싶고 더 존중받고 싶어 하는 마음, 즉 자존심을 지닌 존재다. 교만은 곧 자존심의 발로로서, 인정받고 싶고 존중받고 싶은 욕망에 기인한다. 그 욕망이 충족되면 교만해지고, 충족되지 못하면 깊은 열등감에 사로잡혀 분노하고, 시기하고 질투하거나 우울감이나 좌절감에 빠지고 만다.

성경은 우리에게 교만을 버리고, 높아지려 하기보다 낮아지고, 얻으려 하기보다 나누어주고 베풀어주며, 잘난 체하기보다 겸손해질 때 진정으로 타인으로부터 인정받고 존중받는 존재가 될 수 있음을 역설하고 있다. 예수님은 이러한 진리를 몸소 우리에게 실천으로 보여주신 분이다.

Holy Bible ☕

◆ 너희가 그것을 먹는 날에는 너희 눈이 밝아져 하나님과 같이 되어 선악을 알 줄 하나님이 아심이니라.(창 3:5)
◆ 악한 자가 교만하여 가련한 자를 심히 압박하오니 그들이 자기가 베푼 꾀에 빠지게 하소서 악인은 그의 마음의 욕심을 자랑하며 탐욕을 부리는 자는 여호와를 배반하여 멸시하나이다 악인은 그의 교만한 얼굴로 말하기를 여호와께서 이를 감찰하지 아니하신다 하며 그의 모든 사상에 하나님이

없다 하나이다.(시 10:2-4)

◆ 여호와를 경외하는 것은 악을 미워하는 것이라 나는 교만과 거만과 악한 행실과 패역한 입을 미워하느니라.(잠 8:13)

◆ 교만은 패망의 선봉이요 거만한 마음은 넘어짐의 앞잡이니라. 겸손한 자와 함께하여 마음을 낮추는 것이 교만한 자와 함께하여 탈취물을 나누는 것보다 나으니라.(잠 16:18-19)

◆ 너는 내일 일을 자랑하지 말라 하루 동안에 무슨 일이 일어날지 네가 알 수 없음이니라.(잠 27:1)

◆ 누구든지 자기를 높이는 자는 낮아지고 누구든지 자기를 낮추는 자는 높아지리라.(마 23:12)

◆ 예수께서 나아와 말씀하여 이르시되 하늘과 땅의 모든 권세를 내게 주셨으니 그러므로 너희는 가서 모든 민족을 제자로 삼아 아버지와 아들과 성령의 이름으로 세례를 베풀고 내가 너희에게 분부한 모든 것을 가르쳐 지키게 하라 볼지어다 내가 세상 끝날까지 너희와 항상 함께 있으리라 하시니라.(마 28:18-20)

◆ 예수께서 앉으사 열두 제자를 불러서 이르시되 누구든지 첫째가 되고자 하면 뭇사람의 끝이 되며 뭇사람을 섬기는 자가 되어야 하리라 하시고 어린 아이 하나를 데려다가 그들 가운데 세우시고 안으시며 제자들에게 이르시되 누구든지 내 이름으로 이런 어린 아이 하나를 영접하면 곧 나를 영접함이요 누구든지 나를 영접하면 나를 영접함이 아니요 나를 보내신 이를 영접함이니라.(막 9:35-37)

◆ 그러나 더욱 큰 은혜를 주시나니 그러므로 일렀으되 하나
님이 교만한 자를 물리치시고 겸손한 자에게 은혜를 주신다
하였느니라.(약 4:6)

묵상할 내용

1 당신은 스스로를 낮게 평가하여 어떤 사람의 바람직한 요청을 거부한 적이 있나요?

2 당신은 스스로를 과도하게 낮추는 편인가요, 아니면 스스로를 너무 높게 평가하는 편인가요?

3 주님의 자녀 된 사람들이 지녀야 할 바람직한 자세는 어떠해야 한다고 생각하나요? 서로 의견을 나누어보세요.

"사람은 참 변하지 않지요?"

10

    교회 여선교회 모임에서 점심 식사를 같이한 후 다과를 나누면서 이런저런 이야기를 하던 중에 안 권사가 옆에 있는 김 집사를 향해 "김 집사님, 우리 남편을 보면 사람은 참 안 변하는 것 같아요, 그렇죠?"라고 질문을 던지며 김 집사의 동의를 구하려는 표정을 지었다. 이에 김 집사는 "그래요, 우리 남편도 마찬가지예요. 그렇게 잔소리를 해도 끄떡 않는 것을 보면 사람은 참 변하지 않는 것 같아요"라고 대답해주었다. 이에 안 권사는 환한 미소를 지으며 김 집사도 자기와 같은 견해를 가지고 있음에 만족해했다.

    안 권사가 김 집사와 나눈 대화 속에는 변화하지 않는 대상이 자신들이 아닌 자신들의 남편들이라는 데 공통점이 있다. 이 대화로 안 권사는 변하지 않는 대상이 자신의 남편만이 아니라 김 집사의 남편 또한 그러하며, 더 나아가 사람은 변하지 않는 것이 일반적 현상임을 확인받았다.

    인간의 변화는 외적 변화와 내적 변화로 나누어볼 수 있다. 외적 변화는 겉사람의 변화, 육신의 변화로 누구나 늙어가고 쇠약해지고 죽음에 이른다. 겉사람의 변화는 자연스러운 것이다. 이를 억지로 막아보기 위해 몸부림치는 모습은 안타깝고 하나님의 섭리를 벗어나는 것이다. 문제는 인간의 내적 변화다. 나이가 들수록 삶의 과정에서의 여러 경험을 통해 세상의 이치를 깨닫고 좀 더 철이 들고 원숙해지는 사람이 있는가 하면, 나이만 먹었을 뿐 여전히 변하지 않고 과거의 부정적 사고와 행태를 지속하는 사람도 있다.

예수 그리스도를 자신 안에 영접한 믿는 사람들의 삶은 당위적으로는 내적으로 변화된 삶을 살아가야 한다. 믿는다는 것은 내 안에 성령이 임하는 것이고, 성령이 내 안에 임하면 옛사람이 죽고 새사람으로 거듭나는 변화가 일어나기 때문이다. 그리스도 예수의 사람들은 육체와 함께 그 정욕과 탐심을 십자가에 못 박은 사람들이다(갈 5:24). 겉사람은 낡아지나 속사람은 날로 새로워지는 사람들이다(고후 4:16).

성경에는 사도 바울, 니고데모, 삭개오와 기드온 등 주님을 영접함으로써 변화된 사람들의 이야기가 풍성하게 기록되어 있다. 사울은 예수를 만나 회심하고 바울이 됨으로써 그에게 엄청난 변화가 일어났다(행: 9장). 기독교인들에 대한 증오와 위협과 살기로 가득 차 있던 눈빛이 불신자들을 불쌍히 여기는 영의 눈으로 변화되었다. 그의 혈통과 지위와 도덕과 학식을 자랑하고, 교회를 핍박하는 것을 당연하다고 생각했던 사람이, 과거에 귀하게 여기던 모든 것을 배설물로 여기고 오직 예수님만 자랑으로 삼았다(빌 3:4-12).

살기가 등등하여 그리스도인을 박해하는 것이 삶의 목적이었던 사울은, 예수님을 만난 후 사람을 살리는 전도자의 삶으로 바뀌었다.

성령님을 경험했는데 옛사람이 변하지 않으면 거짓이다. 거듭난 사람은 "이전 것은 지나가되 보라 새것이 되었도다"(고후 5:17)라고 고백할 수 있어야 한다.

나와 나 자신과의 소통 그리고 나와 이웃과의 진정한 소통을 이루기 위해서는 먼저 인간은 변화될 수 있고 그 변화의 주체, 곧 독립변수는 다름 아닌 나 자신이고, 내가 변화할 때 상대방 또한 변화된다는 사실에 대한 확신이 있어야 한다.

나 자신은 변화하지 않고 상대가 변화하지 않는다며 불평과 불만, 비난과 비판을 일삼는다고 해서 상대가 변화되는 것은 아니다. 그리고 그러한 변화의 진정한 모습은 내 안에 주님이 함께할 때 놀랍게 이루어진다는 것을 깨닫고 경험하는 것이 믿는 사람들의 특권이며 축복이다. 안 권사와 김 집사가 당신들의 남편을 변화하지 않는다며 비난하는 것은 곧 자신들 또한 변화하지 않고 있음을 반증하는 것이다.

변화를 원하는 사람은 모든 현상을 긍정적으로 바라보면서 적극적으로 변화할 수 있는 방법을 탐색하지만, 변화를 꺼리거나 두려워하는 사람은 주어진 현상을 부정적, 소극적으로 바라보면서 핑곗거리를 찾는 데 주력하는 법이다. 그리고 그 핑곗거리들은 너무나 많고 찾기도 쉽다.

◆ 그러므로 우리가 낙심하지 아니하노니 우리의 겉사람은 낡아지나 우리의 속사람은 날로 새로워지도다.(고후 4:16)

◆ 그런즉 누구든지 그리스도 안에 있으면 새로운 피조물이라 이전 것은 지나갔으니 보라 새 것이 되었도다.(고후 5:17)

◆ 그리스도 예수의 사람들은 육체와 함께 그 정욕과 탐심을 십자가에 못 박았느니라.(갈 5:24)

◆ 그러나 무엇이든지 내게 유익하던 것을 내가 그리스도를 위하여 다 해로 여길 뿐더러 또한 모든 것을 해로 여김은 내 주 그리스도 예수를 아는 지식이 가장 고상하기 때문이라 내가 그를 위하여 모든 것을 잃어버리고 배설물로 여김은 그리스도를 얻고 그 안에서 발견되려 함이니 내가 가진 의는 율법에서 난 것이 아니요 오직 그리스도를 믿음으로 말미암은 것이니 곧 믿음으로 하나님께로부터 난 의라.(빌 3:7-9)

1 당신이 예수 그리스도를 영접함으로써 변화된 것에는 무엇이 있나요?

2 당신이 예수 그리스도를 영접하고 나서도 변화하지 못하는 쓴 뿌리에는 어떤 것이 있나요?

3 당신은 변화되지 않는 것들을 변화시키기 위해 어떤 노력을 기울이고 있나요?

4 당신 자신이 변화되지 않아서 당신 가족들이나 교회 식구들과 나누는 소통에 지장이 되는 것에는 무엇이 있는지 되돌아보세요.

내 마음 안의 화난 감정 다스리기

11

남이 나를 비난하거나 비판해올 때면 그 내용이 무엇인가를 경청하고 이를 고쳐야겠다는 생각이 들기에 앞서 방어적이 되어 올바른 지적도 변명이나 부정, 회피, 방어로 일관하는 경우가 많다. 상대의 나를 향한 비난이나 비판이 부당하다고 생각되면 속상하고 화가 날 때도 많다. 자신을 비판한 타인을 향해 화가 나는 경우도 있고, 비판의 대상이 된 자신을 향해 화가 나기도 한다. 그런가 하면 자신이 처해 있는 여건이나 처지를 비판하며 화가 날 때도 있다.

인간은 감정의 동물이기에 삶의 과정에서 때로 화가 나는 것은 당연한 일이다. 누가 보아도 화가 나야 할 상황인데도 아무런 분노도 느끼지 못한다면 그것이 오히려 비정상이라고 보아야 한다. 따라서 화가 나는 것이 중요한 것이 아니라, 화가 났을 때 이를 더 큰 화로 번지지 않도록 다스리면서 이를 얼마나 현명하게 풀어낼 것인가가 중요하다.

성경은 "분을 내어도 죄를 짓지 말며 해가 지도록 분을 품지 말고 마귀로 틈을 타지 못하게 하라"(엡 4:26-27)고 권면하고 있다. 화를 내는 것을 인정하면서도, 그 화를 잘못 풀어 죄를 짓지 말 것과, 분한 감정을 오래 끌지 말고 그날에 풀어버림으로써 호시탐탐 우리를 악의 길로 빠뜨리려고 혈안이 되어 있는 마귀의 덫에 걸리지 말 것을 권면하고 있다.

상대와의 관계에서 발현되는 화와 같은 부정적 감정은 참지 말고 드러내되 잘 드러내야 한다. 그런데 이보다 더 중요한 것은 상대에 대해 화가 났을 때 "내 마음 안의 무엇이 작동하여 내가 상대방을 향해 화를 내는 거지?"와 같이 화가 발현된 자신의 마음 안을 들여다보고 화의 근원을 살펴보는 자기성찰의 자세를 갖는 것이다.

관계성 속에서 발현되는 화나 분노와 같은 부정적 감정은 어쩔 수 없이 당연히 발현되는 것이 아니라, 훈련을 통해 얼마든지 다스릴 수 있다. 어떻게 하면 감정을 다스릴 수 있을까?

첫째, 화를 푸는 가장 일반적인 방법은 화가 났을 때 즉각 화난 감정대로 반응하려 하지 말고, 잠깐 5분만이라도 참는 시간을 갖는 것이다. 고조되어 있던 분노가 5분 정도만 지나도 가라앉기 때문이다. 상대방이 화가 많이 났다고 판단되면 상대를 향해 "잠깐! 우리 논쟁을 멈추고 물이라도 한잔 마시고 다시 이야기합시다"와 같이 상대를 향해 '타임아웃(time out)'을 요청하는 것이다. 이 경우 서로가 논쟁을 잠깐이라도 멈추고 물이나 차를 마시다 보면 화가 차분히 가라앉기 때문이다.

둘째, 보다 근원적으로 화를 해소하는 방법으로, 화가 난 순간 상대 입장에서 생각해보거나, 화가 난 자신의 모습을 바라보고 자신에게 들려오는 마음의 소리를 들어보면서 화의 근원이 어디에서 유래되었는지를 살피고 스스로 반성해보는 것이다. 다른 어떤 것보다 "네 마음을 지키라"는 것이 잠언의 말씀이다(잠 4:23).

자신이 화를 내는 것이 상대방 때문이라거나 주어진 여건 탓이라며 그 원인을 자신이 아닌 외부에 돌리고 있지만, 곰곰이 생각해보면 상대의 비난에 자신의 인정받고 싶은 욕구가 충족되지 못해서 자존심에 상처를 입었거나, 상대의 비난을 정당한 비난이라고 인정하면서도 비난의 대상이 되어야 하는 자신에 대해 화가 난 것일 수도 있다. 그런가 하면, 정작 화를 내게 한 것은 다른 사람인데 그 사람에게는 화를 내지 못하고, 자신보다 약한 엉뚱한 사람에게 화를 내고 있는 것은 아닌지도 살펴보아야 한다.

상대방에 대한 우월감으로 자존심이 작용하면 "내가 누군데, 네가 감히 나를 비판해?" 하며 분노한다. 상대에 대한 열등감으로 자존심이 작용하면 인정받지 못한 못난 자신을 향해 분노하거나, 상대를 향해 변명이나 맞대응 혹은 폭력성을 드러내게 된다. 모두가 내 안의 자존심이 원인으로 도사리고 있음을 알 수 있다. 내 안의 자존심이 원인으로 밝혀지면 자신의 자존심을 내려놓는 것이 부정적 감정을 다스리는 방법이다.

셋째, 상대방에 대해 화를 내는 등 부정적 감정을 갖는 것은 내가 옳고 상대가 틀렸다는 생각에 사로잡히기 때문이다. 따라서 화가 났을 때 "아, 내가 나만 옳다는 생각에 사로잡혀 있구나"라고 깨달으며 자신만이 옳다는 생각에서 벗어나야 한다.

넷째, 상대방이 겉으로 나타내는 말과 행동에 좌우되지 말고, 상대의 마음을 바라보고, 더 나아가 상대방 뒤에 서 계시는 주님을 바라보는 훈련을 지속해야 한다. 내가 화를 내는 것은 상대의 부정적 말이나 행동만을 바라보기 때문이다. 따라서 화가 치밀어오를 때 상대방이 겉으로 드러내는 말이나 행동만을 바라보지 말고, 역지사지 입장에서 그러한 말이나 행동을 보이게 된 상대방의 마음을 바라보고 공감해줄 수 있어야 한다. 그럴 경우 상대에 대한 부정적 감정보다는 상대의 입장이라면 '그럴 수 있겠다'는 점을 이해하게 되고, 화를 내기보다는 긍휼한 마음으로 상대방을 용서하게 된다.

감정을 다스리려면 내 마음부터 먼저 다스릴 줄 알아야 한다. 부정적 감정을 불러일으키는 내 마음의 근원을 파악할 줄 알아야 하고, 그 근원을 과감히 내려놓을 줄 알아야 한다.

Holy Bible ☕

◆ 미련한 자는 당장 분노를 나타내거니와 슬기로운 자는 수욕을 참느니라.(잠 12:16)
◆ 노하기를 속히 하는 자는 어리석은 일을 행하고 악한 계교를 꾀하는 자는 미움을 받느니라.(잠 14:17)
◆ 유순한 대답은 분노를 쉽게 하여도 과격한 말은 노를 격동하느니라.(잠 15:1)
◆ 노하기를 더디 하는 자는 용사보다 낫고 자기의 마음을 다스리는 자는 성을 빼앗는 자보다 나으니라.(잠 16:32)

◆ 노하기를 더디하는 것이 사람의 슬기요 허물을 용서하는 것이 자기의 영광이니라.(잠 19:11)

◆ 자기의 마음을 제어하지 아니하는 자는 성읍이 무너지고 성벽이 없는 것과 같으니라.(잠 25:28)

◆ 오직 성령의 열매는 사랑과 희락과 화평과 오래 참음과 자비와 양선과 충성과 온유와 절제니 이같은 것을 금지할 법이 없느니라 그리스도 예수의 사람들은 육체와 함께 그 정욕과 탐심을 십자가에 못박았느니라 만일 우리가 성령으로 살면 또한 성령으로 행할지니(갈 5:22-25)

◆ 분을 내어도 죄를 짓지 말며 해가 지도록 분을 품지 말고 마귀로 틈을 주지 말라.(엡 4:26-27)

◆ 내 사랑하는 형제들아 너희가 알거니와 사람마다 듣기는 속히 하고 말하기는 더디 하며 성내기도 더디 하라 사람이 성내는 것이 하나님의 의를 이루지 못함이라.(약 1:19-20)

1 최근 당신이 화가 나서 상대방에 대해 잘못을 저지른 일이 있나요?

2 화가 났을 때 몇 분 동안 인내를 가지고 참아보세요. 화가 여전히 고조되어 있나요?

3 최근 당신과 가까운 누군가가 당신을 향해 비난이나 비판을 가했던 기억이 있나요? 그때 어떤 기분이 들었고, 어떻게 반응했나요?

4 당신이 비난이나 비판을 받았을 때 방어나 변명 대신 자신을 돌아보며 회개한 적이 있나요?

5 최근 가까운 이웃을 향해 심한 비난을 가한 적이 있나요? 이웃의 무엇 때문에 그랬나요? 그런데 만약 이웃의 마음을 읽어보았다면 어떻게 반응했을 것 같은가요?

불평, 불만만 할 것인가,
용기를 갖고 도전할 것인가?

12

"저는 몸이 약한 편이라 공부를 하고 싶어도 할 수가 없어요", "저는 술을 안 마시겠다고 결심했는데 집안의 복잡한 일들로 인한 스트레스로 아직도 술을 마시고 있어요", "저는 올해부터는 주일날 빠지지 않고 교회에 나가려 했는데, 요즘 하는 일이 너무 바빠서 주일날 교회에 나가지 못하고 있어요." 등 이런저런 그럴듯한 핑계를 대며 자신이 실현하고자 했던 계획이나 다짐을 실천하지 못한 것에 대해 변명하는 사람들을 주위에서 흔히 발견할 수 있다.

이런 사람들의 공통적 특징은 공부를 하거나, 술을 마시지 않거나, 주일에 교회에 열심히 나가기 위한 실질적, 적극적인 노력을 거의 하지 않거나, 설사 시도했더라도 얼마 가지 않아 포기하고 만다는 데 있다.

그렇다고 해서 이런 사람들이 변화하지 못하는 현실에 만족해하는 것은 아니다. "공부를 하긴 해야 하는데…", "아! 정말 이놈의 술을 끊기는 끊어야 하는데…", "교인이라면 적어도 주일날에 교회에 나가기는 나가야 하는데…"라고 말하는 등, 이들은 변화가 없는 자신들의 현실에 불평과 불만을 표시하며 현실과 다른 삶을 살아가길 원한다고 말한다. 그러면서도 정작 자신을 변화시킬 의지와 용기가 없는 것이다.

결국 이들은 공부를 하지 않으려 하거나, 술을 계속 마시려 하거나, 주일에 교회에 나가지 않으려는 것을 목적으로 삼고, 이를 정당화하기 위해 몸이 약하다거나, 집안일로 인한 스트레스가 있다거나, 너무 바쁜 일이 있다는 것 등을 변명이나 핑곗거리로 삼으면서 현실에 안주하는 삶을 살아간다. 불평과 불만을 일삼으면서도 익숙해져버린 현실 행동들에 편안함을 느끼고 있기 때문이다.

불만이 있는 자신을 변화시키기 위해서는 자신이 변화하겠다는 적극적 목표를 설정하고 이를 실천으로 옮겨야 하는데, 그 과정에서 직면할 여러 가지 난관을 극복하려니 너무 힘들 것 같고, 과연 자신이 정한 목표를 달성할 수 있을지 회의가 들며 불안한 마음이 들기도 한다. "약한 몸의 고통을 이겨내고 공부를 한다고 해서 과연 좋은 성적을 낼 수 있을까?", "금주를 결심해서 과연 성공할 수 있을까?", "바쁜 일을 정리하고 나면 주일을 제대로 지켜낼 수 있을까?"에 대해 스스로에게 확신이 없고 불안한 것이다.

이처럼 변화하지 못하고 현실에 안주하는 사람들은 변화를 위해 감수해야 할 난관이나 불안을 극복해내려는 의지와 용기가 부족한 것이다. 이러한 결단과 용기가 없을 때 사람들은 현실에 불만을 가지면서도 변화하지 않겠다는 데 목적을 두고, 이런저런 그럴듯한 핑계나 변명거리를 만들어 변하지 않는 자신을 정당화시키려 한다.

각자의 삶의 과정에서 익숙하고 편안한 현실에 안주하면서 불만과 불평을 일삼는 삶을 살 것인가, 아니면 힘들고 불확실하고 불안하지만 불만이 있는 현실을 벗어나 변화하려는 용기를 지니고 변화된 삶을 살아갈 것인가 하는 것은 각자 선택의 문제다. 그리고 어떤 선택을 하느냐에 따라 전혀 다른 인생을 살아가게 된다.

현실에 안주하는 잠깐의 편안함을 위해 선택한 변화하지 않겠다는 목적에서 벗어나, 적극적으로 변화하겠다는 목적을 설정하고 이를 위해 고통과 불안 속에서도 용기를 가지고 끈기 있게 변화를 시도해보라. 비록 그 시도가 끝내 실패하더라도 노력한 사람들만이 느낄 수 있는 값진 교훈을 얻을 수 있고, 그러한 교훈은 삶의 과정에서 귀중한 밑거름이 될 수 있다.

주님은 그리스도인과 동행하며 이루어지는 소통 속에서 힘들어할 때 위로를 주시고 가장 필요할 때에 힘과 능력과 지혜를 주시는 분이다(막 9:23, 빌 4:13). 따라서 그리스도인들은 자신은 할 수 없으나 지혜와 능력을 주시는 주님의 은혜 가운데 변화된 삶을 살아갈 수 있는 사람들이다. 옛사람이 죽고 새사람으로 변화된 사람들이다(롬 6:1-11).

◆ 예수께서 이르시되 할 수 있거든이 무슨 말이냐 믿는 자에게는 능히 하지 못할 일이 없느니라 하시니(막 9:23)

◆ 내게 능력 주시는 자 안에서 내가 모든 것을 할 수 있느니라.(빌 4:13)

◆ 우리가 알거니와 우리의 옛사람이 예수와 함께 십자가에 못 박힌 것은 죄의 몸이 죽어 다시는 우리가 죄에게 종노릇 하지 아니하려 함이니(롬 6:6)

1 당신에게는 늘 불평과 불만을 하면서도 변화시키지 못하는 어떤 행태가 있나요?

2 만약 있다면 왜 변화시키지 못한다고 생각하나요?

3 당신은 예수를 믿은 후 옛사람의 구습에서 벗어난 행태가 있나요?

4 당신 삶의 과정에서 "내게 능력 주시는 자 안에서 내가 모든 것을 할 수 있느니라"라는 성경 말씀에 동의할 만한 어떤 사례가 있나요?

인지부조화와 신앙인의 자세

13

    교회 집사님이신 권 연초(가명) 집사는 담배를 피우는 것이 건강에도 좋지 않을 뿐만 아니라, 기독교인이면 담배를 피우지 않는 것이 옳다는 생각을 가지고 있었다. 그러나 권 집사는 10여 년 넘게 피우고 있는 담배를 끊어야겠다고 수없이 다짐하곤 했지만 여전히 금연에 성공하지 못하고 있다. 따라서 그는 자신이 담배를 피우고 있다는 것을 같은 교회 교인들이 알면 어쩌나 해서 불안하고, 건강을 해치면 어쩌나 해서 마음이 불편했다.

    급기야 권 집사는 이러한 마음의 불편함을 없애기 위해 담배에 대한 자신의 태도를 바꾸기로 했다. 즉, 담배를 피우면서도 오랫동안 건강하게 장수하는 사람도 많이 있을 뿐만 아니라, 기독교인과 담배는 아무 관련이 없다는 생각으로 기존의 담배에 대한 자신의 생각을 바꾸게 된 것이다. 담배를 피우는 자신의 행동을 합리화하기 위한 생각의 전환이다. 그 결과 권 집사는 담배로 인한 마음의 불편함을 많이 해소했다.

    사람들은 평소 자신이 옳다고 보는 생각이나 가치와 실제 행동이 일치하는 일관성을 추구할 때 마음의 평안을 누린다. 그런데 권 집사 사례처럼 자신이 옳다고 생각하는 것과 실제 자신이 행하는 행동이 일치하지 않는 것을 '인지부조화(認知不調和, cognitive dissonance)'라 부른다. 사람들은 인지부조화를 경험하면 심리적으로 불유쾌하거나 불안한 긴장감을 느끼게 됨으로써, 그러한 감정으로부터 빨리 벗어나고 싶어 한다.

인지부조화로 인한 불편한 감정을 감소시키기 위해 취할 수 있는 방법은 자신의 평소 태도나 실제 행동 중 어느 한쪽을 수정하는 것이다. 첫째, 자신이 행하는 행동을 자신이 옳다고 생각하는 태도(신념이나 가치)에 부합하게 수정하는 방법이 있고, 둘째, 자신이 실제 행하는 행동은 수정하지 않고 자신의 행동과 일치하는 신념이나 가치로 자신의 기존 태도를 바꾸는 방법이 있다. 그런데 인지부조화이론에 따르면, 대부분의 사람들은 자신의 행동을 바꾸려 하기보다는 태도를 바꿔 자신의 행동을 합리화하려 한다는 것이다.

권 집사 또한 담배를 끊기보다는 흡연을 계속하는 쪽을 택했고 그것을 합리화하기 위해 자신이 기존에 가졌던 담배에 대한 태도를 바꾸었다. 그 이유는 금연을 실천하려면 금단 현상과 같은 참기 힘든 고통이 따르지만, 태도를 바꾸는 것은 훨씬 편하고 익숙하기 때문이다.

기독교인 중에도 믿음 가운데 주님이 주시는 말씀과 자신의 실제 행동이 일치하지 않을 때 죄책감을 느끼는 등 마음의 불편함을 느끼는 사람들이 많이 있다. 따라서 이러한 신앙생활의 불편함에서 벗어나기 위해 열심히 자신의 행동에 부합되는 성경 말씀을 찾아 자신의 행동을 합리화하려는 사람들이 많이 있다.

세상에 그럴듯한 변명거리는 너무나 많다. 그러한 변명으로 자신의 부적절한 행동을 정당화하다 보면, 그러한 행동이 고착화되어 그런 행동에서 벗어나지 못하게 되고 궁극적으로 불행한 결과를 초래하는 경우가 너무나 많다. 이런저런 논리로 자신의 행동을 정당화하는 것은 곧 자신의 행동을 변화시키지 않으려는 데 목적을 둔 것이다. "나는 요즘 너무 바빠서 교회에도 나갈 시간이 없어. 교인이 바쁠 때면 교회에 못 나갈 수도 있는 것 아니야?"라고 말하는 것은 바쁘다는 것을 핑계로 교회에 나가지 않겠다는 데 목적을 둔 것이다.

　행동의 변화를 원하는 사람은 변화할 수 있는 방법을 열심히 찾아 이를 실천하지만, 행동의 변화를 원하지 않는 사람은 변하지 않는 자신의 행동을 정당화하기 위한 변명거리를 찾는 데 급급해한다. 인간은 모두가 아무런 부끄럼 없이 온전히 말씀대로 살아갈 수 있는 완벽한 존재가 아니다. 하지만 부적합한 자신의 행위를 온갖 핑곗거리로 정당화하려 하기보다는, 자신의 한계를 인정하면서도 말씀에 기초해서 조금씩 변화해가려는 적극적 태도를 가지는 것이 중요하다.

◆ 그런즉 누구든지 그리스도 안에 있으면 새로운 피조물이라 이전 것은 지나갔으니 보라 새것이 되었도다.(고후 5:17)

◆ 너희는 유혹의 욕심을 따라 썩어져가는 구습을 따르는 옛사람을 벗어버리고 오직 심령으로 새롭게 되어 하나님을 따라 의와 진리의 거룩함으로 지으심을 받은 새사람을 입으라.(엡 4:22-24)

◆ 내가 이미 얻었다 함도 아니요 온전히 이루었다 함도 아니라 오직 내가 그리스도 예수께 잡힌바 된 그것을 잡으려고 좇아가노라 형제들아 나는 아직 내가 잡은 줄로 여기지 아니하고 오직 한 일 즉 뒤에 있는 것은 잊어버리고 앞에 있는 것을 잡으려고 푯대를 향하여 그리스도 예수 안에서 하나님이 위에서 부르신 부름의 상을 위하여 달려가노라.(빌 3:12-14)

1 당신이 경험하고 있는 인지부조화 사례가 있나요?

2 당신이 경험하는 인지부조화에 대해 당신은 어떤 태도로 대처하고 있나요?

3 당신이 가장 많이 사용하는 변명거리에는 어떤 것들이 있나요?

"괜찮아, 누구나 그럴 수 있어"

14

인간이 이 세상에 태어나 다른 사람들과 사회관계를 이루면서 살아가다 보면 때로는 의식적이든 무의식적이든 간에 자신과 타인을 비교하게 되고, 그 결과 비교 대상인 타인에 비해 "나는 왜 무능하고 초라해 보일까?"라는 느낌, 즉 열등감을 경험할 때가 많다. 어떤 사람은 자신을 매우 유능하고 부족한 점이 없는 사람인 양 보이기 위해 매사에 완벽성을 추구하는 데 몰두하며 완벽주의자로 인식되기를 원하지만, 역설적이게도 그런 사람일수록 열등감에서 벗어나지 못하는 낮은 자존감의 소유자일 가능성이 높다.

인간은 누구나 완벽하지 못한 존재이며, 죄로부터 자유롭지 못한 존재다(롬 3:9). 따라서 자신은 부족함 없는 완벽한 존재가 되어야 한다고 생각하며 그렇게 되기 위해 몸부림치는 자체가 어리석은 시도이며 전지전능한 신에 대한 도전이다. 완벽하다면 그것은 전지전능한 신의 영역이지 인간의 영역이 아니다.

왜 사람들은 자신을 사랑하고 싶으면서도 그렇지 못하고 자신을 무능하고 초라한 존재로 생각하며 자신을 괴롭히고 열등감에서 벗어나지 못하는 걸까? 인간이 살아가면서 추구하는 것은 무엇보다도 자신이 가치 있는 존재라는 점, 즉 남으로부터 인정과 관심을 받는 존재라는 존재감이다. 그래서 자신은 그런 사람이 되어야 한다는 생각으로 자신을 과대평가한다는 데 실질적인 열등감의 원인이 있다.

자신은 적어도 높은 존재감을 갖는 사람이 되어야 하는데, 현실은 그렇지 못하다고 생각하기 때문에 삶이 괴롭고 부족해 보이고 초라하다고 느끼는 열등감에 사로잡히게 되는 것이다. 자신을 과대평가하기 때문에 남들이 자신을 경시하는 것 같으면 이에 분개하기도 하고, 나아가 부족한 자신을 자학하기도 하다가 극단적으로는 자살에까지 이르기도 한다.

자기 자신뿐만 아니라 자신에게 의미 있는 존재인 자식이나 아내 혹은 남편 등에 대해서도 그들이 어떠한 사람이 되어야 한다는 당위적 기준을 정해놓고, 상대방이 그런 기준을 충족시키지 못하면 비난하고 비판하며 평가절하한다. 그 결과 극단적으로는 부모와 자식 사이에 대화가 단절되고 서로를 원망하다가 불행한 결과를 초래하고, 부부 사이가 파경을 맞아 이혼에까지 이르기도 한다.

나 자신이 부족하고 완벽하지 못한 존재이듯이, 상대방 또한 누구나 완전하지 못한 존재로 부족하고 실수할 수 있는 존재임을 인정해야 한다. 자신이 완전하지 못하고 부족한 존재라고 여기는 열등감은 누구에게나 존재한다. 다만 이를 대하는 자세가 사람마다 다를 뿐이다.

어떤 사람은 자신의 열등감을 인정하지 않고 이를 숨기기 위해 허세를 부리거나 강한 체하는가 하면, 자신이 지닌 권력이나 재물을 이

나와 나 자신과의 소통

3

용하여 스스로를 치장하고 방어하려 든다. 그런가 하면 어떤 사람은 자신에게 존재하는 열등감을 탓하거나 원망하며 "열등감 때문에…"라며 불평과 불만을 늘어놓기도 한다.

마음이 건강한 사람은 자신의 열등감을 자랑하며 열등감 덕분에 자신이 겸손한 마음으로 열등감을 줄이기 위해 노력하는 사람임을 드러내 보이는 사람이다. 사도 바울은 "내가 부득불 자랑할진대 나의 약한 것을 자랑하리라"(고후 11:30)고 설파했다. 바울은 자신에게 존재하는 열등감을 숨기거나 부끄러워하지 않고 이를 자랑하는 자세를 가지고 있었기에 늘 거만하거나 자만하지 않고 겸손한 자세로 주님 앞에 섰고 그 과정에서 힘 주시고 능력 주신 주님의 은혜에 감사할 수 있음을 고백한 것이다.

현실의 자신이나 현실의 상대방을 그대로 인정하고 사랑하며, 자신이나 의미 있는 상대방에 대한 지나친 이상을 버려야 한다. 마음이 건강하다는 것은 완벽한 행복, 완벽한 자신감, 완벽한 자기상을 갖는 것을 말하는 게 아니다. 불완전하고 부족한 자신이나 결점이 있는 타인을 긍정적으로 수용할 수 있는 마음 상태가 건강한 상태다.

"괜찮아, 누구나 그럴 수 있어"라는 생각은 자신에게나 이웃을 대할 때 지니고 지켜야 할 귀한 태도다. 이런 태도를 지닐 때 주님 앞에서 거만하거나 자만하지 않고 겸손한 마음으로 허리를 굽힐 수 있다.

◆ 하나님이 자기 형상 곧 하나님의 형상대로 사람을 창조하시되 남자와 여자를 창조하시고 하나님이 그들에게 복을 주시며 하나님이 그들에게 이르시되 생육하고 번성하며 땅에 충만하라, 땅을 정복하라, 바다의 물고기와 하늘의 새와 땅에 움직이는 모든 생물을 다스리라 하시니라.(창 1:27-28)

◆ 여호와께서 사무엘에게 이르시되 그의 용모와 키를 보지 말라 내가 이미 그를 버렸노라 내가 보는 것은 사람과 같지 아니하니 사람은 외모를 보거니와 여호와는 중심을 보느니라 하시더라.(삼상 16:7)

◆ 그러면 어떠하냐 우리는 나으냐 결코 아니라 유대인이나 헬라인이나 다 죄 아래에 있다고 우리가 이미 선언하였느니라.(롬 3:9)

◆ 기록된바 의인은 없나니 하나도 없으며 깨닫는 자도 없고 하나님을 찾는 자도 없고 다 치우쳐 함께 무익하게 되고 선을 행하는 자는 없나니 하나도 없도다.(롬 3:10-12)

◆ 그러므로 율법의 행위로 그의 앞에 의롭다 하심을 얻을 육체가 없나니 율법으로는 죄를 깨달음이니라.(롬 3:20)

◆ 내가 부득불 자랑할진대 내가 약한 것을 자랑하리라.(고후 11:30)

묵상할 내용

1 당신이 부족하다고 생각하는 것은 무엇인가요?

2 당신의 부족한 점들에 대해 당신은 어떤 생각을 가지고 있나요?

3 당신 가족들이 지닌 부족한 점에는 어떤 것들이 있다고 생각하나요?

4 가까운 가족들이 지니고 있는 부족한 점에 대해 당신은 어떤 태도를 지니고 있나요?

5 자신이나 가족들이 지닌 부족한 점들을 바라보는 태도나 시각이 소통에 어떤 영향을 미친다고 생각하나요?

6 당신은 자신을 죄인이라고 생각하나요? 왜 그렇게 생각하나요?

7 죄인임을 인정하는 것과 죄의식을 갖는 것과는 무슨 차이가 있을까요?

나와 이웃 및
삶과의 소통

새 계명을 너희에게 주노니 서로 사랑하라 내가 너

희를 사랑한 것같이 너희도 서로 사랑하라. (요 13:34)

4

사회적 관계유형과 생활자세

1

    인간의 특성은 아리스토텔레스가 규명했듯이, 다른 사람들과 상호작용하는 사회적 존재라는 데 있다. 따라서 인간의 삶은 혼자로서는 불가능하고, 다른 사람들과의 관계 속에서 영위된다. 사람은 부모와 자식이라는 인간관계 속에서 태어나고 성장하며, 관계 속에서 삶을 영위해가는 존재다. 사회적 관계는 그 유형에 따라 일방적 관계, 단절된 관계, 상호적 관계로 나눌 수 있다.

    첫째, '일방적 관계유형'은 사회적 관계 중 어느 한쪽의 의사가 지배적으로 작용하는 관계로서, 그 한쪽이 누구냐에 따라 '지배적 관계유형'과 '의존적 관계유형'으로 나누어볼 수 있다. '지배적 관계유형'은 주로 자신이 중심이 되어 타인을 통제하고자 하는 관계적 특성을 지닌다. 따라서 자기주장만을 강요하며, 상대 의견에 대해서는 비난적인 의사소통을 하는 경향이 있다. '의존적 관계유형'은 주로 타인이 중심이 되어 자신은 타인에게 순응하는 특성을 지닌다. 따라서 자신의 의견을 명확히 소통하는 것이 어렵고, 주로 적응적이고 타인의 의견을 따르며 타인의 의중을 파악하는 것에 초점을 둔 의사소통이 행해진다.

둘째, '단절적 관계유형'은 사회나 공동체로부터 철수(withdrawal)하여 관계에서 멀어지는 특성을 지닌다. 이런 유형의 사람들은 타인과의 상호작용에 관심이 없거나 타인을 경계하여 의사소통을 회피하는 경향이 있다.

셋째, '상호적 관계유형'은 사회적 관계나 공동체에서 타인과의 적극적인 상호작용을 이루는 유형이다. 이러한 유형의 사람들은 타인의 의견과 생각을 경청하며, 동시에 자신의 생각과 마음을 진솔하게 드러내는 의사소통을 한다.

우리 사회의 사회적 관계가 갈수록 지배적 관계유형을 따르거나 상호 단절적 관계유형으로 변화되어가고, 따라서 사회구성원들 간의 의사소통 유형도 일방적인 주장이 강하게 표출되거나, 상호 간의 의사소통이 단절된 모습을 보이고 있다.

사회적 관계가 상호적 관계유형으로 발전하기 위해서는 무엇보다도 사회관계의 최소단위라 할 수 있는 가족관계에서부터 가족 구성원들 간에 상호적 관계유형의 의사소통이 행해지는 문화가 형성되어야 한다. 사회적 관계유형 중 어떤 관계유형을 따르느냐에 따라 이웃과의 생활자세 유형도 달라지고 의사소통의 유형도 달라진다.

사람들은 누구나 남과 더불어 살아가면서 자신과 타인에 대한 어떤 가정 속에서 살아간다. 먼저 자신에 대한 가정, 즉 자신은 가치 있고 쓸모 있는 사람이라고 생각하면서(I'm OK) 살아가는 사람이 있는가 하면, 자신은 가치 없고 쓸모없는 사람이라고 생각하며(I'm Not OK) 살아가는 사람도 있다. 그리고 타인에 대해서도 똑같은 생각을 한다. 즉, 타인에 대해 긍정적 생각을 가지고(You're OK) 살아가는 사람이 있는가 하면, 부정적 생각(You're Not OK)을 가지고 살아가는 사람도 있다.

해리스(T. Harris)는 이처럼 자신과 타인에 대한 제반 가정의 결합을 '생활자세(life position)'라 칭하고, 네 가지의 생활자세를 도출해냈다.

첫째, '자기부정-타인부정'의 생활자세를 가진 사람은 자신에 대한 신뢰, 즉 자신감도 없고, 타인에 대한 신뢰도 없다. 따라서 상호 간에 부정적 결과를 초래하는 파괴적인 인간관계를 형성하고, 허무하고 외로운 인생을 살아가는 사람들로서, 주로 '단절적 인간관계' 속에서 살아가는 사람들이다.

둘째, '자기부정-타인긍정'의 생활자세를 가진 사람은 항상 자신이 부족하다고 생각하고, 다른 사람들은 자기보다 유능하다고 생각한다. 따라서 이런 사람은 권력이나 권위를 가진 사람들에게는 존경이나 경외를 표하면서도 자기 자신은 열등감 속에서 살아가는 사람들로서 주로 '의존적 관계유형' 속에서 살아가는 사람들이다.

셋째, '자기긍정-타인부정'의 생활자세를 가진 사람은 자신도 엄격하게 말해서 꼭 완전하다거나 꼭 옳지도 않으면서 다른 사람들을 불신하고 비판의 원천으로 생각한다. 권위 있는 인물에게도 더 독립적이 되고 싶어 그를 멀리하고 비판하기도 하는데, 그 이유는 그 자신이 권위 있는 인물이 된다든가 독립적인 일을 할 자신이 없거나, 과거에 그처럼 되려고 시도했으나 그렇게 되지 못한 경험의 소유자일 가능성이 높다. 이들은 주로 '지배적 관계유형' 속에서 살아가는 사람들이다.

넷째, '자기긍정-타인긍정'의 생활자세를 가진 사람은 자기 주위에 있는 사람들을 신뢰하고 신임할 뿐만 아니라, 자기 자신에 대해서도 자신감을 가지기 때문에 정신적으로나 신체적으로 건강하고 생산적인 인간관계를 형성하는 사람들로서, '상호적 관계유형' 속에서 살아가는 사람들이다.

우리 믿음의 사람들은 주님께서 목숨 바쳐 사랑한 존재이고(요일 4:10), 성령이 우리 안에 임해 있는 사람들이기에 자기 자신에 대해서도 긍정적인 존재로 생각하며, 이웃에 대해서도 주님이 나만큼 사랑해주시는 긍정적인 존재로 생각해야 한다. 따라서 누구보다도 상호적 관계유형 속에서 서로를 존중하고 사랑하며 진솔한 마음과 마음을 주고받으며 소통하는 삶의 자세로 살아가야 할 존재들이다(마 22:37-40).

Holy Bible ☕

◆ 예수께서 이르시되 네 마음을 다하고 목숨을 다하고 뜻을 다하여 주 너의 하나님을 사랑하라 하셨으니 이것이 크고 첫째 되는 계명이요 둘째도 그와 같으니 네 이웃을 네 자신 같이 사랑하라 하셨으니 이 두 계명이 온 율법과 선지자의 강령이니라.(마 22:37-40)

◆ 새 계명을 너희에게 주노니 서로 사랑하라 내가 너희를 사랑한 것같이 너희도 서로 사랑하라.(요 13:34)

◆ 즐거워하는 자들과 함께 즐거워하고 우는 자들과 함께 울라.(롬 12:15)

◆ 아무에게도 악을 악으로 갚지 말고 모든 사람 앞에서 선한 일을 도모하라 할 수 있거든 너희로서는 모든 사람과 더불어 화목하라.(롬 12:17-18)

◆ 그러므로 그리스도 안에 무슨 권면이나 사랑의 무슨 위로나 성령의 무슨 교제나 긍휼이나 자비가 있거든 마음을 같이하여 같은 사랑을 가지고 뜻을 합하여 한마음을 품어 아무 일에든지 다툼이나 허영으로 하지 말고 오직 겸손한 마음으로 각각 자기보다 남을 낫게 여기고 각각 자기 일을 돌볼 뿐더러 또한 각각 다른 사람들의 일을 돌보아 나의 기쁨을 충만하게 하라.(빌 2:1-4)

◆ 그러므로 너희는 하나님이 택하사 거룩하고 사랑받는 자처럼 긍휼과 자비와 겸손과 온유와 오래 참음을 옷 입고 누가 누구에게 불만이 있거든 서로 용납하여 피차 용서하되 주께서 너희를 용서하신 것같이 너희도 그리 하고 이 모든 것 위에 사랑을 더하라 이는 온전하게 매는 띠니라.(골 3:12-14)

◆ 하나님의 사랑이 우리에게 이렇게 나타난 바 되었으니 하나님이 자기의 독생자를 세상에 보내심은 그로 말미암아 우리를 살리려 하심이라. 사랑은 여기 있으니 우리가 하나님을 사랑한 것이 아니요 하나님이 우리를 사랑하사 우리 죄를 속하기 위하여 화목 제물로 그 아들을 보내셨음이라. 사랑하는 자들아 하나님이 이같이 우리를 사랑하셨은즉 우리도 서로 사랑하는 것이 마땅하도다.(요일 4:9-11)

묵상할 내용

1 당신은 어떤 사회적 관계유형에 속한다고 생각하나요?

2 당신은 어떤 생활자세로 살아간다고 생각하나요?

3 사회적 관계유형과 생활자세는 어떤 관련성이 있다고 생각하나요?

4 당신의 생활자세에서 고쳐야 할 가장 중요한 내용은 무엇이라고 생각하나요? 그리고 당신의 생활자세가 바람직한 의사소통에 어떤 장애 요인이 된다고 생각하나요?

5 당신의 생활자세가 형성된 계기는 어디에 있다고 생각하나요?

6 주님이 우리에게 가르쳐주시는 바람직한 생활자세는 무엇이라고 생각하나요?

_____

_____

_____

_____

_____

_____

_____

기능적 의사소통 유형과
역기능적 의사소통 유형

2

의사소통은 두 사람 이상의 사람들 사이에서 말이나 글, 눈짓, 손짓 등의 형태로 메시지를 상호 주고받는 과정이다. 예를 들어 자장면을 좋아하느냐는 상대방의 질문에 자신이 자장면을 좋아하지 않으면 "저는 자장면을 좋아하지 않아요"라고 말하는 것처럼, 자기 내면의 감정이나 선호 등과 겉으로 표현하는 내용이 일치하면 건강하고 기능적인 의사소통이라고 할 수 있다.

한편 역기능적인 의사소통은 예를 들어, 자장면을 좋아하는 상사가 부하 직원에게 자장면을 좋아하냐고 물으면 속으로는 자장면을 싫어하면서도 겉으로는 "네, 저도 자장면 좋아합니다"라고 말하는 것처럼, 내면의 감정이나 선호 등과 겉으로 나타내는 말이나 행동 등이 일치하지 않는 경우로서, 진실한 의사소통이 이루어지지 않는 경우를 말한다.

미국의 심리학자 사티어(Virginia Satir)는 역기능적인 의사소통 유형으로 회유형, 비난형, 초이성형, 산만형을 제시하고, 기능적인 의사소통 유형으로 일치형을 제시했다.

'회유형'은 의사소통 과정에서 자신의 가치나 감정은 무시한 채 오직 상대방의 감정을 건드리지 않고 상대의 비위를 맞추기 위해, 상대가 좋아할 만한 말을 하고 상대의 뜻을 따르는 착한 사람이다. 내면으로는 자존감이 낮고 칭찬에 목마른 사람이다.

'비난형'은 의사소통 과정에서 자기주장이 강하며, 독선적이고 명령적이며, 자신을 강한 사람처럼 보이기 위해 비난이나 고함, 화난 표정, 겁주기, 약점 찾기, 지배하기 등의 행동 특성을 보이는 사람이다. 그러나 내면에는 낮은 자존감과 실패감이 자리하고 열등의식과 우월의식이 반복되어 나타나는 사람이다.

'초이성형'은 지적이고 침착한 모습을 보이면서 지나치게 합리적인 상황만을 중시하며 기능적인 것만을 말하고, 대부분 객관적인 자료나 논리에 근거해서 의사소통을 하는 사람이다. 감정보다는 이성과 논리에 치우치고 상황을 중시하여 정이 없고 따분하게 보이는 사람이다. 그러나 내면에는 우월의식과 열등의식이 자주 교차하는 불안한 성격을 가지고 있다.

'산만형'은 상대의 반응이나 상황을 무시하거나 경시하며 항상 수다스럽고 말에 일관성이 없이 소란하기만 한 의사소통의 특성을 지닌다. 자신이 그러하지 않으면 타인으로부터 관심을 받지 못하고 인정받지 못할지도 모른다는 두려움과 외로움, 소외감이 내재해 있다.

'일치형'은 자신의 독자성을 존중하며 타인과 자유롭게 내면의 감정을 솔직하게 잘 표현하는 사람이다. 자신과 타인을 신뢰하고 자존감이 높으며 창의력과 현실적인 방법으로 문제를 해결하는 능력과 융통성을 지닌 사람이다.

◆ 허물을 덮어주는 자는 사랑을 구하는 자요 그것을 거듭 말하는 자는 친한 벗을 이간하는 자니라.(잠 17:9)

◆ 너는 귀를 기울여 지혜 있는 자의 말씀을 들으며 내 지식에 마음을 둘지어다 이것을 네 속에 보존하며 네 입술 위에 함께 있게 함이 아름다우니라.(잠 22:17-18)

◆ 우리 각 사람이 이웃을 기쁘게 하되 선을 이루고 덕을 세우도록 할지니라.(롬 15:2)

◆ 형제들아 내가 너희를 권하노니 너희가 배운 교훈을 거슬러 분쟁을 일으키거나 거칠게 하는 자들을 살피고 그들에게서 떠나라 이 같은 자들은 우리 주 그리스도를 섬기지 아니하고 다만 자기들의 배만 섬기나니 교활한 말과 아첨하는 말로 순진한 자들의 마음을 미혹하느니라.(롬 16:17-18)

◆ 그리스도의 말씀이 너희 속에 풍성히 거하여 모든 지혜로 피차 가르치며 권면하고 시와 찬송과 신령한 노래를 부르며 감사하는 마음으로 하나님을 찬양하고(골 3:16)

1 당신은 어느 의사소통 유형에 속할까요? 스스로 답해보고 이웃에게도 물어보세요.

2 당신의 의사소통 유형이 '일치형'으로 발전하기 위해서 어떤 점들이 변화되어야 한다고 생각하나요?

3 당신의 의사소통 유형과 앞서 기술한 '사회적 관계유형' 및 '생활자세'와는 어떤 관련성이 있다고 생각하나요?

4 크리스천으로서 하나님과의 의사소통은 어떤 유형이어야 한다고 생각하나요?

"그래요, 당신 생각이 옳아요"

3

사람들은 각자가 살아온 경험이나 직면한 여건이 다르고 성격도 다르며 세상을 바라보는 시각도 다르다. 각자에게 주어진 능력도 다양하며 좋아하거나 싫어하는 것도 다르다. 따라서 내 생각과 모든 면에서 일치하는 사람은 하나도 없다고 보아야 한다. 내 생각뿐만 아니라 상대방의 생각도 존중해주어야 하는 이유다.

각자가 어떤 현상을 바라보며 내리는 판단 속에는 각자의 선입견, 질투나 시기, 부러움, 자만심, 두려움 등의 감정이 개입하여 편견을 내포하기 마련이다. 따라서 언제나 겸손한 자세로 자신의 생각에 편견이 개입되어 있음을 인정해야 하며, 편견에 휩싸인 자신의 생각만을 기준으로 함부로 남을 평가하거나 판단하지 말아야 하고 강요하지도 말아야 한다.

그런데 사람들은 다른 사람들의 생각이나 행동에 대해 먼저 그것을 이해하려고 하지 않고, '옳다', '그르다', '틀렸다', '어리석다', '이치에 맞지 않다'는 등의 평가나 판단을 하려 든다. 이럴 경우 상대방은 자신의 생각이나 행동을 바꿔야겠다는 마음 따위는 염두에 없고, 훼

손된 자존심을 회복하기 위해 반격을 가하고 방어하려 한다. 따라서 관계성은 악화되고 소통은 단절될 수밖에 없다.

《정신의 발달과정》의 저자 로빈슨(James Harvey Robinson)에 따르면, 사람들은 내버려두면 바꾸었을 자신의 생각이나 믿음에 대해 누군가로부터 지적을 당하면 그 생각이나 믿음에 쓸데없이 집착하는 경향이 있는데, 그 이유는 인간에게 소중한 것은 생각이나 믿음 그 자체가 아니라 다른 사람으로부터 도전받는 자신의 자존심이기 때문이라는 것이다. 따라서 상대와의 관계성을 악화시키지 않고 유지하려면 내가 먼저 상대로부터 도전받은 나의 생각이나 믿음을 정당화하려는 데 집착하지 말고 구겨진 내 자존심을 그대로 받아들이려는 너그러운 자세로 임해야 한다. 그게 현명한 방식이다.

번즈(David D. Burns)는 그의 저서 《관계수업》에서 당신이 누군가로부터 비합리적이고 부당하다고 여겨지는 비난이나 비판에 직면하면 당신은 구겨진 자존심을 회복하기 위해 반격을 가하려고 무장하지 말고 그 비난에 진심으로 동의해주라고 주장한다. 그럴 경우 상대의 그 비난이 잘못임을 즉각 증명하는 셈이 되며, 상대는 전혀 다른 긍정의 눈으로 당신을 바라보고 좋은 관계를 회복할 수 있다고 주장한다.

예를 들어, 부부 간의 대화에서 아내가 남편을 향해 "당신은 남의 말을 귀담아 듣지 않아!"라고 비판하면, 남편은 아내의 비판에 반격하려 하지 말고 무장을 해제한 채, "그래요, 당신 말이 옳아요. 내가 남의 말을 귀담아 듣지 못한 경향이 있어"라고 동의해주면 결국 아내의 남편을 향한 비판이 잘못된 비판이라는 것을 증명하는 것이 되며, 아내 또한 무장을 해제하려 할 것이다.

오늘부터 상대방이 나에게 가해오는 비난이나 비판에 대해 "그래요, 당신의 지적이 맞아요. 저도 인정합니다", "앞으로 고치려 노력할 거예요"와 같은 반응을 보이면서 무장을 해제해보라. 당신이 반격하면 또 다른 반격으로 대응하려고 무장해 있던 상대방으로서는 그의 기대와 다르게 당신의 부드러운 반응을 경험하고, 그 결과 상대방 또한 무장을 해제하고 긍정적이고 부드러운 반응으로 화답할 것이다. 따라서 진정한 소통이 이루어지고 관계성은 훈훈해질 것이다.

Holy Bible ☕

◆ 악인은 입으로 그의 이웃을 망하게 하여도 의인은 그의 지식으로 말미암아 구원을 얻느니라.(잠 11:9)

◆ 나는 너희에게 이르노니 형제에게 노하는 자마다 심판을 받게 되고 형제를 대하여 라가(라가는 히브리어로 욕설: 필자 주)라 하는 자는 공회에 잡혀가게 되고 미련한 놈이라 하는 자는 지옥 불에 들어가게 되리라. 그러므로 예물을 제단에 드리다가 거기서 네 형제에게 원망을 들을 만한 일이 있는 것이 생각나거든 예물을 제단 앞에 두고 먼저 가서 형제와 화목하고 그 후에 와서 예물을 드리라.(마 5:22-24)

◆ 너를 고발하는 자와 함께 길에 있을 때에 급히 사화하라 그 고발하는 자가 너를 재판관에게 내어주고 재판관이 옥리에게 내어주어 옥에 가둘까 염려하라 진실로 네게 이르노니

네가 한 푼이라도 남김이 없이 다 갚기 전에는 결단코 거기서 나오지 못하리라.(마 5:25-26)

◆ 이에 예수께서 이르시되 아버지 저들을 사하여 주옵소서 자기들이 하는 것을 알지 못함이니이다 하시더라.(눅 23:34)

◆ 아무에게도 악을 악으로 갚지 말고 모든 사람 앞에서 선한 일을 도모하라.(롬 12:17)

◆ 내 사랑하는 자들아 너희가 친히 원수를 갚지 말고 하나님의 진노하심에 맡기라 기록되었으되 원수 갚는 것이 내게 있으니 내가 갚으리라고 주께서 말씀하시니라.(롬 12:19)

◆ 악에게 지지 말고 선으로 악을 이기라.(롬 12:21)

◆ 사람이 성내는 것이 하나님의 의를 이루지 못함이라 그러므로 모든 더러운 것과 넘치는 악을 내버리고 너희 영혼을 능히 구원할 바 마음에 심어진 말씀을 온유함으로 받으라.(약 1: 20-21)

1 상대방이 당신을 향해 비난이나 비판을 가해올 때 당신은 어떤 느낌이 드나요?

2 상대의 생각이나 감정이 당신과 다를 경우 당신은 보통 어떻게 반응하나요?

3 당신이 상대방을 향해 비난이나 비판을 가했는데 상대가 당신의 견해에 대항하여 반격을 가하려고 무장하지 않고 오히려 "당신의 비난이 옳습니다"라고 인정하면 당신은 그런 상대에게 어떤 생각이 들 것 같나요?

4 예수님을 향해 온갖 비난과 비판 더 나아가 욕설과 조롱과 비웃음으로 대하던 사람들을 향해 예수님은 어떻게 반응하셨나요?

자기개방과 복음전도

4

인간관계는 기본적으로 나와 상대방 간의 상호작용으로 이루어진다. 상호작용으로서의 인간관계를 잘 이루기 위해서는 지피지기(知彼知己), 즉 나와 상대방은 서로에게 어떤 감정과 생각을 하고 어떻게 행동하기를 기대하는지를 아는 것과 같이, 상호 간에 상대방을 알고 이해하는 것이 필요하다. 이는 곧 소통의 목표이기도 하다.

이처럼 상호 인식과 이해에 기반한 진정한 인간관계가 이루어지기 위해선 서로가 상대방에게 자신의 행동이나 생각을 개방하는 자기개방을 하고, 그리고 나서 상대로부터 자신의 행동과 생각에 대한 피드백을 받는 두 가지 조건이 성립해야 한다. 자기개방은 자신의 개인적 정보나 생각, 감정 등을 상대방에게 전달하는 소통의 과정으로서, 자신의 장점뿐만 아니라 자신의 약점과 취약점까지를 솔직하고 과감하게 드러내는 것이다.

만약 나 자신이 자기개방을 하지 않아 상대방이 내가 누군지를 잘 알지 못하거나, 자기개방은 하더라도 이에 대한 상대의 반응에 무관심하거나 둔감해서 피드백을 제대로 받지 않으면, 이는 곧 남의 이야기에 귀를 기울이지 않는 독단적인 행태를 보이는 것이기에 소통을 방해하여 친밀한 인간관계를 이룰 수 없다. 이처럼 자기개방은 다른 사람들과의 소통을 활발해지게 하고 상호 간에 친밀감을 느끼게 하는 효과가 있지만, 자기개방은 사전에 여러 가능성을 고려하면서 신중하게 행해야 한다.

상대에게 너무 쉽게 자기개방을 하거나 한꺼번에 너무 많은 내용의 자기개방을 하는 경우, 그것이 오히려 상대에게 신중하지 못하고 경솔한 모습으로 비춰질 수 있을 뿐만 아니라, "이 사람이 무슨 의도로 나에게 자신을 서슴없이 드러내지 거지?"라며 의심받게 될 수도 있다. 또한 너무 빨리 자기개방을 하는 경우 상대방이 이에 대비할 준비가 되어 있지 않으면 오히려 상대를 멀리할 수도 있다. 따라서 자기개방은 상호성 원리에 맞추어 속도와 내용을 잘 조절하면서 이루어져야 한다.

믿지 않는 사람들을 향해 복음전도가 성공하기 위해서는 먼저 전도자가 자기개방을 함으로써 상대방과 소통의 길을 여는 것이 필요하지만, 처음부터 자신이 기독교인임을 드러내며 노골적으로 복음을 전하려 하는 경우, 오히려 상대에게 거부반응을 유발하여 전도가 실패하고 말 우려가 있다. 믿음이 없는 상대는 아직 복음전도를 받아들일 준비가 되어 있지 않을 수도 있기 때문이다. 상대에 따라 자기개방의 내용이나 속도를 조절해야 한다는 의미다.

다음으로 전도를 하다 보면 비판적이거나 비아냥거리는 등 부정적 반응을 보일 수 있지만, 상대 입장에서 겸허하게 이를 경청해주고 공감해주며 이해해주는 자세가 필요하다.

◆ 사연을 듣기 전에 대답하는 자는 미련하여 욕을 당하느니라.(잠 18:13)

◆ 너는 귀를 기울여 지혜 있는 자의 말씀을 들으며 내 지식에 마음을 둘지어다 이것을 네 속에 보존하여 입술 위에 함께 있게 함이 아름다우니라.(잠 22:17-18)

◆ 믿음이 강한 우리는 마땅히 믿음이 약한 자의 약점을 담당하고 자기를 기쁘게 하지 아니할 것이라 우리 각 사람이 이웃을 기쁘게 하되 선을 이루고 덕을 세우도록 할지니라.(롬 15:1-2)

◆ 사랑은 오래 참고 사랑은 온유하며 시기하지 아니하며 사랑은 자랑하지 아니하며 교만하지 아니하며 무례히 행하지 아니하며 자기의 유익을 구하지 아니하며 성내지 아니하며 악한 것을 생각하지 아니하며 불의를 기뻐하지 아니하며 진리와 함께 기뻐하고 모든 것을 참으며 모든 것을 믿으며 모든 것을 바라며 모든 것을 견디느니라.(고전 13:4-7)

◆ 또 형제들아 너희를 권면하노니 게으른 자들을 권계하며 마음이 약한 자들을 격려하고 힘이 없는 자들을 붙들어주며 모든 사람에게 오래 참으라.(살전 5:14)

묵상할 내용

1 당신은 상대에게 먼저 자신을 개방하는 편인가요, 아니면 상대가 먼저 자신을 개방하기를 기다리는 편인가요?

2 당신은 전도하면서 전도 대상자로부터 모욕적인 반응을 경험한 일이 있나요? 그때 어떻게 반응했나요?

3 당신이 꼭 전도하고 싶은 상대가 있나요? 그렇다면 그를 전도하기 위해 제일 먼저 해야 할 일은 무엇이라고 생각하나요?

다양성을 인정한 바울의 선교방식

5

    상대방과의 원활한 소통을 위해 가장 먼저 인식하고 실천해야 할 원리가 바로 사람은 모두가 다르다는 점이다. 타고난 능력이나 재능이 다르고 성격도 다르며, 취미나 취향도 다르다. 각자의 성장배경도 다르고 가치관이나 세상을 바라보는 시각에도 차이가 있을 뿐만 아니라 처하고 있는 환경이나 여건도 다르다. 따라서 상대방이 나와 다른 감정이나 생각, 혹은 행동을 할 때는 그것이 틀렸다거나 옳지 않다며 비난이나 비판을 가하기 전에, 상대가 왜 그런 생각이나 행동을 하는지를 물어보고 경청할 수 있어야 하고, 내 입장이 아닌 상대의 입장에 서서 공감해줄 수 있어야 한다.

    이런 과정을 거치다 보면 상대방이 왜 나와 다른 생각이나 행동을 하는지를 이해할 수 있고, 그 결과 상대도 나를 향해 마음을 열고 나를 신뢰하게 된다. 사람은 누구나 자신의 이야기를 열심히 경청해주고 자신의 마음을 읽어주고 이해해주는 사람을 '진정한 내 편'이라고 인식하고, 그 사람 앞에서 자신의 속마음을 드러낸다. 더 나아가 상대가 자신을 향해 요청하거나 부탁하는 내용을 흔쾌히 수용하고 따르게 된다.

사도 바울은 주님의 명령인 복음 전파를 위한 선교의 현장에서 이와 같은 소통의 기본 원리를 충분히 인식하고 실천에 옮겼다. 바울의 궁극 목표는 다양한 사람들에게 복음을 전파하여 구원을 받게 하려는 데 있었다. 바울은 이를 위해 선교 대상자들이 서로 다름을 인식하고 그들 각자의 삶과 문화, 생각을 먼저 알아보고 이해해주는 방식으로 상대에게 접근하여 그들과의 상호 신뢰의 토대 위에서 복음을 전했다.

바울은 유대인을 대할 때는 유대인과 같이 되고, 율법 아래 있는 자들을 대할 때는 율법 아래 있는 자같이 되었는가 하면, 율법 없는 자에게는 율법 없는 자같이 됨으로써 그들을 얻고자 하였다(고전 9:20-21). 그런가 하면 약한 자들에게는 약한 자같이 되는 등 여러 사람에게 여러 모양으로 변화된 모습을 보였다(고전 9:19-22).

이런 바울을 부정적 시각으로 바라보는 사람들은 그를 카멜레온 같은 사람이라거나 줏대 없는 사람이라며 비난할지도 모른다. 그러나 카멜레온이 몸 색깔을 주변 환경과 비슷하게 변화시키는 것은 다른 동물들로부터 자신을 숨기거나 먹이를 잡아먹으려는 데 목적이 있는 데 반해, 바울은 다양한 선교방식을 통해 궁극적으로 상대를 구원의 길로 변화시키려는 데 목적이 있었다. 또한 바울은 복음 전파라는 뚜렷한 목표가 있었고 이를 위해 각기 다른 수단을 선택하는 데 망설임이 없었기에 줏대 없는 사람도 아니었다. 그는 달음질하기를 향방 없는 것같이 아니하고 싸우기를 허공을 치는 것같이 아니함을 고백하고 있다(고전 9:26).

◆ 예수께서 승천하실 기약이 차가매 예루살렘을 향하여 올라가기로 굳게 결심하시고 사자들을 앞서 보내시매 그들이 가서 예수를 위하여 준비하려고 사마리아의 한 마을에 들어갔더니 예수께서 예루살렘을 향하여 가시기 때문에 그들이 받아들이지 아니하는지라 제자 야고보와 요한이 이를 보고 이르되 주여 우리가 불을 명하여 하늘로부터 내려 저들을 멸하라 하기를 원하시나이까 예수께서 돌아보시며 꾸짖으시고 함께 다른 마을로 가시니라.(눅 9:51-56)

◆ 내가 모든 사람에게서 자유로우나 스스로 모든 사람에게 종이 된 것은 더 많은 사람을 얻고자 함이라 유대인들에게 내가 유대인과 같이 된 것은 유대인들을 얻고자 함이요 율법 아래에 있는 자들에게는 내가 율법 아래에 있지 아니하나 율법 아래에 있는 자같이 된 것은 율법 아래에 있는 자들을 얻고자 함이요 율법 없는 자에게는 내가 하나님께는 율법 없는 자가 아니요 도리어 그리스도의 율법 아래에 있는 자이나 율법 없는 자와 같이 된 것은 율법 없는 자들을 얻고자 함이라 약한 자들에게 내가 약한 자와 같이 된 것은 약한 자들을 얻고자 함이요 내가 여러 사람에게 여러 모습이 된 것은 아무쪼록 몇 사람이라도 구원하고자 함이니(고전 9:19-22)

◆ 그러므로 나는 달음질하기를 향방 없는 것같이 아니하고 싸우기를 허공을 치는 것같이 아니하며(고전 9:26)

◆ 너는 말씀을 전파하라 때를 얻든지 못 얻든지 항상 힘쓰라 범사에 오래 참음과 가르침으로 경책하며 경계하며 권하라.(딤후 4:2)

1 바울의 선교방식에서 배울 교훈에는 어떤 것이 있나요?

2 믿음이 없는 사람들이 크리스천을 향해 비난하는 것 중 크리스천들이 교만하다고 비난하는 이유는 어디에 있다고 생각하나요?

3 바울의 선교방식에 비추어볼 때 당신의 선교방식에서 고쳐야 할 내용으로는 무엇이 있다고 생각하나요?

4 전도 대상이 가족일 경우 다른 사람을 전도하는 것보다 더 어렵다고 하는 사람이 많은데 그 이유는 무엇일까요?

5 예수님이 사마리아인의 마을에 들어가셨을 때 예수님을 받아들이지 않은 사마리아인들을 향한 예수님의 제자들 행태를 예수님이 꾸짖으신 이유는 무엇일까요?

감정은 숨기지 말고 잘 표현하세요

6

"저희 어머니는 가족은 등한시하고 늘 술에 취해 어머니를 괴롭히시던 아버지로 인해 겪으셔야 했던 온갖 고통과 수모를 묵묵히 견디면서 평생을 살아오신 분이지요. 저는 그런 어머니가 너무 자랑스럽습니다."

이 이야기의 어머니처럼 우리는 가족이나 이웃과의 관계에서 화나 불만 같은 부정적 감정들이 견디기 어려운 지경에 이를지라도 이를 드러내지 않고 참고 견디는 것이 미덕인 것처럼 여겨왔다. 그런데 화를 내지 않고 너무 억누르면 심한 스트레스가 되어 온몸의 세포를 괴롭힌다. 그러면 그 세포들이 면역력을 잃고 암세포로 변할 가능성이 있다는 것은 이미 의학적으로 널리 알려진 상식이다.

심령의 근심은 뼈를 마르게 한다는 것이 성경의 말씀이다(잠 17: 22). 그런가 하면 억누르는 감정이 무의식에 축적되어 있다가 엉뚱한 곳에서 폭발하여 더 큰 화를 불러일으키기도 한다. 화는 참는다고 사라지지 않는 법이다. 기쁨이나 감사와 같은 긍정적 감정뿐만 아니라 화와 같은 부정적 감정 또한 감추지 말고 드러내야 한다. 그렇다고 해서 화난 감정을 그대로 말이나 행동으로 표출하라는 의미는 아니다. 드러내되 잘 드러내야 한다.

화를 자주 내면 우리 몸에서는 아드레날린(adrenaline)이 분비되는데, 필요 이상의 아드레날린은 우리 몸 세포를 상하게 하고 면역력을 약하게 한다. 그리고 화를 너무 자주 내다 보면 습관화되어 화를 잘 내는 성격으로 굳어버린다. 그렇게 되면 상호 간의 소통을 단절시키고 오히려 관계성을 더욱 악화시키는 결과를 초래하고 만다. 따라서 부정적 감정은 드러내되 잘 드러내야 한다.

감정을 드러내는 것은 단지 부정적 감정에만 국한되는 것은 아니다. 상대에게 감사나 고마운 마음을 느끼거나 사랑의 감정을 느끼는 등 상대에 대한 긍정적 감정 또한 드러내야 한다. 혹자는 드러내지 않아도 상대가 알 것 같다거나, 드러내는 것이 쑥스러워 긍정적 감정을 드러내지 않는다고 하지만, 자신이 느끼는 감정을 드러내지 않으면 상대방이 이를 인지하지 못하거나 느끼지 못하는 경우가 많다. 따라서 '고마워', '감사해', '사랑해', '미안해', '수고했어', '보고 싶어' 등등의 표현은 많이 하면 할수록 소통을 원활하게 해서 관계성에 더 큰 긍정적 영향을 미친다.

그렇다면 부정적 감정의 경우 어떻게 하면 이웃과의 관계를 악화시키지 않으면서 상대에게 그 감정을 건강하게 잘 드러낼 수 있을까?

첫째, 자신에게 부정적 감정을 유발한 상대의 특정 말이나 행동을 제시한다. 예를 들면, "철수야, 너 지난 주일 오후에 교회에서 만났을 때 내가 반갑게 인사했는데 너는 아는 체도 않고 그냥 지나쳤잖아." 같은 식의 표현이다.

둘째, 상대의 특정 말이나 행동으로 유발된 자신의 부정적 감정을 솔직하고 직접적으로 표현한다. 이때 주어를 '나'로 시작하여 상대의 특정 말이나 행동과 그로 인해 자신이 느낀 감정을 표현해야 한다. 이를 'I-message 방식'이라 한다. 예를 들면 "네가 그랬을 때 나는 너한테 무시당한 기분이 들어서 정말 서운하고 속상했어"와 같은 방식이다. 이때 '나(I)'를 주어로 사용하지 않고 '너(You)'를 주어로 사용하면, "너 그때 나한테 어떻게 그럴 수 있어?" 같은 식으로 상대에 대한 비난이나 비판의 형식으로 표현하게 된다. 이런 식으로 표현하면 상대 또한 자신이 비난이나 비판을 받은 것에 대해 부정적 감정을 갖게 되고 그 결과 관계성을 오히려 더 악화시킬 수 있다.

셋째, 자신이 상대로부터 원하는 바가 무엇인지를 이야기한다. 예를 들면 "나는 너와 교회에서 서로 친하게 지내고 싶거든"이라고 자신의 욕구를 솔직하게 표현하는 방식이다.

넷째, 상대방이 자신에게 해주었으면 하는 구체적 내용을 상대에게 정중히 요청하거나 부탁한다. 예를 들면 "나는 우리가 교회에서 만났을 때 서로 반갑게 인사를 나누면서 지낼 수 있으면 좋겠어. 나도 그렇게 할 테니까 너도 그래줄 수 있겠니?" 같은 표현 방식이다.

상대방을 향한 긍정적 감정이나 부정적 감정의 표현을 사용하지 않다가 이를 실천하려면 처음에는 어색하고 불편하겠지만, 자꾸 실천하다 보면 서로 간에 원활한 소통이 이루어지고 있음을 실감할 것이며 그 결과 관계성에 놀라운 변화가 일어나게 될 것이다. 인간은 이성적이라기보다 감성적 존재로서, 인간관계는 곧 수없이 많은 감정들을 상호 교환하는 의사소통의 관계다. 따라서 좋은 감정이든 나쁜 감정이든 서로 간의 감정을 어떻게 잘 교환하느냐에 따라 소통의 모습도 인간관계의 모습도 달라지는 것이다.

Holy Bible ☕

✦ 노하기를 속히 하는 자는 어리석은 일을 행하고 악한 계교를 꾀하는 자는 미움을 받느니라.(잠 14:17)

✦ 노하기를 더디 하는 자는 크게 명철하여도 마음이 조급한 자는 어리석음을 나타내느니라.(잠 14:29)

✦ 유순한 대답은 분노를 쉬게 하여도 과격한 말은 노를 격동하느니라.(잠 15:1)

✦ 노하기를 더디 하는 자는 용사보다 낫고 자기의 마음을 다스리는 자는 성을 빼앗는 자보다 나으니라.(잠 16:32)

✦ 급한 마음으로 노를 발하지 말라 노는 우매한 자들의 품에 머무름이니라.(전 7:9)

✦ 너는 내게 부르짖으라 내가 네게 응답하겠고 네가 알지 못하는 크고 은밀한 일을 네게 보이리라.(렘 33:3)

✦ 분을 내어도 죄를 짓지 말며 해가 지도록 분을 품지 말고 마귀에게 틈을 주지 말라.(엡 4:26-27)

✦ 아무것도 염려하지 말고 다만 모든 일에 기도와 간구로, 너희 구할 것을 감사함으로 하나님께 아뢰라 그리하면 모든 지각에 뛰어난 하나님의 평강이 그리스도 예수 안에서 너희 마음과 생각을 지키시리라.(빌 4:6-7)

1 입시에 시달리는 고3 아들이 아침에 집을 나가려고 할 때 아버지가 아들에게 "요즘 공부는 잘 되냐? 다른 생각 말고 열심히 해라"라고 말했는데, 아들이 아무런 반응도 없이 휑하고 나가버리자 아버지가 너무 화가 났다. 이 경우 당신이 아버지라면 아들에게 어떻게 반응할 것 같나요?

2 최근 당신이 누군가에게 감사하다든가 미안한 마음이 드는 것과 같은 긍정적 감정을 느낀 적이 있나요? 있다면 그 감정을 어떻게 처리했나요?

3 당신은 사람들이 상호 소통하는 과정에서 이성적 요인과 감성적 요인 중 어느 쪽이 원활한 소통에 더 많은 영향을 미친다고 생각하나요? 그렇게 생각하는 이유는 무엇인가요?

4 당신을 화나게 했던 상대를 향해 'I-message 방식'으로 감정을 표현해보세요. 그리고 상대방의 반응을 관찰해보세요.

"내가 너 그럴 줄 알았어"

7

　자식에 대해 부정적 시각을 가진 부모는 본인이 의식하지 못하는 사이에 자식을 향해 비난이나 비판의 말이나 행동을 하는 등 부정적 태도를 보이고, 그 결과 자식은 자존감이 극히 낮아져서 매사에 부정적 행동을 보이게 된다. 그럴 때면 부모는 그런 자식을 향해 "거봐, 내가 너 그럴 줄 알았어. 도대체 네가 뭘 할 수 있겠니?"라며 자신의 시각이 틀리지 않았음을 다시 한 번 확인하고 그 신념을 견지하려 한다.

　그런가 하면, 자식에 대해 긍정적 태도로 자식을 신뢰하는 부모는 자식을 향해 "괜찮아, 그럴 수 있어", "너는 잘할 수 있을 거야"와 같이 긍정적인 말이나 행동을 보이고, 그 결과 자식 또한 부모의 기대에 부응하는 행동을 하게 됨으로써 부모는 자식을 향한 자신의 기대가 틀리지 않았음을 스스로 확증하게 된다.

　어떤 남성이 예쁜 여성에게는 긍정적인 시각을 가지는가 하면, 예쁘지 않은 여성에게는 부정적인 시각을 가지고 있으면, 그 남성은 자신도 모르게 예쁜 여성을 대할 때면 부드럽고 상냥한 말투로 대하다가도, 예쁘지 않은 여성을 대할 때면 거칠고 무례한 태도로 대하게 된다. 그 결과 예쁜 여성은 부드럽고 상냥하게 반응하는 반면, 예쁘지 않은 여성은 화나고 거친 태도로 반응한다. 그럴 때면 그 남성은 "그것 봐, 예쁜 여성들은 행동도 예쁜데, 예쁘지 않은 여성은 행동 또한 그렇다니까"라면서 자신의 시각이 틀리지 않았음을 확인한다.

위에 열거한 사례들처럼 부모에게 자식이 보인 행태나, 어떤 남성에게 여성들이 보인 행태는 결국 부모나 그 남성의 고정된 시각이나 신념에 기초한 행동으로부터 유발된 것이지, 자식이나 여성의 본래적인 행동이 아니라는 점에 공통점이 있다.

이처럼 우리가 상대에 대해 가지고 있는 태도나 신념, 선입견이 상대를 향한 우리의 말이나 행동으로 나타나고, 그런 우리의 말이나 행동은 그에 반응하는 상대의 말이나 행동을 바꾸어 우리의 신념이나 선입견대로 현실화되는 현상을 '자기실현적 예언(self-fulfilling prophecy)'이라 한다. 흑인이 폭력적일 것이라는 선입견을 지닌 백인은 흑인을 대할 때 경계하는 행동을 보일 것이고, 그럴 경우 흑인이 그 백인에게 반응하는 행동은 어색하고 불친절할 수밖에 없다. 그럼에도 "아, 역시 흑인은 그렇구나"라고 자신의 신념을 확증하는 현상이 자기실현적 예언이다.

자기실현적 예언은 상대방의 나를 향한 행동이 곧 나 때문이라는 점, 즉 내가 상대방의 행동 유발자라는 사실을 모른 채 상대를 향해 "저 사람은 원래 그렇다니까. 내 생각이 맞았어"라며 자신의 신념을 정당화하려는 잘못을 깨닫게 해준다.

'자기실현적 예언' 현상은 스스로에 대해 갖는 태도에서도 나타난다. 자신에 대해 긍정적 시각을 지닌 사람은 그의 시각대로 매사에 긍정적 결과를 초래하고, 부정적 시각을 지닌 사람은 부정적 결과를 초래해서 자신을 향한 시각이 틀리지 않았음을 확인한다.

예수께서는 흉악하게 귀신들린 자신의 딸을 낫게 해달라는 어느 가나안 여인의 크고 간절한 믿음을 보시고 이르시되 "여자여 네 믿음이 크도다. 네 소원대로 되리라 하시니 그때로부터 그의 딸이 나으니라"(마 15:28)는 내용이 있다. 믿음대로 이루어지는 법이다.

Holy Bible ☕

◆ 마땅히 행할 길을 아이에게 가르치라 그리하면 늙어도 그것을 떠나지 아니하리라.(잠 22:6)

◆ 예수께서 이르시되 할 수 있거든이 무슨 말이냐 믿는 자에게는 능히 하지 못할 일이 없느니라 하시니(막 9:23)

◆ 믿음은 바라는 것들의 실상이요 보이지 않는 것들의 증거니라 선진들이 이로써 증거를 얻었느니라.(히 11:1-2)

◆ 믿음으로 그들은 홍해를 육지같이 건넜으나 애굽 사람들은 이것을 시험하다가 빠져 죽었으며 믿음으로 칠 일 동안 여리고를 도니 성이 무너졌으며 믿음으로 기생 라합은 정탐꾼을 평안히 영접하였으므로 순종하지 아니한 자와 함께 멸망하지 아니하였도다.(히 11:29-31)

◆ 내가 무슨 말을 더하리요 기드온, 바락, 삼손, 입다, 다윗
및 사무엘과 선지자들의 일을 말하려면 내게 시간이 부족하
리로다 그들은 믿음으로 나라들을 이기기도 하며 의를 행하
기도 하며 약속을 받기도 하며 사자들의 입을 막기도 하며
불의 세력을 멸하기도 하며 칼날을 피하기도 하며 연약한
가운데서 강하게 되기도 하며 전쟁에 용감하게 되어 이방
사람들의 진을 물리치기도 하며 (히 11:32-34)

◆ 오직 믿음으로 구하고 조금도 의심하지 말라 의심하는 자
는 마치 바람에 밀려 요동하는 바다 물결 같으니 이런 사람
은 무엇이든지 주께 얻기를 생각하지 말라 두 마음을 품어
모든 일에 정함이 없는 자로다. (약 1 : 6-8)

◆ 내 형제들아 만일 사람이 믿음이 있노라 하고 행함이 없
으면 무슨 유익이 있으리오 그 믿음이 능히 자기를 구원하
겠느냐. (약 2:14)

1 당신은 당신 가족 구성원 각자에 대해 어떤 태도나 신념을 가지고 있나요?

2 "문제아가 있는 것이 아니라 문제 부모가 있다"는 말이 있습니다. 이 말을 '자기실현적 예언'의 관점에서 논의해보세요.

3 굳건한 믿음으로 예수님께 기도한바 기도한 대로 이루어진 일이 있나요? '자기실현적 예언'의 관점에서 설명해보세요.

4 부모가 자녀를 향해 늘 긍정적 시각을 가지고 진실한 마음으로 "너는 할 수 있어", "너는 잘될 거야"라는 말을 계속한다면 그 자녀는 성장해서 어떻게 될 것이라고 생각하나요?

비판을 받지 않으려거든 비판하지 말라

8

세상 사람들이 사회를 이루어 살아가는 과정에서 서로의 마음을 활짝 열고 자신의 마음을 드러내고, 역지사지 자세로 남의 마음을 공감해주면서 이해하는 소통이 이루어질 수 있다면, 그 삶이 곧 천국의 삶일 것이다. 하지만 현실의 인간관계에서는 이러한 관계보다는 자신의 속내를 그대로 드러내지 않으면서, 때로는 상대의 비위를 맞추는 말이나 행동을 보이는가 하면, 때로는 서로가 서로를 미워하고 비난하고 비판하기도 하고, 충고하거나 지시함으로써 소통이 단절되어 불편한 관계를 형성하기도 한다.

서로 불편한 관계로 살아가는 사람들은 대체로 불편한 관계의 원인이 자신이 아닌 바로 상대방에게 있다고 주장하며 남 탓을 일삼는다. "상담사님, 그 말씀은 제가 아닌 우리 남편이 들어야 하는데 이 자리에 없어서 너무 안타까워요", "우리 집에서 둘째 아들 녀석만 사고를 치지 않으면 집안이 화평할 텐데…", "우리 여선교회는 김 권사만 없으면 잘 돌아갈 텐데…"라며 자신이 아닌 남이 먼저 변화되어야 한다고 강변한다. 문제는 이 경우 남편 또한 아내를 탓하고, 둘째 아들은 부모를 탓하며, 김 권사는 다른 성도들을 똑같이 탓하면서 그들이 먼저 변화되어야 한다고 주장한다는 데 있다.

의인은 없다. 하나도 없다(롬 3:10). 자신은 아무런 결함이나 실수가 없이 살아가는 선하고 의로운 존재라고 말하는 것은 교만이고 허구다. 그러기에 누구도 남을 정죄할 자격이 없다. 내 안의 대들보를 보지 못하고 남의 눈의 티를 지적하는 우를 범하지 말아야 한다(눅 6:41). 사도 바울은 자신을 죄인 중에 괴수라고 고백했다(딤전 1:15).

불편한 관계를 개선하는 데 제일 중요한 원리는 불편한 관계를 만드는 원인이 정도는 다를지언정 상대방뿐만 아니라 나 자신에게도 있다는 사실을 인정하고 나를 먼저 변화시켜야 한다는 점이다. 상대의 잘못을 비판하고 변화할 것을 요구하기 전에 자신이 먼저 변화해야 한다는 것이 관계 개선을 위한 불변의 법칙임을 깨달아야 한다. 불편한 관계가 해결되지 못하는 것은 사람들이 이를 인정하려 하지 않고, 자신은 단지 희생자일 뿐이며 문제의 원인은 온통 상대에 있다고 강변하기 때문이다.

이처럼 불편한 관계의 원인이 자신이 아닌 상대에게 있다고 주장하면서 상대를 향해 비난이나 비판, 훈계, 지시 등을 계속하다 보면 불편한 관계는 절대로 개선될 수 없을 뿐만 아니라 오히려 더 악화하기도 한다. 인간 본성이 남으로부터 부정적 평가를 받게 되면 이를 순순히 인정하려 하기보다 똑같이 비난하고 변명하거나 공격하려 하기 때문이다. '남 탓'은 이처럼 불편한 관계를 지속시키거나, 오히려 더 악화시키는 원인이 될 수 있다.

성경은 불편한 관계를 해결하기 위한 지혜를 명쾌하게 제시하고 있다. "비판을 받지 아니하려거든 비판하지 말라. 너희의 비판하는 그 비판으로 너희가 비판을 받을 것이요, 너희의 헤아리는 그 헤아림으로 너희가 헤아림을 받을 것이니라"(마 7:1-2). "어찌하여 형제의 눈 속에 있는 티는 보고 네 눈 속에 있는 들보는 깨닫지 못하느냐. 보라 네 눈 속에 들보가 있는데 어찌하여 형제에게 말하기를 나로 네 눈 속에 있는 티를 빼게 하라 하겠느냐"(마 7:3-4).

소크라테스는 "성찰하지 않는 삶은 살 가치가 없다"고 했다. 그리스도인의 삶은 상대방을 탓하기 전에 늘 자신을 되돌아보며 성찰하고 회개하는 삶이어야 한다. 그리고 주님이 주신 사랑의 마음으로 이웃을 내 몸처럼 사랑하는 삶을 살아야 한다(눅 10:27).

공자(孔子) 또한 가장 바람직한 정치로 덕치(德治)를 강조하고, 이를 위해서는 통치자가 남을 다스리는 치인(治人)에 앞서 자신의 본성 안에 있는 덕을 실현하는 수기(修己)가 선행되어야 한다는 점을 역설했다. 《논어(論語)》의 핵심 주제는 인간관계로서 '얻고자 하면 주어라', 곧 '대접받고자 하거든 먼저 대접하라'는 황금률을 실천하라는 것이다. 《논어》〈학이(學而)〉편에서 공자가 말하기를 "남이 자신을 알아주지 못함을 걱정하지 말고, 내가 남을 알지 못함을 걱정해야 한다(子曰 不患人之不己知患不知人也)"고 했다.

예수 그리스도로 인해 변화된 나의 내면은 대인관계의 변화라는 열매로 나타나야 한다. 대인관계의 변화를 위해서는 '남 탓' 말고 자신부터 돌아보고 먼저 변화되어야 한다. 내가 변화하면 상대방도 변화되기 때문이다.

◆ 악인은 입으로 그의 이웃을 망하게 하여도 의인은 그의 지식으로 말미암아 구원을 얻느니라.(잠 11:9)

◆ 허물을 덮어주는 자는 사랑을 구하는 자요 그것을 거듭 말하는 자는 친한 벗을 이간하는 자니라.(잠 17:9)

◆ 비판을 받지 아니하려거든 비판하지 말라 너희가 비판하는 그 비판으로 너희가 비판을 받을 것이요 너희가 헤아리는 그 헤아림으로 너희가 헤아림을 받을 것이니라.(마 7:1-2)

◆ 어찌하여 형제의 눈 속에 있는 티는 보고 네 눈 속에 있는 들보는 깨닫지 못하느냐 너는 네 눈 속에 있는 들보를 보지 못하면서 어찌하여 형제에게 말하기를 형제여 나로 네 눈 속에 있는 티를 빼게 하라 할 수 있느냐 외식하는 자여 먼저 네 눈 속에서 들보를 빼라 그 후에야 네가 밝히 보고 형제의 눈 속에 있는 티를 빼리라.(눅 6:41-42)

◆ 누가 누구에게 불만이 있거든 서로 용납하여 피차 용서하되 주께서 너희를 용서하신 것같이 너희도 그리하고 이 모든 것 위에 사랑을 더하라 이는 온전하게 매는 띠니라.(골 3:13-14)

1 당신은 상대방과 불화가 생겼을 때 자신을 먼저 돌아보는 편인가요, 아니면 상대방을 먼저 탓하는 편인가요?

2 당신과 불편한 관계에 있는 사람은 누구인가요? 불편한 관계를 만든 당신의 잘못은 무엇일까요?

3 상대와의 관계에서 자신의 잘못을 깨달았으면 어떻게 해야 할까요? 당신이 먼저 상대에게 마음을 열고 "미안해, 내가 잘못했어"라고 말하는 편인가요, 아니면 상대가 먼저 사과하기를 기다리며 고집을 피우는 편인가요?

4 당신이 매일 이웃과 나누는 대화 중 비난, 비판, 충고나 조언, 지시와 같은 말을 얼마나 많이 사용하는지 되돌아보세요. 그리고 이웃에게도 물어보세요.

인간은 저 잘난 맛에 살아간다

9

서울대학교 심리학과 최인철 교수는 심리학이 발견한 인간의 가장 큰 특징이 '자기중심성(egocentrism)'이라고 한다. 미국의 심리학자 스턴버그(Robert Sternberg)는 인간의 자기중심성을 인간의 어리석음의 첫 번째 조건으로 꼽고 있다.

인간의 자기중심성이란 자신의 생각, 감정, 가치, 지각, 관점 등이 지극히 상식적이고 보편적인 것으로서 다른 사람들에게도 널리 공유되어 있기 때문에 다른 사람들도 자기와 같을 것이라고 믿는 경향성을 의미한다. 즉, 자신이 세상을 바라보는 프레임을 다른 사람들도 똑같이 공유하고 있을 것이라고 착각하는 경향성을 말한다.

이러한 인간의 자기중심성은 왜 사람들이 서로가 다르다는 것을 인식하여 그 다름을 존중해주지 못하고 저마다 자기 잘난 맛에 자기주장만을 고집하며 착각 속에 살아가는 어리석고 교만한 존재인가를 이해하는 근원이기도 하다. 인간의 자기중심적 성향을 구체적으로 몇 가지 소개하면 다음과 같다.

첫째, 사람들은 정작 자신에게 존재하는 부정적 이미지나 긍정적

이미지를 자신이 아닌 타인에게 투사하는 버릇이 있다. 따라서 우리가 다른 사람들에게 행하는 평가나 내용을 보면, 다른 사람이 어떤 사람인지에 대해서보다 우리 자신이 어떤 사람인지를 더 많이 드러낸다. 예를 들어 자기 주변에 남을 헐뜯는 사람이 많다고 불평하는 사람이 있다면, 정작 남의 허물을 습관적으로 헐뜯는 사람은 자기 주변 사람들이 아니라 바로 그 사람 자신일 가능성이 높다. 반면, 세상은 아직 살 만한 곳이고 자기 주변에는 좋은 사람들이 많다고 말하는 사람이 있다면 그 사람은 누구와 있어도 남의 장점부터 바라보는 사람으로 이해하면 된다.

둘째, 연극 무대에서 조명이 주인공을 비춰줌으로써 주인공의 모든 것들이 관객에게 감시되듯이, 자신 또한 다른 사람에게 자신의 모든 것이 조명받고 있다고 착각한다. 머리를 감지 않고 외출하면 다른 사람들이 곧바로 그것을 알아볼 거라고 착각하는 것과 같다. 그러나 정작 자신을 가장 많이 주시하는 것은 남이 아닌 바로 자기 자신이다.

셋째, 자신은 타인을 바라볼 때 치우침이 없이 객관적으로 바라보지만 다른 사람들은 자신을 있는 그대로 보지 않고 끊임없이 오해한다고 생각한다. 그래서 자신은 남을 함부로 정죄하면서도 남이 자신을 정죄하면 "네가 나에 대해서 뭘 안다고"라며 발끈한다.

넷째, 다른 사람의 행동은 그 사람의 성격이나 신념과 같은 내적인 요소들로 설명하지만, 자신의 행동은 상황적인 요인들로 설명한다. "네가 실수를 한 것은 네가 원래 그런 사람이기 때문이고, 나는 어쩌다 보니 그런 실수를 한 것이다"와 같은 방식이다.

다섯째, '소박한 실재론(naive realism)'이라 부르는 경향성이 있는바,

이는 자신이 주관적으로 경험하는 모든 것들이 곧 객관적 현실과 일치한다고 믿는 경향성을 말한다. 예를 들어 자신이 본 영화가 재미없다고 느끼면 다른 사람들도 모두 그렇게 느낄 것이라고 착각하는 경향성이다. 자신이 육류 음식과 야채 음식 중 육류를 좋아하면 다른 사람들도 모두 그럴 것이라고 착각하는 것 등이 소박한 실재론이다.

이러한 소박한 실재론 때문에 사람들은 '내가 선택한 것을 다른 사람들도 똑같이 선택할 것'이라고 믿는다. 따라서 사람들은 자신의 주관적 경험과 다르게 느끼고 생각하고 행동하는 타인들을 향해 그들은 감각이 둔하거나 무감각하거나 그런 것도 못하는 무능력한 존재라거나 생각이 부족한 존재라는 둥 자기중심적으로 판단하여 비난하고 비판하게 된다.

자신이 한 행동이나 말에 대해 상대방이 발끈하고 화를 내면 정색을 하면서 "아니 내가 자네에게 그냥 장난삼아 한 말을 가지고 뭘 그렇게 화를 내나? 자네 참 옹졸한 사람일세"라며 되레 똑같이 화를 내는 사람들을 많이 목격한다. 자신의 말이나 행동이 단지 장난치려고 했다는 것인데, 그 의도를 상대방도 정확히 알고 있으리라고 착각한 소박한 실재론이 작용한 것이다.

이 글을 읽고 "나는 그렇지 않아"라고 생각하는 사람이 있다면, 그 사람 또한 자기중심성에서 벗어나지 못하는 사람이다. 나를 포함한 모두가 논리적인 존재가 아니라 편견으로 가득 차 있으며 자존심과 허영심에 따라 행동하는 교만한 존재임을 명심해야 한다.

예수님은 인간의 교만을 아시고 끊임없이 말씀과 행동으로 겸손을 가르치셨다. 가장 높은 곳에 계시던 예수님은 천한 신분인 목수의

아들로 말 구유에서 태어나셨고, 중죄인으로서 십자가의 형벌까지
받으심으로 겸손을 몸소 실천하셨다.

Holy Bible ☕

♦ 교만은 패망의 선봉이요 거만한 마음은 넘어짐의 앞잡이
니라 겸손한 자와 함께하여 마음을 낮추는 것이 교만한 자
와 함께하여 탈취물을 나누는 것보다 나으니라.(잠 16:18-19)

♦ 사람이 교만하면 낮아지게 되겠고 마음이 겸손하면 영예
를 얻으리라.(잠 29:23)

♦ 누구든지 자기를 높이는 자는 낮아지고 누구든지 자기를
낮추는 자는 높아지리라.(마 23:12)

♦ 예수께서 들으시고 그들에게 이르시되 건강한 자에게는
의사가 쓸데없고 병든 자에게라야 쓸 데 있느니라 나는 의
인을 부르러 온 것이 아니요 죄인을 부르러 왔노라 하시니
라.(막 2:17)

♦ 너희에게 이르노니 아니라 너희도 만일 회개하지 아니하
면 이와 같이 망하리라.(눅 13:5)

♦ 우리 주의 은혜가 그리스도 예수 안에 있는 믿음과 사랑과
함께 넘치도록 풍성하였도다 미쁘다 모든 사람이 받을 만한
이 말이여 그리스도 예수께서 죄인을 구원하시려고 세상에
임하셨다 하였도다 죄인 중에 내가 괴수니라.(딤전 1:14-15)

◆ 그러나 너희 마음속에 독한 시기와 다툼이 있으면 자랑하지 말라 진리를 거슬러 거짓말하지 말라 이러한 지혜는 위로부터 내려온 것이 아니요 땅 위의 것이요 정욕의 것이요 귀신의 것이니 시기와 다툼이 있는 곳에는 혼란과 모든 악한 일이 있음이라 오직 위로부터 난 지혜는 첫째 성결하고 다음에 화평하고 관용하고 양순하며 긍휼과 선한 열매가 가득하고 편견과 거짓이 없나니 화평하게 하는 자들은 화평으로 심어 의의 열매를 거두느니라.(약 3:14-18)

묵상할 내용

1 당신 안에 존재하는 자기중심성의 내용에는 어떤 것이 있다고 생각하나요?

2 인간은 모두가 죄인이라는 점을 인간의 자기중심성과 관련하여 생각해보세요.

3 인간은 왜 교만한 존재라고 생각하나요?

4 기독교인이 날마다 회개하는 삶을 살아야 할 이유를 인간의 자기중심성과 관련하여 되돌아보세요.

적대적 동일시와 그리스도인

10

아이가 이 세상에 태어나면서 처음으로 맞는 매우 의미 있는 대상이 부모다. 아이는 성장하면서 사회관계의 범위가 점점 넓어져 형제자매와 친구 그리고 이웃으로 관계를 확대한다. 이러한 사회화 과정에서 부모를 비롯해 자신에게 의미 있는 대상이 되는 사람들의 가치관이나 태도 혹은 행동을 닮아가는데 이를 '동일시(同一視, identification)'라 칭한다.

부모는 아이에게 가장 큰 영향을 미치는 의미 있는 대상으로서 아이가 성장하면서 부모의 가치관이나 태도, 행동을 그대로 닮아가는 동일시 과정을 통해 그것들을 자신의 것으로 받아들이며 이를 '내재화(內在化, internalization)'한다고 한다. '그 아버지에 그 아들', '그 부모에 그 자식', '어머니를 보면 그 딸을 안다'는 등의 말이 나오게 되는 이유다.

동일시는 모방이라는 개념과 유사하다. 그러나 모방이 스스로 닮고 싶은 대상을 의식적으로 닮아가는 과정이라면, 동일시는 닮으려는 의지와 관계없이 무의식적으로 닮아가는 과정까지를 내포하는 개념이다. 따라서 동일시 과정에서 자신이 닮고 싶지 않은 대상의 태도나 행동 등도 자신도 모르게 닮아가는데 이를 '적대적 동일시 (hostile identification)'라 칭한다.

평소에 "나는 나중에 엄마가 되면 절대로 우리 엄마처럼 살지는 않을 거야"라고 다짐했던 딸이 훗날 엄마가 되면 과거 자신이 비난했던 엄마의 모습을 그대로 닮은 태도나 행동을 재현하며 살아가는 것이 적대적 동일시다.

어린 시절부터 아버지의 폭력에 시달렸거나 방치된 아들이 "나는 아버지를 절대 따라하지 말아야지"라고 다짐했지만, 정작 성인이 되면 그런 상황에 익숙해져 이제는 가해자가 되어 그 가족에게 폭력을 행사함으로써 아픈 상처를 대물림하는 것도 적대적 동일시의 예다. 이처럼 적대적 동일시를 싫어하면서도 거기에 머무르게 되는 것은 왜일까?

첫째, 부모 등 의미 있는 대상과의 오랜 경험을 통해 학습된 결과 의미 있는 대상들의 가치관이나 태도 또는 행동에 자신이 무의식적으로 익숙해졌기 때문이다. 숲속에서 동물들과 더불어 살면서 성장한 타잔에게는 숲속에서의 삶이 익숙하고 편하게 느껴지고 문명세계 환경은 어색하고 거북하고 불편할 수 있는 것과 같은 논리다.

둘째, 피해자 입장에서 부모 등으로부터 받은 분노 등의 부정적 감정이 무의식에 축적되어 남아 있다가 성인이 되면, 이제는 가해자 입장에서 자신보다 약한 가족을 향해 그대로 표출되기 때문이다.

이러한 연유로 좋은 부모가 되어야겠다고 이성적으로 다짐해보며 애를 쓰다가도 자신도 모르게 폭력과 같은 부정적 행태를 반복해서 행사하게 되고, 그럴 때마다 죄책감에 사로잡혀 절망하기도 하고 우울해하기도 한다. 죄책감에 빠질수록 폭력을 행한 후 가족들에게 지나치게 친절을 베푸는 등 과잉행동을 하거나, 지나치게 자신의 감정을 억누르다가 한꺼번에 터뜨려 가족을 더욱 힘들게 만들기도 한다.

모든 사람이 적대적 동일시의 사슬에서 벗어나지 못하는 것은 아니다. 어떤 사람은 적대적 동일시에서 벗어나 정반대의 삶을 살아가기도 한다. 적대적 동일시에서 벗어나기 위해서는 먼저 적대적 동일시 현상이 아직도 자신에게 존재하고 있다는 사실을 직면하는 일부터 시작해야 한다. 그리고 이에서 벗어나려는 부단한 노력이 있어야 한다.

사도 바울은 주님을 만나 회심(conversion)함으로써 그리스도인들을 괴롭히던 사울에서 그리스도의 복음을 전파하는 바울로 변화하였다(행 22:1-11). 주님을 자신 안에 영접한 그리스도인은 자신의 자아가 죽고 성령이 역사함으로써 바울과 같이 자신의 과거와는 전혀 다른 태도와 행동을 보이는 놀라운 변화가 일어나야 한다. 적대적 동일시를 벗어날 수 있는 능력 또한 주님이 주시는 은혜의 능력이기 때문이다.

Holy Bible ☕

◆ 너는 악을 갚겠다 말하지 말고 여호와를 기다리라 그가 너를 구원하시리라.(잠 20:22)

◆ 내 이름을 경외하는 너희에게는 공의로운 해가 떠올라서 치료하는 광선을 비추리니 너희가 나가서 외양간에서 나온 송아지같이 뛰리라.(말 4:2)

◆ 이르되 주 예수를 믿으라 그리하면 너와 네 집이 구원을 받으리라 하고(행 16:31)

◆ 우리가 알거니와 우리의 옛사람이 예수와 함께 십자가에 못 박힌 것은 죄의 몸이 죽어 다시는 우리가 죄에게 종노릇 하지 아니하려 함이니 이는 죽은 자가 죄에서 벗어나 의롭다 하심을 얻었음이라.(롬 6:6-7)

◆ 죄가 너희를 주장하지 못하리니 이는 너희가 법 아래에 있지 아니하고 은혜 아래에 있음이라.(롬 6:14)

◆ 아무에게도 악을 악으로 갚지 말고 모든 사람 앞에서 선한 일을 도모하라.(롬 12:17)

◆ 내게 능력 주시는 자 안에서 내가 모든 것을 할 수 있느니라.(빌 4:13)

◆ 누구든지 자기 친족 특히 자기 가족을 돌보지 아니하면 믿음을 배반한 자요 불신자보다 더 악한 자니라.(딤전 5:8)

◆ 마지막으로 말하노니 너희가 다 마음을 같이하여 동정하며 형제를 사랑하며 불쌍히 여기며 겸손하며 악을 악으로, 욕을 욕으로 갚지 말고 도리어 복을 빌라 이를 위하여 너희가 부르심을 받았으니 이는 복을 이어 받게 하려 하심이라.(벧전 3:8-9)

묵상할 내용

1 당신 안에 존재하는 적대적 동일시 내용에는 어떤 것들이 있나요?

2 남들로부터 "네 부모를 꼭 닮았다"는 말을 들은 적이 있나요? 그렇다면 그 내용은 무엇인가요?

3 당신은 당신 아버지와 어머니 중 누구의 생각이나 행동을 내재화했다고 생각하나요?

4 적대적 동일시가 당신에게 주는 교훈은 무엇이라고 생각하나요?

5 당신이 그리스도를 영접함으로써 부모님으로부터 받은 적대적 동일시에서 벗어난 내용에는 어떤 것들이 있나요?

감정전이가 주는 교훈

11

　"마누라가 사랑스러우면 처가 말뚝에도 절을 한다", "국어 선생님을 좋아하니 국어공부 시간이 즐겁고 공부가 잘된다", "엄마가 미워지니 엄마가 하는 어떤 말도 듣고 싶지 않다." 등이 모두 감정전이 현상을 나타낸 표현이다.

　감정전이(感情轉移)란 이처럼 어떤 대상에게 느끼는 감정이 그 대상과는 직접적 관련성이 없는 것에도 똑같이 전이되어 느끼는 현상을 의미한다. 감정전이는 우리 삶 속에서 빈번히 발견할 수 있는 흔한 현상이다.

　어렸을 적 엄마에게 느꼈던 분노의 감정을 현재에 이르러 엄마가 아닌 다른 대상인 여자친구에게 폭발한다든가, 거꾸로 아버지의 보살핌을 받지 못하고 성장한 딸아이가 커서 그 분노와 불안감을 현재 남자친구에게 투사하는 것도 감정전이 현상이다. 어렸을 적 무엇인가를 요구해도 잘 들어주지 않고 거절하는 아버지 밑에서 자란 어느 대학생이 자기 학과 교수에게 커피를 대접했는데 그 교수가 자신은 커피를 마시지 않는다며 냉담하게 거절하자, 과거 아버지에게서 느꼈던 거절감이 그 교수에게 전이되어 그 이후 그 교수를 이런저런 방법으로 계속 괴롭히는 것도 감정전이 현상이다.

결혼해서 두 명의 딸을 둔 어머니가 그중 왠지 둘째 딸에게 정이 더 가고 더 예뻐 보이는 원인을 추적해보니 그녀의 무의식 속에 첫 딸은 과거에 딸들과의 경쟁에서 자신을 힘들게 했던 첫째 언니로, 둘째 딸은 과거 언니들과 경쟁하면서 늘 치어 살았던 자기 자신으로 바라보는 전이 감정이 일어난 결과임을 깨닫게 되었다.

똑같은 내용의 말이나 행동이라도 자신이 호감을 가지고 좋아하는 사람의 말이나 행동에 대해서는 이를 이성적으로 판단하려 하지 않고 무조건 따르려 하지만, 자기가 싫어하는 사람의 말이나 행동은 부정적으로 받아들이는 것도 감정전이 현상이다. 감정전이 현상은 이처럼 감정이 이성적 판단을 앞지른다는 사실을 설명하는 것이다. 이런 현상이 일상에서 흔하게 일어난다는 것은 곧 인간은 매우 이성적 존재인 것 같지만 사실은 매우 감정적인 존재라는 것을 의미한다.

부모들이 자식을 향해 "내 말이 틀렸니?"라면서 아무리 합리적이고 타당한 말을 전할지라도 자식이 부모에 대해 부정적인 감정에 사로잡혀 있으면 속으로 "또 잔소리를 시작하는군. 난 그깟 잔소리에 별로 관심이 없거든"이라면서 부모의 이야기를 귀담아들으려 하지 않는다. 거기에도 감정전이가 이루어지기 때문이다.

감정전이 현상은 이처럼 상대방을 내가 생각하는 바람직한 방향으로 이끌기 위해서는 이성적으로 접근해서 옳은 말, 합리적인 말만을 동원하여 상대방을 일방적으로 설득하거나 교육시키려는 데 치중하지 말아야 한다는 점을 인식시켜준다. 옳은 말을 하기에 앞서 상대 입장에서 상대의 마음을 읽어주고, "얼마나 힘드니?", "많이 힘들지? 수고했어"와 같은 따뜻한 말, 공감해주는 말을 전해야 한다. 상대에게 전하는 따뜻한 말을 통해 상대가 마음을 열었을 때 옳은 말을 전하면 상대는 그 옳은 말을 스펀지에 물들어가듯 긍정적으로 받아들일 것이다. 감정전이가 작용하기 때문이다.

따뜻한 말, 공감해주는 말은 상대 마음의 문을 여는 열쇠와 같지만, 비난하거나 비판하는 말, 따뜻함이 없는 옳은 말, 이성적인 말은 상대 마음의 문을 닫아버리는 자물쇠와 같다. 주님을 진정 사랑하면 주님의 한 말씀 한 말씀을 이성적으로 따지려 들지 않고 기쁨으로 '아멘' 하며 무조건 순종하고 따르기 마련이다. 주님은 우리를 사랑의 마음으로 바라보시기 때문에 원수도 사랑하시고 죄인인 우리를 정죄하시는 대신 우리를 대신하여 십자가의 형벌도 받아들이신 분이다.

Holy Bible ☕

◆ 이르되 주 예수를 믿으라 그리하면 너와 네 집이 구원을 받으리라 하고(행 16:31)
◆ 내가 그리스도를 본받는 자가 된 것같이 너희는 나를 본받는 자가 되라.(고전 11:1)
◆ 내가 사람의 방언과 천사의 말을 할지라도 사랑이 없으면 소리 나는 구리와 울리는 꽹과리가 되고(고전 13:1)

◆ 사랑은 오래 참고 사랑은 온유하며 시기하지 아니하며 사랑은 자랑하지 아니하며 교만하지 아니하며 무례히 행하지 아니하며 자기의 유익을 구하지 아니하며 성내지 아니하며 악한 것을 생각하지 아니하며 불의를 기뻐하지 아니하며 진리와 함께 기뻐하고 모든 것을 참으며 모든 것을 믿으며 모든 것을 바라며 모든 것을 견디느니라.(고전 13:4-7)

◆ 그런즉 누구든지 그리스도 안에 있으면 새로운 피조물이라 이전 것은 지나갔으니 보라 새 것이 되었도다.(고후 5:17)

◆ 너희는 유혹의 욕심을 따라 썩어져가는 구습을 따르는 옛 사람을 벗어버리고 오직 너희의 심령이 새롭게 되어 하나님을 따라 의와 진리와 거룩함으로 지으심을 받은 새사람을 입으라.(엡 4:22-24)

◆ 누구든지 그의 말씀을 지키는 자는 하나님의 사랑이 참으로 그 속에서 온전하게 되었나니 이로써 우리가 그의 안에 있는 줄을 아노라 그의 안에 산다고 하는 자는 그가 행하시는 대로 자기도 행할지니라.(요일 2:5-6)

1 당신 안에 일어나는 감정전이 현상에는 어떤 것이 있나요?

2 사랑하는 사람의 말이나 행동은 모두 좋아 보이는가 하면, 미워하는 사람의 말이나 행동은 모두 미워 보이는 것은 왜일까요?

3 당신의 자녀나 친구 혹은 이웃을 향해 당신이 전해주는 말에 그들이 보이는 반응은 어떠한가요? 왜 그런 반응을 보이고 있을까를 감정전이 현상 관점에서 되돌아보세요.

내가 당신을 위해 무엇을 도와드릴까요?

12

제어하기 어려운 분노나 경험하기에는 너무 고통스러운 두려움, 불안, 외로움 같은 마음의 아픔이 있을 때면 자신이 존경하고 신뢰하는 누군가를 찾아가 자신의 아픔을 진솔하게 드러내고 위로받고 싶다. 남편과의 심한 갈등으로 너무 고통스럽지만 누군가에게 자신의 마음을 드러내놓고 이야기할 용기가 없던 김순진(가명) 권사님은 몇 번을 망설이다가 크게 용기를 내어 자신이 다니는 교회 목사님을 찾아가 조심스럽게 자신의 아픈 이야기를 꺼내 들려주었다.

이야기를 잠시 듣던 목사님은 김 권사님 이야기 중간에 끼어들어 조용한 말투로 단호하게 말씀하셨다. "권사님, 우리에게는 전지전능하신 주님이 계시지 않습니까? 주님께 기도하세요. 기도하면 모든 게 다 해결됩니다."

그 목사님은 무릇 성도란 전지전능하신 하나님을 믿는 사람들이므로, 어느 성도에게 고통이 다가오든 그 성도는 주님 앞에 나아가 기도하면 해결된다는 굳건한 믿음을 가진 목사님이시다. 따라서 그 목사님은 상담에 대해서는 부정적 생각을 가지고 있어서 그것은 단지 인간적 생각에 지나지 않는다고 보았다. 그 목사님은 마음 아파하는 성도가 상담을 요청해오면 늘 한결같이 "기도하세요. 기도하면 다 해결됩니다"라고 응답해주었다. 그러나 그러한 충고는 옳은 말이기는 하지만 상대방의 마음을 움직이지는 못한다.

주님의 말씀을 듣고 늘 믿음을 다짐하던 베드로도 물 위를 잘 걷다가 파도가 갑자기 밀려오자 당황하고 물에 빠지게 된다(마 14:30). 수영을 잘하는 사람도 갑자기 급류에 휩쓸리면 평상시의 수영 실력을 망각하고 허우적거릴 때가 있다. 김 권사님 또한 평상시에는 주님을 향한 믿음이 깊지만 막상 심한 고난이 갑자기 자기에게 닥쳐와 그 속에서 허우적거리다 보니 머릿속으로는 주님이 우리와 함께하신다는 것을 알면서도 가슴으로는 위로가 되지 않은 상태였다.

목사님을 찾아온 김 권사님께 필요했던 것은 "기도하세요"와 같은 훈계나 충고가 아니라, "권사님, 말씀을 들어보니 너무 힘드시겠네요. 제가 뭘 도와드려야 할까요?", "권사님 위해 간절한 마음으로 기도하겠습니다"와 같은 공감과 위로의 말이다. 그 목사님이 김 권사님을 진정 사랑한다면 말씀을 들먹이며 훈계하고 지시하고 명령하기 전에 진정 사랑의 마음으로 김 권사님에게 다가가 그분의 아픔을 같이하면서 그분의 고통스러운 심정을 읽어주고 이해해주어야 한다.

마음의 아픔으로 괴로워하는 상대방을 향해 논리적인 말이나 합리적인 말들을 쏟아내는 것은 상대의 마음을 움직이는 데 전혀 도움이 되지 못한다. 논리나 설득, 훈계 등은 상대방의 머리를 향하지만, 상대방의 마음을 읽어주는 공감과 위로의 말은 상대방의 가슴을 향한다. 사람을 움직이는 힘은 머리가 아닌 가슴에서 나온다.

부모에 대한 분노가 가득한 자녀에게 훈계조로 "그래도 부모님인데 네가 그러면 되냐?", "그건 불효야"라고 이야기하면 그에게는 그 분노가 더 커지거나 그 분노를 더 억압할 뿐이지 전혀 위로가 되지 못한다.

예수님의 성육신 사건에서처럼, 주님은 우리의 아픔을 바라보면서 그저 저 높은 곳에 머무르시면서 단지 말씀만 전해주시지 않으셨다. 주님은 이곳 우리 삶의 세상에 직접 오셔서 우리의 아픔을 같이 하시고, 우리 곁에서 우리를 위로해주시며 급기야 우리를 위해 십자가에 못 박혀 돌아가시기까지 하셨다.

Holy Bible ☕

◆ 사연을 듣기 전에 대답하는 자는 미련하여 욕을 당하느니라.(잠 18:13)

◆ 너희가 내게 부르짖으며 내게 와서 기도하면 내가 너희들의 기도를 들을 것이요, 너희가 온 마음으로 나를 구하면 나를 찾을 것이요 나를 만나리라.(렘 29:12-13)

◆ 밤 사경에 예수께서 바다 위로 걸어서 제자들에게 오시니 제자들이 그가 바다 위로 걸어오심을 보고 놀라 유령이라 하며 무서워하여 소리 지르거늘 예수께서 즉시 이르시되 안심하라 나니 두려워하지 말라 베드로가 대답하여 이르되 주여 만일 주님이시거든 나를 명하사 물 위로 오라 하소서 하

니 오라 하시니 베드로가 배에서 내려 물 위로 걸어서 예수
께로 가되 바람을 보고 무서워 빠져 가는지라 소리 질러 이
르되 주여 나를 구원하소서 하니 예수께서 즉시 손을 내밀
어 그를 붙잡으시며 이르시되 믿음이 작은 자여 왜 의심하
였느냐 하시고 배에 함께 오르매 바람이 그치는지라.(마 14:
25-32)

◆ 나는 선한 목자라 나는 내 양을 알고 양도 나를 아는 것이
아버지께서 나를 아시고 내가 아버지를 아는 것 같으니 나
는 양을 위하여 목숨을 버리노라.(요 10:14-15)

1 당신은 상대의 이야기를 얼마나 진지하게 경청해주나요?

2 당신은 상대에게 주로 훈계하거나 충고하거나 지시하거나 명령하는 말을 하지는 않나요?

3 가족들끼리 모여 메모지를 준비해서 가족 구성원들 각각에게 나누어주고, 대화를 나눌 때 가족 각각의 장점은 무엇이고 고쳤으면 하는 단점은 무엇인지를 기록한 후 이를 돌려보거나 발표하는 시간을 가져보세요. 그리고 서로 간에 느낀 점을 이야기해보세요.

죄는 미워하되 사람은 미워하지 말라

13

평상시에는 늘 부드러운 말로 이웃을 대하고 매사에 적극적이고 긍정적인 생각을 잃지 않던 사람도 몸이 아프면 짜증을 내고 이유 없이 화도 내는 등 부적절한 말이나 행동을 하는 경우가 많다. 모든 일에 자신이 없어지는 등 약한 생각에 빠지기도 한다. 육신이 아플 때뿐만 아니라 우울감이나 심한 열등감 혹은 극심한 불안이나 분노 같은 마음의 아픔을 경험할 때도 마찬가지다.

따라서 육신이 아프거나 마음이 아픈 사람을 대할 때면 그 사람을 건강한 사람으로 바라보지 말고 아픈 사람으로 바라보아야 한다. 그러면 그 사람의 부정적인 생각이나 말 혹은 행동이 밉기도 하지만 그 사람을 이해하고 아픔을 공감해주며 아픔을 같이 나눌 수 있게 된다. 몸이 아프거나 마음이 아픈 사람을 정상적인 건강한 사람의 잣대로 바라보고 판단해서는 안 된다는 이야기다.

명심해야 할 것은 어떤 개별적인 행위를 미워하지 말라는 의미는 아니다. 어떤 사람의 부적절한 말이나 행동을 대하면 미운 마음이 들 수 있다. 그러나 그 사람의 인격 자체는 미워하지 말아야 한다.

죄는 미워하되 사람의 인격 자체는 미워하지 말아야 한다는 의미다. "너 같은 놈은 아예 태어나지 말았어야 했어", "너는 아무 쓸모가 없는 놈이야"와 같은 비난은 인격 자체에 대한 비난이다. 겉으로 나타나는 말이나 행동에 대한 비판은 있을 수 있지만 그것이 그 사람에 대한 사랑에 기초하지 않으면 그러한 비판은 건전한 비판이라 할 수 없다.

주님을 사랑하는 마음이 내 안에 있으면 주를 바라보고 주님의 소리에 귀 기울이듯이, 상대방의 인격 자체를 지극히 사랑하는 마음이 내 안에 있으면 상대의 말이나 행동에 대한 미움에 그치지 않고, 상대 내면의 마음을 바라보며 공감하고 이해하려 든다.

우리 마음 안에서는 천사의 마음과 악마의 마음이 우리를 부추기며 갈등한다. 그 결과 때로는 천사가 이기기도 하지만 악마가 승리를 거둘 때도 있는 것이 우리 삶이다. 설사 그의 행동이 악에 치우칠 때가 많다 해도 그것이 곧 그의 존재 자체는 아니다.

에덴동산에서 여호와 하나님의 명령을 거역한 아담과 하와에게 하나님은 그들을 위하여 가죽옷을 지어 입히시었다(창 3:21). '탕자의 비유'로 일컬어지는 이야기에서 아버지로부터 자신의 재산 분깃을 받아 아버지를 떠나 먼 나라에 가 자신의 재산을 허랑방탕 허비한 후 급기야 돼지가 먹는 쥐엄나무 열매로 배를 채우던 둘째 아들 이야기가 나온다. 그가 아버지에게 돌아왔을 때, 아버지는 그 아들을 측은히 여겨 달려가 목을 안고 입을 맞추며 제일 좋은 옷을 입히고 살진 송아지를 잡아 잔치를 베풀어주셨다(눅 15:11-32).

간음하다 붙잡힌 여인을 향해 주님은 "나도 너를 정죄하지 아니하노니 가서 다시는 죄를 범치 말라"고 말씀하셨다(요 8:11). 주님은 간음한 여인을 바라보며 간음 그 자체의 행위를 정죄하지 않은 것이 아니다. 간음 그 행위 자체는 미워하셨지만 그 여인의 인격 자체를 미워하거나 정죄하지 않으신 것이다.

Holy Bible ☕

◆ 여호와 하나님이 아담과 그의 아내를 위하여 가죽옷을 지어 입히시니라.(창 3:21)

◆ 내가 이르기를 내 허물을 여호와께 자복하리라 하고 주께 내 죄를 아뢰고 내 죄악을 숨기지 아니하였더니 곧 주께서 내 죄악을 사하셨나이다.(셀라)(시 32:5)

◆ 하나님께서 구하시는 제사는 상한 심령이라 하나님이여 상하고 통회하는 마음을 주께서 멸시치 아니하시리이다.(시 51:17)

◆ 여호와께서 말씀하시되 오라 우리가 서로 변론하자 너희의 죄가 주홍 같을지라도 눈과 같이 희어질 것이요 진홍같이 붉을지라도 양털같이 희게 되리라.(사 1:18)

◆ 우리가 우리에게 죄 지은 자를 사하여 준 것같이 우리 죄를 사하여 주시옵고(마 6:12)

◆ 너희가 사람의 잘못을 용서하면 너희 하늘 아버지께서도 너희 잘못을 용서하시려니와 너희가 사람의 잘못을 용서하

지 아니하면 너희 아버지께서도 너희 잘못을 용서하지 아니
하시리라.(마 6:14-15)

♦ 예수께서 일어나사 여자 외에 아무도 없는 것을 보시고
이르시되 여자여 너를 고발하던 그들이 어디 있느냐 너를
정죄한 자가 없느냐 대답하되 주여 없나이다 예수께서 이르
시되 나도 너를 정죄하지 아니하노니 가서 다시는 죄를 범
하지 말라 하시니라.(요 8:10-11)

1 당신은 당신과 가까운 가족이나 이웃이 겉으로 나타내는 말이나 행동에 초점을 두고 그들을 판단하는 편인가요? 아니면 그들의 마음의 소리를 들어보려고 노력하는 편인가요?

2 최근 당신을 가장 화나게 했던 사람을 기억하나요? 그 사람에 대해 화를 낸 것은 그 사람의 행위를 향한 것이었나요, 아니면 그 사람의 존재 자체를 향한 것이었나요?

3 최근 당신에게 큰 잘못을 한 누군가를 용서해본 적이 있나요? 아니면 용서하지 못하고 있나요? 그 이유는 무엇인가요?

행위가 아닌 마음을 바라보세요

14

 부모가 가출을 일삼고 사고만 치는 자식의 무례하고 거친 말이나 행동을 바라보노라면, 비난하고 싶고 정죄하거나 혼내주고 싶고 훈계하고 싶어질 것이다. 그러나 그런 자식의 속마음을 바라보면 부모로부터 인정받지 못한 나머지 부모를 원망하고 더 나아가 부모를 향한 분노의 감정이 가득 차 힘들고 고통스러워하는 아픔을 발견할 것이다. 그 결과 자식을 향해 비난이나 비판을 퍼붓는 대신 자식을 이해하고 용서하게 되고, 더 나아가 자식을 향한 분노의 마음 대신 긍휼한 마음을 가지게 될 것이다.

 가족들이 어머니를 구타하거나 폭언을 일삼는 아버지의 행동을 바라보면 그를 향해 비난이나 비판, 원망하는 반응을 보일 것이다. 그러나 그런 행동을 일삼는 아버지의 마음속을 바라보면, 아내나 가족으로부터 남편이나 아버지로서의 권위를 인정받고 싶지만 그렇지 못한 자신을 미워하며, "가족들아 제발 나를 가장으로 인정해줘"라며 몸부림치는 한 가장의 외롭고 고독한 마음의 소리를 들을 수도 있다. 그 마음의 소리를 듣게 되면 아버지를 향한 원망이나 비판 대신, 아버지를 이해하고 용서하며 긍휼한 마음마저 들 것이다.

어릴 적 여자 아이들이 고무줄놀이를 할 때면 불쑥 나타나 고무줄을 자르며 훼방을 놓는 소년에게는 고무줄놀이를 하는 소녀들 중 누군가를 좋아하는 마음이 숨어 있다. 속으로는 가족을 지극히 사랑하면서도 이를 표현하지 못하고 겉으로는 무뚝뚝한 아빠도 있다. 엄마에게 꽃을 선물해주고 싶은 마음에 엄마가 애지중지 기르던 베란다 화분의 꽃을 따서 선물한 아이가 있다면, 그의 행동에 화를 낼 것이 아니라 엄마에게 꽃을 선물하고 싶어 하는 아이의 속마음을 바라보며 기쁨과 감사를 표해야 한다. 베란다 꽃은 얼마 가면 다시 필 수 있지만, 아이의 상처받은 마음은 오랫동안 지워지지 않을 수도 있다.

겉으로 드러난 상대의 부정적인 말이나 행동을 바라보면 화가 나고 따라서 비난이나 비판을 하고 싶고, 훈계나 충고를 하고 싶어진다. 그러나 그러한 말이나 행동을 하는 상대의 속마음을 바라보면 나를 분노케 했던 상대의 말이나 행동을 이해하고 용서하며 긍휼한 마음마저 들게 된다.

따라서 상대방이 내뱉은 무례한 말이나 행동을 바라보고 성급히 판단하기보다는, 일단 판단을 유보하고, "무슨 사연이 있겠지" 하는 자세로 상대의 이야기를 들어보고 그 마음을 바라보고 읽어주어야 한다. 이것이 곧 공감이고, 공감해줌으로써 상대는 내가 그의 편임을 깨닫게 되고, 그것에 힘을 얻어 자신의 말이나 행동이 잘못된 것임을 깨닫고 긍정적인 방향으로 변화하게 된다.

예수님은 사마리아 지방을 지나시다가 여섯 명이나 되는 남자를 찾아 헤매었지만 만족하지 못하고 끝없는 갈증에 시달려야 했던 사마리아 여인을 우물가에서 만나 물을 좀 달라 하셨다. 이에 그 사마리아 여인은 예수님을 향해 "당신은 유대인으로서 어찌하여 사마리아 여자인 나에게 물을 달라 하나이까?" 하고 물었다. 본래 유대인들은 사마리아인과 상종하지 않았기 때문이다. 이때 예수님은 그 여인의 과거 행동을 바라보며 비난하거나 훈계하지 않으시고, 그 여인의 마음의 공허함을 바라보시며 그 우물물을 마시는 사람은 다시 목마르겠지만 당신께서 주시는 물을 마시는 사람은 영원히 목마르지 않을 것이며 그 속에서 영생하도록 솟아나는 샘물이 되리라고 말씀하셨다(요 4:7-14).

주님은 우리의 행위가 아닌 우리의 마음 중심을 바라보는 분이시다(삼상 16:7). 진정한 소통은 행위가 아닌 마음을 바라보는 것이다.

Holy Bible

◆ 여호와께서 사무엘에게 이르시되 그 용모와 신장을 보지 말라 내가 이미 그를 버렸노라 내가 보는 것은 사람과 같지 아니하니 사람은 외모를 보거니와 나 여호와는 중심을 보느니라 하시더라.(삼상 16:7)

◆ 이는 선지자 이사야를 통하여 하신 말씀에 우리의 연약한 것을 친히 담당하시고 병을 짊어지셨도다 함을 이루려 하심이더라.(마 8:17)

◆ 사마리아 여자 한 사람이 물을 길러 왔으매 예수께서 물을 좀 달라 하시니 이는 제자들이 먹을 것을 사러 그 동네에 들어갔음이러라. 사마리아 여자가 이르되 당신은 유대인으로서 어찌하여 사마리아 여자인 나에게 물을 달라 하나이까 하니 이는 유대인이 사마리아인과 상종하지 아니함이러라 예수께서 대답하여 이르시되 네가 만일 하나님의 선물과 또 네게 물 좀 달라 하는 이가 누구인 줄 알았더라면 네가 그에게 구하였을 것이요 그가 생수를 네게 주었으리라 여자가 이르되 주여 물 길을 그릇도 없고 이 우물은 깊은데 어디서 당신이 그 생수를 얻겠사옵나이까 우리 조상 야곱이 이 우물을 우리에게 주셨고 또 여기서 자기와 자기 아들들과 짐승이 다 마셨는데 당신이 야곱보다 더 크니이까 예수께서 대답하여 이르시되 이 물을 마시는 자마다 다시 목마르려니와 내가 주는 물을 마시는 자는 영원히 목마르지 아니하리니 내가 주는 물은 그 속에서 영원하도록 솟아나는 샘물이 되리라.(요 4:7-14)

묵상할 내용

1 당신은 상대방을 향한 당신의 순수한 마음을 공감받지 못한 채 겉으로 드러난 행동 때문에 상대로부터 심한 비난이나 비판을 받았던 기억이 있나요? 있다면 그 당시 당신의 마음은 어땠나요?

2 이웃 사람의 행동이 아닌 마음을 바라보게 되면 그것이 당신과 이웃 간의 소통에 어떤 영향을 미칠 것이라고 생각하나요?

인간 행동을 바라보는 두 가지 시각

15

우리는 착한 행동을 하는 사람에 대해서는 "그 사람은 본래 법 없이도 살 만큼 성품이 온유하고 착한 사람이야"라고 말하는가 하면, 거친 말이나 악한 행동을 한 사람에 대해서는 "그 사람은 본래 성품이 못돼먹었어"라고 말하기도 한다. 그런가 하면 어떤 사람이 행한 착한 행동이나 악한 행동을 바라보면서, "그 사람은 본래 훌륭한 가정에서 태어나 성장했기 때문에 그런 착한 일을 했어"라고 말하거나, "그 사람은 견디기 힘든 부모의 학대를 받으며 열악한 가정에서 자라서 그런 나쁜 행동을 했을 거야"라고 말하기도 한다.

이처럼 인간의 행동을 바라보는 데는 두 가지 시각이 존재한다. 전자의 예와 같이 인간의 행동을 인간 내면에 존재하는 성격이나 성품, 도덕성, 윤리성이 작용한 결과로 보는 시각이 있는가 하면, 후자의 예와 같이 인간 행동의 원인을 그 사람이 처한 상황이나 환경의 결과로 바라보는 시각이 있다.

예를 들어 성경에 나오는 간음한 여인(요 8:3-11)을 바라보는 시각으로 "그 여자는 본래 끼를 가진 존재야"라고 볼 수 있는가 하면 "그런 삶의 환경 속에서 살아왔기 때문에 어쩔 수 없이 그런 간음을 행했을 거야"라는 시각으로 볼 수도 있다.

인간 행동의 원인을 인간 내면적 요인의 결과로 바라보는 경우, 어떤 사람의 악한 행동에 대해 불필요하게 그를 인격적으로 비난하거나 행위의 책임을 과도하게 개인에게로 돌리는 실수를 범하게 된다. 시스템을 통한 문제 개선보다는 "그런 인간들은 마땅히 엄한 처벌을 받아야 돼"와 같이 소수의 처벌에 치중하게 된다. 마치 악한 사람은 따로 있고 그런 악한 사람들만 처벌되거나 제거되면 이 세상의 악행이 사라질 것이라는 잘못된 시각을 가지게 할 수도 있다.

또한 예수님이 '회칠한 무덤'이라고 나무랐던 바리새인들같이 겉으로는 착하고 도덕적인 행동을 보이나, 정작 내면의 성품이나 인격은 그와 반대로 악한 경우도 많이 있다(마 23:27-28).

착한 아이 콤플렉스에 빠져 있는 사람은 자신의 가치나 감정은 무시한 채, 타인의 감정을 건드리지 않기 위해 타인의 비위를 맞추려는 경향이 있다. 따라서 다른 사람 눈에는 마냥 착하기만 한 사람으로 보인다. 이런 사람은 자신의 진정한 내면 감정을 존중하지 못하고, 자기 보호를 위해 다른 사람 비위를 맞추려 하고 자기 욕구를 숨긴다. 상대방 기분을 맞추려고 애쓰고, 사과하고 결코 반대하지 않으며 붙임성 있고, 적절한 행동을 하는 것처럼 보인다. 겉으로는 착하게 보이기 위해 내면의 부정적 감정을 드러내지 않는 전형적인 모습이다. 이처럼 성품이 착한 사람이 반드시 착한 행동을 하고 성품이 악한 사람이 꼭 악한 행동을 하는 것은 아니다. 겉으로 나타난 행동만을 바라보지 말고 내면을 들여다보아야 하는 이유다.

한편 인간 행동의 원인을 그 사람이 처한 환경이나 상황의 산물로 바라보는 경우, "그런 상황에 처하면 누구나 그럴 수밖에 없었을 거야"와 같이 나쁜 행동을 한 사람을 조금은 관대한 마음으로 바라볼 수 있게 된다. 그러나 이런 시각만을 남용하면 인간을 환경적 요인에 좌우되는 수동적 존재로 보게 되고, 문제 개선이 인간 내면이 아닌 전적으로 개인의 외부에 있다는 시각을 가지게 될 우려가 있다.

결론적으로 상대방 행동을 제대로 이해함으로써 그와 원활한 소통을 이루기 위해서는 그의 내면을 바라보는 시각과 그 사람이 처한 상황적 요인을 바라보는 시각 간의 적절한 균형이 필요하다. 두 가지 시각 중 어느 하나만으로는 행동의 원인을 완벽하게 설명할 수 없기 때문이다.

Holy Bible

◆ 여호와께서 사무엘에게 이르시되 그의 용모와 키를 보지 말라 내가 이미 그를 버렸노라 내가 보는 것은 사람과 같지 아니하니 사람은 외모를 보거니와 나 여호와는 중심을 보느니라 하시더라.(삼상 16:7)

◆ 여호와여 주께서 나를 살펴보셨으므로 나를 아시나이다 주께서 내가 앉고 일어섬을 아시고 멀리서도 나의 생각을 밝히 아시오며 나의 모든 길과 내가 눕는 것을 살펴보셨으므로 나의 모든 행위를 익히 아시오니 여호와여 내 혀의 말

을 알지 못하시는 것이 하나도 없으시니이다 주께서 나의 앞뒤를 둘러싸시고 내게 안수하셨나이다 이 지식이 내게 너무 기이하니 높아서 내가 능히 미치지 못하나이다.(시 139:1-6)

◆ 화 있을진저 외식하는 서기관들과 바리새인들이여 회칠한 무덤 같으니 겉으로는 아름답게 보이나 그 안에는 죽은 사람의 뼈와 모든 더러운 것이 가득하도다. 이와 같이 너희도 겉으로는 사람에게 옳게 보이되 안으로는 외식과 불법이 가득하도다.(마 23:27-28)

◆ 예수께서 눈을 들어 부자들이 헌금함에 헌금 넣는 것을 보시고 또 어떤 가난한 과부가 두 렙돈 넣는 것을 보시고 이르시되 내가 참으로 너희에게 말하노니 이 가난한 과부가 다른 모든 사람보다 많이 넣었도다 저들은 그 풍족한 중에서 헌금을 넣었거니와 이 과부는 그 가난한 중에서 자기가 가지고 있는 생활비 전부를 넣었느니라 하시니라.(눅 21:1-4)

◆ 서기관들과 바리새인들이 음행 중에 잡힌 여자를 끌고 와서 가운데 세우고 예수께 말하되 선생이여 이 여자가 간음하다가 현장에서 잡혔나이다 모세는 율법에 이러한 여자를 돌로 치라 명하였거니와 선생은 어떻게 말하겠나이까 그들이 이렇게 말함은 고발할 조건을 얻고자 하여 예수를 시험함이러라 예수께서 몸을 굽히사 손가락으로 땅에 쓰시니 그들이 묻기를 마지 아니하는지라 이에 일어나 이르시되 너희 중에 죄 없는 자가 먼저 돌로 치라 하시고 다시 몸을 굽혀 손가락으로 땅에 쓰시니 그들이 이 말씀을 듣고 양심에 가책

을 느껴 어른으로 시작하여 젊은이까지 하나씩 하나씩 나가고 오직 예수와 그 가운데 섰는 여자만 남았더라 예수께서 일어나사 여자 외에 아무도 없는 것을 보시고 이르시되 여자여 너를 고발하던 그들이 어디 있느냐 너를 정죄한 자가 없느니 대답하되 주여 없나이다 예수께서 이르시되 나도 너를 정죄하지 아니하노니 가서 다시는 죄를 범하지 말라 하시니라.(요 8:3-11)

묵상할 내용

1 당신은 인간 행동을 바라보는 두 가지 시각 중 어느 시각에 치중하는 편인가요?

2 간음한 여인과 바리새인, 가난한 과부의 헌금에 대한 성경 말씀을 인간 행동을 바라보는 두 가지 시각에서 설명해 보세요.

3 상대에 대한 충분한 이해를 통해 바람직한 소통이 이루어지려면 어떤 시각으로 행동을 바라보는 것이 바람직할까요?

마음의 열쇠와 자물쇠

16

집을 나와 거리를 방황하며 비행을 일삼던 한 청소년이 나중에 복음성가를 부르는 유명한 성악가가 되어 과거를 회상하며 전해준 이야기가 있다.

거리에서 만난 사람들 중 그를 잘 알지 못하는 사람들은 그를 만날 때마다 욕설을 하거나 거친 말로 비난이나 비판의 말을 내뱉곤 했다. 그런가 하면 그와 알고 지내는 친척들이나 이웃 어른들 혹은 학교 선생님들과 마주칠 때면 그들은 한결같이 그를 붙들고 훈계하고 타이르는 말들을 잊지 않았다. "너 학생이 그러면 못쓴다", "학생은 공부를 열심히 해야지", "부모님을 생각해서 어서 집으로 돌아가라", "너 이렇게 살다가 나중에 뭐가 되려고 그러니? 정신 차려라."

그는 이러한 비난이나 훈계의 말을 너무나 많이 들어왔다. 노골적인 비난이나 비판뿐만 아니라 그의 친척들이나 선생님이 전해주는 훈계의 말이나 옳은 말들도 결국은 그를 향한 비난이나 비판으로 들렸고 잔소리로만 들렸다. 그는 그런 말을 들을 때마다 자신을 되돌아보기보다는 "그래, 나 그런 사람이다. 그래서 어쩔래?"라는 생각에 반항심이 더해지는가 하면, "또 시작이야? 나도 알고 있거든", "내 걱정 말고 너나 잘하세요"라는 식으로 삐뚤어진 감정을 드러내곤 했다.

그런데 어느 날 그가 알고 지내던 교회 권사님이 "너 많이 외로워 보이는구나, 많이 힘들지?"라며 따뜻한 말로 다가와주었다. 자신을 향해 비난과 비판, 훈계의 말, 논리적으로 옳은 말을 건네는 사람들은 많았지만, 그 권사님처럼 자신에게 따뜻한 말로 다가오는 사람은 처음이었다. 그는 오랫동안 억눌려 있던 감정들을 미처 억누르지 못하고 울컥한 마음에 한없이 눈물을 쏟아내고 말았다.

이런 모습을 바라보던 권사님은 가만히 그의 손을 잡고 그를 바라보며 주머니에서 손수건을 꺼내 거침없이 흘러내리는 눈물을 닦아주었다. 이를 시작으로 그 청소년은 권사님에게 자신이 지금까지 마음 안에 품고 있었지만 어느 누구에게도 드러낼 수 없었던 자신의 이야기들을 들려주었고, 그 권사님은 그의 이야기에 깊은 공감을 표하면서 그를 위로해주고 이해해주었다. 그 후 그는 그 권사님의 위로에 힘을 얻어 새로운 삶을 살아가게 되었고, 급기야 복음성가로 유명한 성악가가 되었노라며 권사님께 감사하다는 말을 전했다.

상대에게 전해주는 따뜻한 말, 마음을 읽어주는 공감의 말은 상대의 마음을 여는 열쇠와 같지만, 상대를 향한 비난이나 비판의 말, 따뜻함이 전제되지 않은 옳은 말은 상대 마음의 문을 닫아버리는 자물쇠와 같다. 상대방에게 옳은 말을 해서 상대방을 변화시키고 싶으면 그것에 앞서 따뜻한 말 열쇠를 이용해 상대방 마음의 문을 열어야 한다. 변화는 상대가 그의 머릿속으로부터가 아니라 마음속으로부터 진심으로 잘못을 인정하고 개선하려는 의지를 보일 때 가능하기 때문이다.

상대방을 진정 사랑한다면, 상대방이 변화되기를 원한다면, 옳은 말을 하기에 앞서 따뜻한 말을 전해야 한다. "얼마나 힘드니?", "많이 힘들지? 수고했어", "괜찮아, 그럴 수도 있어", "네 말도 일리가 있다", "잘했어", "사랑해"와 같은 따뜻한 말은 상대방 마음을 여는 열쇠와 같은 것이다.

상대의 약점을 지적할 때는 섬세한 공감과 배려가 전제되어야 한다. 상대의 나쁜 행동만을 바라보기보다는 상대의 아파하는 마음을 바라보며, 상대의 귀로 들어보고, 상대의 마음으로 같이 느껴보고 이해하며 공감을 해보라. 그러면 옳은 말보다는 따뜻한 말을 먼저 전하게 된다. 상대방을 이해하고, 용서해주고, 아파해하고, 위로해줄 수 있기 때문이다. 옳은 말을 하는 사람은 너무나 많지만 따뜻한 말을 하는 사람은 아주 적다.

Holy Bible ☕

◆ 여호와여 내 입에 파수꾼을 세우시고 내 입술의 문을 지키소서.(시 141:3)

◆ 유순한 대답은 분노를 쉬게 하여도 과격한 말은 노를 격동하느니라.(잠 15:1)

◆ 온순한 혀는 곧 생명 나무이지만 패악한 혀는 마음을 상하게 하느니라.(잠 15:4)

◆ 내가 내게 있는 모든 것으로 구제하고 또 내 몸을 불사르게 내줄지라도 사랑이 없으면 내게 아무 유익이 없느니라.(고전 13:3)

◆ 무릇 더러운 말은 너희 입 밖에도 내지 말고 오직 덕을 세우는 데 소용되는 대로 선한 말을 하여 듣는 자들에게 은혜를 끼치게 하라.(엡 4:29)

묵상할 내용

1 당신이 가족들에게 전하는 말에는 옳은 말과 따뜻한 말 중 어느 말이 더 많은가요?

2 당신이 상대로부터 당신을 향해 전하는 옳은 말을 들으면 어떤 느낌이 드나요?

3 "내가 틀린 말 했어? 나는 옳은 소리만 하는 사람이야"라고 말하는 사람을 대하면 어떤 생각이 드나요?

4 당신이 늘 버릇처럼 하는 말 가운데 상대 마음을 여는 열쇠와 같은 말에는 어떤 말이 있나요?

5 당신 삶 속에서 당신 마음을 열게 하거나 닫게 만든 누군가의 말 중 기억하는 내용이 있나요?

"야, 너는 왜 그렇게 쪼잔하냐?"

17

    같은 학과 동료인 정호(가명)는 어느 날 상우(가명)에게 다가가 상우가 애지중지하는 자전거를 하루 빌려달라고 요청했다. 하지만 상우는 자신이 너무 아끼는 자전거이기에 빌려주고 싶지 않아 그 요청을 거절했다. 이에 정호는 상우를 향해 "야! 너는 왜 그렇게 쪼잔하냐? 그깟 자전거가 뭐라고 한 번 빌려달라는데 거절하냐? 그래, 됐다. 혼자 실컷 즐겨라"라고 했다.

    이런 경우 당신이 상우 입장이 된다면 상우는 어떤 기분일까? 정호는 상우가 자신의 요청을 거절한 데 대해 기분이 상해 상우를 쪼잔한 사람으로 일방적으로 평가해버리는가 하면, '그까짓 자전거가 뭐라고'라는 표현으로 자기 마음대로 상우가 애지중지하는 자전거를 보잘것없는 것으로 평가절하해버렸다. 따라서 상우는 별것도 아닌 자전거에 마음이 쏠려 친구 간의 우정을 저버린 쪼잔한 사람으로 평가되고 말았다.

    정호 입장에서 보면 보잘것없는 자전거일지 몰라도 자전거 주인인 상우 입장에서는 너무 귀하고 소중한 자전거일 수 있다. 자전거를 한 번 빌려주지 않았다고 해서 쪼잔한 사람으로 평가당한 상우는 자신이 그렇게 평가된 데 대해 억울하기도 하고 화가 날 수도 있다.

인간관계 속에서 우리는 위 사례에서 등장하는 정호처럼 남의 심리적 경계선을 함부로 침범해서 침범당한 상대 입장이 아닌 자신의 일방적인 입장에서 상대방을 판단하고 평가하는가 하면, 비난이나 비판을 가하는 우를 범하는 경우가 너무 많다.

"너는 어떻게 그렇게 쉬운 것도 못하니? 너 혹시 바보 아냐?", "농담으로 한 걸 가지고 뭘 그러냐? 너하곤 이제 아무 말도 하지 말아야겠구나", "너 옷 입은 꼴을 봐라. 그게 옷이라고 입고 다니니?", "너는 그걸 좋아해서 뭐하겠다고 그런 걸 좋아하니?", "공부를 하겠다고? 네가 무슨 공부를 해? 집어치워라", "내가 그런 말 좀 했다고 뭘 그리 기분 나빠하니? 기분 풀어. 난 원래 뒤끝이 없거든", "마음 상해하지 마라. 다 너를 위해 너 잘되라고 한 말이야."

이런 표현들 모두가 일방적으로 상대방의 심리적 경계선을 함부로 침범하여 남의 심리 영역은 무시해버린 채 자신만의 생각이나 감정을 기준으로 상대를 일방적으로 판단하고 평가해버리는 내용들이다. 그 결과 소통이 단절되고 관계성이 더욱 악화되는가 하면, 상대방에게 분노나 우울감, 열등감이나 죄책감 같은 부정적 감정을 불러일으켜 결국 자존감에 상처를 입히고 만다.

남의 의사를 무시한 채 남의 물건을 약탈하는 사람은 강도나 절도범이 되듯이, 남의 심리 영역을 상대 허락 없이 함부로 침범하여 자기 마음대로 판단하고 정죄하며 마음밭을 파헤치는 사람 또한 심리적 약탈자 같은 죄악을 범하고 있음을 깨달아야 한다. 사단은 고소하고 정죄하는 영이다. 내가 판단하고 정죄하는 것은 사단의 영에 놀아나는 것이다. 그 결과 나의 영이 죽고 만다.

남을 판단하거나 정죄하는 것은 하나님의 주권이다. 인간은 판단하는 자가 아니라 판단을 받아야 할 대상이다. 성경은 "입법자와 재판관은 오직 한 분이시니 능히 구원하기도 하시며 멸하기도 하시느니라 너는 누구이기에 이웃을 판단하느냐"(약 4:12)고 우리를 향해 반문한다.

판단이나 정죄는 하나님의 권세를 침해하는 것이고 하나님과 동등한 지위에 서려 하는 것이다. 주님은 우리를 판단하고 정죄할 유일한 분이시면서도 우리를 정죄하지 아니하시고 긍휼하신 눈으로 우리를 바라보는 분이시다(요 7:53-8:11). 이웃을 함부로 판단하거나 정죄하지 말아야 한다. "(남 탓하지 말고) 나나 잘하자!" 우리 각자가 마음속으로 다짐하고 실천해야 할 구호다.

남을 인정해주거나 존중해주기보다는 비난이나 비판을 일삼는 사람들은 그 마음 안에 자신이 상대보다 능력이나 도덕적으로 더 우월하다고 생각하는 교만이 자리 잡고 있다. 자기 의와 자기 자랑이 그 마음 안에 자리하고 있다. 비난받는 상대의 행동을 자기 마음대로 조종하고 싶은 권력욕이 도사리고 있다.

◆ 유순한 대답은 분노를 쉬게 하여도 과격한 말은 노를 격동하느니라.(잠 15:1)

◆ 사람은 그 입의 대답으로 말미암아 기쁨을 얻나니 때에 맞는 말이 얼마나 아름다운고.(잠 15:23)

◆ 의인의 마음은 대답할 말을 깊이 생각하여도 악인의 입은 악을 쏟느니라.(잠 15:28)

◆ 비판을 받지 아니하려거든 비판하지 말라 너희가 비판하는 그 비판으로 너희가 비판을 받을 것이요 너희가 헤아리는 그 헤아림으로 너희가 헤아림을 받을 것이니라.(마 7:1-25)

◆ 어찌하여 형제의 눈 속에 있는 티는 보고 네 눈 속에 있는 들보는 깨닫지 못하느냐.(눅 6:41)

◆ 그런즉 우리가 다시는 서로 비판하지 말고 도리어 부딪칠 것이나 거칠 것을 형제 앞에 두지 아니하도록 주의하라.(롬 14:13)

◆ 내 사랑하는 형제들아 너희가 알지니 사람마다 듣기는 속히 하고 말하기는 더디 하며 성내기도 더디 하라.(약 1:19)

◆ 형제들아 서로 비방하지 말라 형제를 비방하는 자나 형제를 판단하는 자는 곧 율법을 비방하고 율법을 판단하는 것이라 네가 만일 율법을 판단하면 율법의 준행자가 아니요 재판관이로다 입법자와 재판관은 오직 한 분이시니 능히 구원하기도 하시며 멸하기도 하시느니라 너는 누구이기에 이웃을 판단하느냐.(약 4:11-12)

1 당신은 당신 가족이나 이웃을 향해 어떤 말을 습관적으로 던지고 있나요?

2 당신이 깨닫는 당신 눈 안에 있는 들보는 무엇이라고 생각하나요?

3 당신이 던지는 판단의 말들을 반대로 당신이 상대로부터 들었다면 어떤 느낌이 들 것 같은가요?

소크라테스 방법론

18

2020년 후반에 가수 나훈아의 '테스형'이라는 노래가 급속히 공전의 대히트를 기록했다. 나훈아라는 가수의 유명세와 그만의 특유의 카리스마에도 원인이 있지만, 노래 가사에 철학자 소크라테스를 불러내 '아! 테스형'이라 부르며 절규하는 그의 기발하고 천재적인 발상이 성공의 주 원인이라는 데 많은 사람들이 동감했었다.

2천 년 전 아테네의 철학자였던 소크라테스는 지구상 가장 위대한 철학자 중 한 사람으로 '너 자신을 알라'는 명언을 남긴 것으로 유명하지만, 특별히 성공적 인간관계를 형성하고 유지하는 대화법으로 이른바 '소크라테스 방법론'을 제시한 것으로도 유명하다.

소크라테스 방법론이란 상대방과 대화를 나눌 때 상대가 당신 말에 즉각 '네, 네'라고 긍정적인 반응을 하도록 질문을 해나가는 방식이다. 상대와 대화를 나눌 때 그들과 다른 의견을 지닌 문제부터 먼저 논의하여 논쟁하려 하지 말고, 상대도 동의하여 '네, 네 그래요'라는 반응을 보일 수 있는 질문을 하는 방식으로 대화를 시작하라는 것이다.

예를 들어 "오늘 날씨가 참 화창하지요?" 같은 가벼운 주제로 대화를 시작하는 것이다. 이런 방식으로 한 가지씩 상대의 동의를 구해 나가는 방식이 소크라테스 방법론이다. 소크라테스는 이런 방식으로 상대방이 불과 몇 분 전만 해도 기를 쓰고 반대했을 어떤 결론을 상대가 미처 깨닫기도 전에 스스로 수용할 때까지 계속 질문했다고 한다.

사람들은 일반적으로 상대와의 대화에서 '네, 네 그래요'라는 반응을 유도해내는 대화를 하기보다는, '아니오' 같은 부정적 반응을 유도해내는 대화를 하는 경우가 다반사다. 그런데 한 번 상대방이 '아니오' 같은 부정적 반응을 보이면 이를 긍정적 반응으로 바꾸려면 천사와 같은 지혜와 인내가 필요하다고 카네기는 그의 저서《인간관계론》에서 주장하며, 자신이 소크라테스 방법론을 통해 성공했던 사례들을 소개하고 있다.

예수를 영접하지 않은 이웃에게 복음을 전하려다 보면 이웃이 보이는 가장 두드러진 것이 복음 전도자들에 대한 부정적 반응이다. 그럴 때면 그들과 논쟁을 통해 그리스도 예수님의 위대함을 억지로 알리려 하지 말고, 일단 그 사람들 입장에 서서 그들이 '네'라는 긍정적 반응을 보일 수 있는 이야기부터 대화를 시작하라는 것이 소크라테스의 방법론이다. 그런 대화를 계속 하다 보면 상대방은 점차 개방적이고 수용적인 자세를 갖게 되고, 궁극적으로 복음 전도자들이 전하려는 복음을 받아들일 가능성이 높아질 수 있다.

◆ 나의 반석이시여 나의 구속자이신 여호와여 내 입의 말과 마음의 묵상이 주님 앞에 열납되기를 원하나이다.(시 19:14)

◆ 여호와여 내 입에 파수꾼을 세우시고 내 입술의 문을 지키소서.(시 141:3)

◆ 너희는 들을지어다 내가 가장 선한 것을 말하리라 내 입술을 열어 정직을 내리라 내 입은 진리를 말하며 내 입술은 악을 미워하느니라 내 입의 말은 다 의로운즉 그 가운데에 굽은 것과 패역한 것이 없나니(잠 8:6-8)

◆ 사람은 그 입의 대답으로 말미암아 기쁨을 얻나니 때에 맞는 말이 얼마나 아름다운고.(잠 15:23)

◆ 비판을 받지 아니하려거든 비판하지 말라 너희가 비판하는 그 비판으로 너희가 비판을 받을 것이요 너희가 헤아리는 그 헤아림으로 너희가 헤아림을 받을 것이니라.(마 7:1-2)

◆ 네 말로 의롭다 함을 받고 네 말로 정죄함을 받으리라.(마 12:37)

◆ 네가 어찌하여 네 형제를 비판하느냐 어찌하여 네 형제를 업신여기느냐 우리가 다 하나님의 심판대 앞에 서리라.(롬 14:10)

◆ 무릇 더러운 말은 너희 입 밖에도 내지 말고 오직 덕을 세우는 데 소용되는 대로 선한 말을 하여 듣는 자들에게 은혜를 끼치게 하라.(엡 4:29)

1 소크라테스 방법론과 바람직한 소통의 원리를 서로 비교하면서 상대로부터 긍정적인 대답을 이끌어내는 방법에 대해 이야기해보세요.

2 상대에 대해 비난하거나 비판하는 등 상대에 대해 부정적인 판단을 하거나 상대를 향해 일방적으로 지시하거나 명령하는 대화는 소크라테스 방법론에 위배됩니다. 왜 그럴까요?

3 가족이 모여 소크라테스 방법론 내용을 서로 숙지하고 가족들 간에 어떤 대화들이 소크라테스 방법론에 위배된다고 생각하는지 토론해보세요.

4 우리 속담에 '가는 말이 고와야 오는 말이 곱다'는 표현이 있습니다. 이 말과 소크라테스 방법론을 비교해서 이야기해보세요.

주는 것이 받는 것보다 행복하다

19

 갑자기 돈이 필요하지만 그 돈을 구하지 못해 노심초사하고 있는 친구가 마음에 걸려 가지고 있는 얼마의 돈을 친구에게 빌려주었더니 그 후 얼마 지나지 않아 그 친구가 정말로 고마웠다면서 빌려갔던 돈을 되돌려주었다. 두 사람 사이는 전과 같이 금전적으로 아무런 손익이 없는 제로 관계가 되었지만, 그런 일이 일어나기 전보다 훨씬 더 우정과 신뢰가 돈독해져 상호 윈윈(win-win)하는 결과가 되었다. 나눔이 주는 신비한 효력이다.

 주님은 아무런 공로 없는 우리에게 사랑을 베푸사 우리의 죄를 대속하시려 속죄양으로 십자가의 고난을 당하시고 목숨까지 내주셨다. 하나님의 성품을 닮은 자는 베푸는 삶을 살아가는 사람이다. 하나님의 축복을 받은 사람은 많이 갖는 사람이 아니라 많이 베푸는 사람이다. "주는 것이 받는 것보다 복이 있다"(행 20:35)는 것이 주님이 친히 우리에게 전해주시는 말씀이다.

 '러너스 하이(runner's high)'라는 말이 있다. 달리기에서나 수영, 사이클 등 장시간 지속되는 격한 운동에서 처음에는 많이 지치고 고통스럽지만, 30분 이상 지속하면 그때부터 몸이 가벼워지고 머리가 맑아지면서 경쾌한 느낌이 드는 현상을 말한다. 이때의 의식 상태는 헤로인이나 모르핀 혹은 마리화나를 투약했을 때 나타나는 것과 유사하고, 때로 오르가즘에 비교되기도 한다.

이러한 개념을 유추해서 '헬퍼스 하이(helper's high)'라는 용어가 등장했다. 마라톤에서의 '러너스 하이'에서 느끼는 행복감처럼 '헬퍼스 하이'는 나눔과 같은 사랑을 실천할 때 얻게 되는 행복감을 말한다. 실제 과학적 연구 결과도 자원봉사를 하거나 이웃에게 금전적 도움을 주거나 능력 기부를 하는 등 사랑을 베푼 사람들은 행복지수가 높게 나타날 뿐만 아니라, 불면증이나 만성 통증에도 탁월한 효과가 있고, 혈압이나 콜레스테롤 수치가 낮아져 장수와도 직접적인 연관이 있다고 보고되고 있다.

슈바이처는 당시에는 놀라운 나이인 91세까지 살았다. 놀라운 것은 사랑을 직접 실천하지는 않더라도 사랑을 실천하는 내용의 영화나 TV 등을 보기만 해도 면역력 수치가 일제히 높아졌다는 연구 결과도 있다. 진정한 행복은 얻는 것, 받아들이는 것에 있지 않고 나누는 것에 있으며, 욕심을 채우려 하기보다는 비우거나 내려놓고, 높아지려 하기보다는 낮아지는 데 있다는 것이 모든 종교가 우리에게 전하는 가르침이다.

우리가 나눌 수 있는 것은 비단 재물이나 물질에 국한되어 있는 것은 아니다. 미소를 전해주고 기뻐해주고 축하해주며, 배려해주고 공감해주는 등 마음을 전해주는 것도 귀한 나눔에 해당한다. 그리스도의 복음을 전해주고 헌신하고 봉사하는 것 또한 귀하고 복된 나눔의 모습이다. 이처럼 남을 배려하고 나눔을 실천하고 봉사하는 등 착한 마음으로 살면 그것이 자신에게 복으로 돌아온다는 것은 이제 단순히 도덕적인 이야기만이 아니라 과학적으로나 성경적으로도 입증된 것이다(눅 6:38).

1960년대 미국 펜실베이니아 주의 '로세토(Roseto)'라는 마을은 술과 담배를 즐기고 소시지를 자주 먹는 이탈리아 이민자들이 모여 사는 곳이었다. 그런데 그 마을 사람들은 비슷한 조건의 이탈리아 이민자들이 모여 사는 다른 마을 사람들보다 심장병 사망률이 절반 수준으로 눈에 띄게 낮았다. 이러한 현상에 주목하여 그 원인을 밝히기 위해 30여 년간 연구한 끝에 로세토 마을의 건강 비결은 따뜻한 공동체 덕분이었다는 결론에 이르렀다. 즉, 그 공동체에서는 개인이 맞닥뜨린 위기에 마을 사람들이 함께 대응했으며 그런 공동체의 힘이 그 마을 사람들의 몸 건강에 영향을 미쳐 심장병 발병률이 떨어진 것인데, 이것이 바로 그 유명한 '로세토 효과(Roseto Effect)'다.

우리나라에서도 조선시대 향촌 사회 공동체 조직의 유교적 이념으로 제시한 향약(鄕約)의 4대 덕목, 즉 좋은 일은 서로 권장한다는 덕업상권(德業相勸), 과실은 서로 타이른다는 과실상규(過失相規), 좋은 풍속은 서로 나눈다는 예속상교(禮俗相交), 재난과 어려운 일은 서로서로 돕는다는 환난상휼(患難相恤)을 제시하고 이를 실천할 것을 권장했다.

로세토 효과나 향약의 환난상휼의 정신 모두 공동체가 어려움에 처할 때면 공동체 구성원이 합심하여 그 어려움에 처한 사람들의 아픔을 공감해주고 위로해주는 등 나눔의 행위가 얼마나 놀라운 효과를 발휘하는가를 보여주고 있다. 나눔의 실천은 어려움에 처한 사람들이 힘과 용기를 얻어 환난에서 보다 신속하게 벗어날 수 있게 할 뿐만 아니라, 나눔을 실천하는 사람들에게 더 큰 행복을 가져다준다는 교훈을 우리에게 가르쳐주고 있다.

내가 먼저 상대를 향해 상대의 이야기를 경청해주고 공감해주면서 상대방이 나로부터 존경받는다는 느낌을 갖도록 배려해주면 그것이 곧 바람직한 소통의 길이며, 그 결과 나에게도 상대방에게도 행복을 가져다주는 것이 나눔의 신비다.

Holy Bible ☕

◆ 가난한 자를 불쌍히 여기는 것은 여호와께 꾸어 드리는 것이니 그의 선행을 그에게 갚아 주시리라.(잠 19:17)

◆ 사람들이 사는 동안에 기뻐하며 선을 행하는 것보다 더 나은 것이 없는 줄을 내가 알았고(전 3:12)

◆ 이같이 너희 빛이 사람 앞에 비치게 하여 그들로 너희 착한 행실을 보고 하늘에 계신 너희 아버지께 영광을 돌리게 하라.(마 5:16)

◆ 선한 사람은 그 쌓은 선에서 선한 것을 내고 악한 사람은 그 쌓은 악에서 악한 것을 내느니라.(마 12:35)

◆ 주라 그리하면 너희에게 줄 것이니 곧 후히 되어 누르고 흔들어 넘치도록 하여 너희에게 안겨주리라 너희가 헤아리는 그 헤아림으로 너희도 헤아림을 도로 받을 것이니라.(눅 6:38)

◆ 범사에 여러분에게 모본을 보여준 바와 같이 수고하여 약한 사람들을 돕고 또 주 예수께서 친히 말씀하신 바 주는 것이 받는 것보다 복이 있다 하심을 기억하여야 할지니라.(행 20:35)

◆ 악을 행하는 각 사람의 영에는 환난과 곤고가 있으리니 먼저는 유대인에게요 그리고 헬라인에게며 선을 행하는 각 사람에게는 영광과 존귀와 평강이 있으리니 먼저는 유대인에게요 그리고 헬라인에게라.(롬 2:9-10)

◆ 우리가 선을 행하되 낙심하지 말지니 포기하지 아니하면 때가 이르매 거두리라 그러므로 우리는 기회 있는 대로 모든 이에게 착한 일을 하되 더욱 믿음의 가정들에게 할지니라.(갈 6:9-10)

◆ 우리는 그가 만드신 바라 그리스도 예수 안에서 선한 일을 위하여 지으심을 받은 자니 이 일은 하나님이 전에 예비하사 우리로 그 가운데서 행하게 하려 하심이니라.(엡 2:10)

◆ 그가 우리를 대신하여 자신을 주심은 모든 불법에서 우리를 속량하시고 우리를 깨끗하게 하사 선한 일을 열심히 하는 자기 백성이 되게 하려 하심이라.(딛 2:14)

◆ 선한 양심을 가지라 이는 그리스도 안에 있는 너희의 선행을 욕하는 자들로 그 비방하는 일에 부끄러움을 당하게 하려 함이라.(벧전 3:16)

묵상할 내용

1 당신은 선을 베풀어본 경험이 있나요? 그때 어떤 마음의 감흥을 느꼈나요?

2 주를 믿는 그리스도인들에게 주님이 명령하신 계명의 내용은 무엇인가요?

3 남으로부터 도움을 받았을 때의 기쁨보다 남에게 도움을 주었을 때의 기쁨이 더 큰 이유는 무엇일까요?

4 당신이 사랑의 마음으로 이웃에게 베풀 수 있는 것에는 무엇이 있나요?

5 이웃을 향해 선을 행하는 것과 소통과는 어떤 관련이 있다고 생각하나요?

자식 농사법

20

옛날 송나라 때 어리석은 농부가 있었는데, 그는 자기 논에 모를 심어놓고 다른 논의 것보다 늦게 자라는 것 같은 조급증에 매일 아침 일어나자마자 논으로 달려가 모가 얼마나 자랐는지 살펴보았다. 그런데 아무리 살펴보아도 벼가 너무 더디게 자라는 것 같아 마음이 놓이지 않았다. 그러던 어느 날 농부는 초조한 마음에 벼를 뽑아서 키를 높여주고는 피곤해서 집으로 돌아왔다. 그리고 아들에게 "오늘 내가 벼들을 조금씩 뽑아주어 잘 자라도록 도와주고 왔지"라며 그 일을 너무 열심히 한 탓에 기운이 하나도 없다고 이야기했다. 이에 그 농부의 아들이 급히 논으로 가보니 벼들은 이미 다 말라 죽어 있었다.

이 이야기는 맹자(孟子)의 언행을 기록한 책《맹자(孟子)》〈공손추(孔孫丑)〉에 소개된 '발묘조장(拔苗助長)'이라는 사자성어에 얽힌 일화다. 이를 직역하면, 모를 뽑아(즉 발묘하여) 억지로 자라는 것을 돕는다(즉 조장하다)는 것으로, 순리에 따르지 않고 성급하게 억지로 일을 도모하려 하다가는 일을 망치고 만다는 의미다. '조장(助長)한다'는 말의 사전적 의미는 이러한 일화에서 유래한 것으로, 일이나 경향이 더 심해지거나 악화되도록 돕는다는 의미로 주로 부정적인 뜻으로 쓰이는 표현이다.

"나는 오늘도 학원, 숙제에 치여 밤 11시에 잠이 든다", "내 꿈은 뭐지, 엄마가 원하는 예일대?", "요즘 집에 오면 숙제 때문에 너무 바쁘다… 이러다 우리 모두 시험지에 파묻혀 죽을 수도 있겠다. 제발 학업성취도 평가 빨리 끝났으면…", "밤 12시까지 남아서 공부하는 곳(학원)이 뭐가 좋다고 다니는지 모르겠다. 망할 X의 선생님이 '이 학원이 좋다, 저 학원이 좋다'고 말하니까 엄마들은 애 데리고 여기 갔다 저기 갔다 애들을 반쯤 죽여놓는다", "학원이 싫은 이유? '선생님이 있으니까', '숙제가 많으니까', '스트레스를 공급하는 곳이니까' 야! 이 못된 어른들아~! 우리는 스트레스 받으면 안 죽는 줄 아니?"

이 내용은 모 일간지에 소개된 초등학교 5학년 어느 학생의 일기 내용이다. 그 학생은 자신의 휴대폰에 아빠를 '늑대', '악마', '잠꾸러기 대마왕', '담배사랑', '대왕문어'라고 호칭하고, 엄마를 '나쁜 엄마', '대왕오징어', '마녀', '악마', '여우', '과외쌤부인' 등으로 호칭하고 있었다.

자식을 부모 뜻대로 남들보다 더 잘 키워보겠다는 욕심에 사로잡혀 너무 어린 나이에서부터 자식을 억지로 교육현장에 몰아넣어 오히려 자식의 앞날을 망쳐버리는 오늘날 극성 학부모들의 모습이 곧 현대판 '발묘조장' 모습이 아닐까 하는 생각이 든다.

흔히 자식을 키우는 일을 농사짓는 일에 비유하여 '자식농사'라 부르기도 한다. 자식을 기르는 일이나 농사를 짓는 일이나 생명체를 키워내는 경건한 일에 종사한다는 데 공통점이 있다. 자식을 키워내는 것을 굳이 농사짓는 일에 비유하는 것은 농부의 마음, 즉 농심(農心)이나 농작물을 고이 길러내는 농부의 경작 방법에서 자녀를 바람직하게 키워내기 위한 지혜를 얻어낼 수 있기 때문일 것이다.

첫째, 훌륭한 농부가 되기 위해서는 작물을 재배하기 위한 땅을 기름진 땅으로 개간하여 옥토로 만들 수 있어야 한다. 마찬가지로 자녀에게 훌륭한 부모가 되기 위해서는 자녀가 건강한 환경에서 건강한 정신으로 성장할 수 있도록 상호 존경과 신뢰에 기초한 사랑이 함께하는 가족 분위기나 가족문화를 조성할 수 있어야 한다.

둘째, 훌륭한 농부는 어떤 품종을 어떤 토질의 땅에 심어야 하는지를 안다. 마찬가지로 훌륭한 부모는 자녀들의 적성이나 능력을 파악한 후 장차 자녀가 거기에 적합한 일을 할 수 있도록 도와주려고 노력한다. 자녀의 적성이나 능력과 관계없이 억지로 부모가 원하는 쪽으로 자녀를 몰아붙이지 않는다.

"자식이 부모 뜻대로 되면 뭐가 걱정이겠어요, 자식은 참 부모 뜻대로 안 되죠?", "댁의 아드님은 어쩜 그렇게 착해요. 공부도 잘하고, 부모 말이라면 그렇게 고분고분 따르고, 너무 부러워요"라는 대화는 자식을 키우는 부모들 사이에서 흔히 주고받는 내용이다.

부모 입장에서 자식을 부모 뜻대로 만들겠다는 사고 자체도 문제일 뿐만 아니라, 설사 자식이 부모 뜻대로 되었다고 해서 그것이 꼭 바람직한 것은 아니다. 부모 뜻만이 반드시 옳은 것이라 할 수 없기 때문이다. 똑같은 현상을 바라보는 시각 중 어느 한쪽의 시각만이 옳은 것이 아니다. 어떤 주장도 경우에 따라서는 옳은 주장이 될 수 있다. 따라서 부모 주장만이 옳은 것이고 자식 주장이나 뜻은 옳지 않다며 일방적으로 묵살하고 비난하고 비판하는 것은 부모의 독단이다.

자식을 사랑하기 때문이라며 자식이 부모 뜻대로 행하기를 강요하는 부모 중에는 그 뜻이 정작 자식을 위한 것이 아니요, 실은 부모 자신들을 위한 것임을 사랑이라는 이름으로 포장하는 경우가 너무 많다. "자식의 인생은 곧 부모의 인생이다"가 아니라 "자식의 인생은 곧 자식의 인생이다."

부모 뜻이 아닌 자식이 진정 원하는 뜻이 무엇인가를 알아내고, 그 뜻을 실현할 수 있도록 여건을 조성해주고 도와주는 것이 부모의 할 일이다. 자식은 로봇처럼 부모 마음대로 조종되는 존재가 아니다. 부모와 자식 간의 갈등은 바로 이런 잘못된 자세에서 시작된다.

오해해서는 안 될 것은, 부모가 자신들 뜻을 자식에게 이야기하지도 말고, 자식이 온전히 스스로의 뜻대로 행하도록 방임적인 태도를 취하라는 의미는 아니다. 자식과의 열린 대화를 통해 부모의 뜻이 무엇인지, 왜 자식이 부모의 그러한 뜻에 따랐으면 하는지를 충분히 이야기할 수 있다. 그리고 부모 뜻에 따라줄 것을 요청할 수도 있다. 그러나 강요는 하지 말아야 한다. 최종 선택권은 자식의 몫이다.

셋째, 농작물은 농민의 발자국 소리를 듣고 자란다는 말이 있듯이, 훌륭한 농부는 날마다 농작물을 보살피고 정성을 다해 가꾸는 일을 게을리하지 않는다. 농부는 작물이 잘 자랄 수 있도록 잡초도 뽑아주고 거름도 주며, 가뭄이 왔을 때는 물도 주고 비바람에 작물이 쓰러져 있을 때는 이를 정성껏 일으켜 세워주기도 한다.

그러나 현명한 농부는 자신이 기르는 작물에 대해 어디까지 어느 정도 정성을 쏟아 관여해야 하며, 어디까지는 자신이 아닌 자연의 섭리에 맡겨야 하는지를 잘 안다. 따라서 농민으로서 자신이 행해야 할 과제를 지나치거나 모자라지 않게 열심히 수행하지만, 자연이 해결해야 할 과제는 자연의 섭리에 맡기고 관여하지 않으며 인내로 기다릴 줄 안다. 자연의 위대한 섭리에 경의를 표하고 감사해하며 순종할 줄 안다.

자식농사 또한 마찬가지다. 농사가 하늘과 땅과 사람(天地人)의 합작품이듯이, 자식농사 또한 부모와 자식과 사회와 국가 그리고 하늘의 합작품이다. 아이가 공부할 수 있는 여건을 만들어주는 것은 부모와 국가가 수행해야 할 과제이지만, 정작 공부하는 것은 아이의 과제다. 말이 목말라하는 것을 알아차리고 말을 물가로 안내하는 것은 말 주인의 과제이지만, 물을 마실 것인가 말 것인가는 말 자신의 과제다.

말의 목을 휘어잡아 억지로 물을 먹게 해서는 안 된다. "다 네가 잘되라고 그러는 거야", 혹은 "다 널 사랑해서 그러는 거야"라며 아이가 어릴 때부터 사사건건 가르치고 지도하고 훈계하는가 하면, 아이가 원하는 것이 아니라 부모가 원하는 방향으로 아이를 몰아붙이는 것은 잘못된 사랑으로 자식농사를 망치는 '사랑이라는 이름의 폭력'에 지나지 않는다.

농심(農心)은 정직과 근면, 인내와 감사와 순응과 겸손의 마음이다. 농심을 잘 지키면 하늘은 농작물을 잘 길러주고 농민과 나라를 지켜준다. 농심으로 자녀를 양육하면 자녀뿐만 아니라 부모가 행복하며 나라가 건강해진다. 농심은 농민뿐만 아니라 기업인, 교육자, 연구가, 언론인, 공직자 등 모두가 지키고 기려야 할 아름답고 귀한 마음이다.

◆ 이스라엘아 들으라 우리 하나님 여호와는 오직 유일한 여호와이시니 너는 마음을 다하고 뜻을 다하고 힘을 다하여 네 하나님 여호와를 사랑하라 오늘 내가 네게 명하는 이 말씀을 너는 마음에 새기고 네 자녀에게 부지런히 가르치며 집에 앉았을 때에든지 길을 갈 때에든지 누워 있을 때에든지 일어날 때에든지 이 말씀을 강론할 것이며(신 6:4-7)

◆ 여호와께서 집을 세우지 아니하시면 세우는 자의 수고가 헛되며 여호와께서 성을 지키지 아니하시면 파수꾼의 깨어 있음이 헛되도다 너희가 일찍이 일어나고 늦게 누우며 수고의 떡을 먹음이 헛되도다 그러므로 여호와께서 그의 사랑하시는 자에게 잠을 주시는도다.(시 127:1-2)

◆ 마땅히 행할 길을 아이에게 가르치라 그리하면 늙어도 그것을 떠나지 아니하리라.(잠 22:6)

◆ 채찍과 꾸지람이 지혜를 주거늘 임의로 행하게 버려둔 자식은 어미를 욕되게 하느니라.(잠 29:15)

◆ 네 모든 자녀는 여호와의 교훈을 받을 것이니 네 자녀에게는 큰 평안이 있을 것이며(사 54:13)

◆ 이르되 주 예수를 믿으라 그리하면 너와 네 집이 구원을 받으리라 하고(행 16:31)

◆ 또 아비들아 너희 자녀를 노엽게 하지 말고 오직 주의 교훈과 훈계로 양육하라.(엡 6:4)

1 당신이 자녀를 교육하는 데서 고쳐야 할 점은 무엇이라고 생각하나요?

2 자식농사에서 제시한 교육방법에 대해 자녀와 이야기를 나누며 소통해보세요.

3 자녀 교육에서 주님께 맡겨야 할 내용에는 무엇이 있을까요?

4 당신은 자녀를 화나게 한 것으로 무엇이 있다고 생각하나요?

고난이 내게 유익이로다

21

사람들은 자기 뜻대로 모든 일이 이루어지면 이를 형통한 삶, 행복한 삶이라고 생각하고, 계획한 모든 일이 자기 뜻대로 이루어지지 않거나 어려운 일을 당하게 되면 이를 원망하고 불평하고 낙심하고 좌절하며 자신이 불행한 삶을 살아간다고 생각하는 경향이 있다.

크리스천 중에도 의도한 대로 모든 일이 형통하게 이루어지는 성도를 보면 하나님의 큰 축복을 받은 분이고, 신앙이 아주 좋은 분이라고 생각하는 사람들이 많이 있다. 그러나 성경은 우리에게 고난이 유익이라며 삶의 과정에서 직면하는 역경들이 오히려 축복임을 수없이 많은 곳에서 강조하고 있다(시 119:71, 합 3:17-19, 골 1:24, 히 5:8-9, 롬 5:3, 롬 8:18, 약 1:4, 빌 1:29, 벧전 4:13, 벧전 5:10).

세상에 위대한 업적을 남긴 이른바 위인들이나 성공했다는 사람들 또한 모두가 그 업적을 이루기 위해 많은 고통과 고난을 이겨낸 사람들이고, 그 고통과 고난이 성공의 중요한 밑거름이자 디딤돌이 되었다는 데 공통점이 있다.

주님은 우리 죄를 대속해주시기 위해 십자가의 형벌이라는 엄청난 고난을 받으시고 장사한 지 삼 일 만에 부활하신 후 하늘에 오르사 하나님 우편에 앉으시는 영광을 얻으셨다. 우리가 믿고 의지하는 주님 자신도 고난 후에 영광을 얻으신 것이다. 따라서 십자가 고난과 그 뒤의 영광이 기독교의 본질이다. 그런데 왜 하나님은 사랑하시는 자에게 고난을 주실까?

세속에서 형통한 삶을 살아가는 사람들은 어려움을 경험하지 못하기 때문에 주님께 의존할 필요성을 절감하지 못한다. 따라서 신앙적으로 보았을 때 가장 불행한 사람은 삶의 과정에서 힘든 고난을 경험하는 사람이 아니라, 자신이 계획하는 모든 것들이 너무 형통하게 이루어져 주님의 필요성을 깨닫지 못하는 사람이라고 할 수 있다.

주님은 당신께서 사랑하는 사람에게는 고난을 경험하게 하고, 자신의 의지와 능력이 아닌 오직 주님이 주시는 지혜와 능력의 은혜가 없이는 그것에서 벗어날 수 없음을 깨닫게 함으로써, 주님 앞에 엎드리게 하고 온전히 주님 말씀에 순종하게 하사 주님과의 소통의 통로를 열어주신다.

고난은 연금을 통한 순금의 과정이다. 〈욥기〉에서 욥은 "내가 가는 길을 그가 아시나니 그가 나를 단련하신 후에는 내가 순금같이 되어 나오리라"(욥 23:10)고 고백한다. 금이 연금의 과정을 통해 불순물이 제거되고 순금이 되듯이, 주님은 고난이라는 연단의 과정을 거친 우리를 친히 온전하게 하시며 굳건하게 하시며 강하게 하시며 터를 견고하게 하신다(벧전 5:10)고 고백한다.

"생각하건대 현재의 고난은 장차 우리에게 나타날 영광과 비교할 수 없도다"(롬 8:18). 장차 다가올 영광의 기간에 비하면 고난의 시간은 짧다. 성경은 아브라함의 방황, 야곱의 방황, 요셉의 고난, 욥의 고 난 등이 하나님을 신뢰하고 의지하는 계기가 되었음을 이야기하면 서 그리스도인에게는 고난 뒤의 영광이 기독교의 본질임을 분명히 하고 있다.

Holy Bible

◆ 그러나 내가 가는 길을 그가 아시나니 그가 나를 단련하 신 후에는 내가 순금같이 되어 나오리라.(욥 23:10)

◆ 고난당한 것이 내게 유익이라 이로 말미암아 내가 주의 율례들을 배우게 되었나이다.(시 119:71)

◆ 비록 무화과나무가 무성하지 못하며 포도나무에 열매가 없으며 감람나무에 소출이 없으며 밭에 먹을 것이 없으며 우리에 양이 없으며 외양간에 소가 없을지라도 나는 여호와 로 말미암아 즐거워하며 나의 구원의 하나님으로 말미암아 기뻐하리로다.(합 3:17-18)

◆ 다만 이뿐 아니라 우리가 환난 중에도 즐거워하나니 이는 환난은 인내를 인내는 연단을 연단은 소망을 이루는 줄 앎 이로다.(롬 5:3-4)

◆ 생각하건대 현재의 고난은 장차 우리에게 나타날 영광과 비교할 수 없도다.(롬 8:18)

◆ 형제들아 우리가 아시아에서 당한 환난을 너희가 모르기

를 원하지 아니하노니 힘에 겹도록 심한 고난을 당하여 살 소망까지 끊어지고 우리는 우리 자신이 사형선고를 받은 줄 알았으니 이는 우리로 자기를 의지하지 말고 오직 죽은 자를 다시 살리시는 하나님만 의뢰하게 하심이라.(고후 1:8-9)

♦ 우리의 잠시 받는 환난의 경한 것이 지극히 크고 영원한 영광의 중한 것을 우리에게 이루게 함이니 우리가 주목하는 것은 보이는 것이 아니요 보이지 않는 것이니 보이는 것은 잠간이요 보이지 않는 것은 영원함이라.(고후 4:17-18)

♦ 그리스도를 위하여 너희에게 은혜를 주신 것은 다만 그를 믿을 뿐 아니라 또한 그를 위하여 고난도 받게 하려 하심이라.(빌 1:29)

♦ 내가 궁핍하므로 말하는 것이 아니니라 어떠한 형편에든지 나는 자족하기를 배웠노니 나는 비천에 처할 줄도 알고 풍부에 처할 줄도 알아 모든 일 곧 배부름과 배고픔과 풍부와 궁핍에도 처할 줄 아는 일체의 비결을 배웠노라. 내게 능력 주시는 자 안에서 내가 모든 것을 할 수 있느니라.(빌 4:11-13)

♦ 나는 이제 너희를 위하여 받는 괴로움을 기뻐하고 그리스도의 남은 고난을 그의 몸 된 교회를 위하여 내 육체에 채우노라.(골 1:24)

♦ 박해를 받음과 고난과 또한 안디옥과 이고니온과 루스드라에서 당한 일과 어떠한 박해를 받은 것을 네가 과연 보고 알았거니와 주께서 이 모든 것 가운데서 나를 건지셨느니라.(딤후 3:11)

♦ 그가 시험을 받아 고난을 당하셨은즉 시험받는 자들을 능히 도우실 수 있느니라.(히 2:18)

♦ 그가 아들이시면서도 받으신 고난으로 순종함을 배워서 온전하게 되셨은즉 자기에게 순종하는 모든 자에게 영원한 구원의 근원이 되시고(히 5:8-9)

♦ 너희 믿음의 확실함은 불로 연단하여도 없어질 금보다 더 귀하여 예수 그리스도께서 나타나실 때에 칭찬과 영광과 존귀를 얻게 할 것이니라.(벧전 1:7)

♦ 오히려 너희가 그리스도의 고난에 참여하는 것으로 즐거워하라 이는 그의 영광을 나타내실 때에 너희로 즐거워하고 기뻐하게 하려 함이라.(벧전 4:13)

♦ 모든 은혜의 하나님 곧 그리스도 안에서 너희를 부르사 자기의 영원한 영광에 들어가게 하신 이가 잠깐 고난을 당한 너희를 친히 온전하게 하시며 굳건하게 하시며 강하게 하시며 터를 견고하게 하시리라.(벧전 5:10)

묵상할 내용

1 당신은 지금까지 삶의 과정에서 고난을 경험한 적이 있나요? 있었다면 그 고난들이 당신에게 어떤 유익이 있었나요?

2 당신은 고난을 경험하는 과정에서 누구에게 가장 많이 의존했나요?

3 '인내는 쓰나 그 열매는 달다'는 격언과 같은 내용을 담은 성경 말씀으로는 어떤 내용이 있을까요?

4 당신이 고난을 받는 상황에 있다면, 당신에게 가장 힘이 되어줄 성경 말씀으로는 어떤 내용이 있을까요?

5 고난을 받고 있는 성도에게 다가가 소통할 수 있는 제일 첫 번째 방법은 무엇일까요?

그리스도인과 '회복탄력성'

22

'회복탄력성(resilience)'이란 우리들 삶에서 크고 작은 다양한 역경과 시련과 실패가 닥쳤을 때, 이에 좌절하지 않고 오히려 이를 도약의 발판으로 삼아 얼마만큼 더 높이 튀어오를 수 있는가를 측정하는 개념이다.

회복탄력성이 낮은 사람은 시련이 닥쳐오면 이를 걸림돌로 생각해 마치 유리공이 바닥에 떨어질 때처럼 삶이 산산조각이 날 정도로 무너져 다시 튀어오르지 못하고 좌절해버린다. 반면 회복탄력성이 높은 사람은 시련을 오히려 디딤돌로 생각해 마치 고무공이 바닥을 치고 원래보다 더 높이 튀어오르듯이, 시련을 도약의 발판으로 삼아 시련이 있기 이전보다 더 나은 상태로 변화한다.

자신의 회복탄력성이 어느 정도인가를 다음과 같은 세 가지 차원에서 점검해볼 수 있다.

첫째는 개인성 차원으로, 역경에 직면했을 때 그것이 유독 나에게만 일어나는 일이라고 생각하는가, 아니면 나를 포함하여 누구에게나 일어날 수 있는 일이라고 생각하는가의 차원이다.

둘째는 영속성 차원으로, 자기에게 닥친 역경이 이번뿐만 아니라 항상 닥친다고 생각하는가, 아니면 이번에만 그렇다고 생각하는가 하는 차원이다.

셋째는 보편성 차원으로, 자기에게 닥친 역경이 자기가 직면하는 모든 일에서 일어난다고 생각하는가, 아니면 그 일에만 닥쳤다고 생각하는가 하는 차원이다.

회복탄력성이 낮은 사람은 흔히 자신에게 닥치는 크고 작은 역경을 지나치게 개인적이고 영속적이며 보편적인 현상이라고 생각한다. 예를 들어 어떤 사업에 실패했을 때, "왜 나만 이 사업에서 실패한 거야?"(개인적 차원)라고 한탄하는가 하면, "나는 이번뿐만 아니라 앞으로도 계속해서 실패할 거야"(영속성 차원)라고 생각한다. 또한 "나에게는 이번 사업뿐만 아니라 다른 모든 일에서도 나쁜 일만 일어나"(보편성 차원)라며 한탄한다.

한편 회복탄력성이 높은 사람은, "이번의 실패는 아쉽지만 실패는 나뿐만 아니라 누구나 할 수 있는 거야"(개인적 차원)라고 자위하고, "이러한 실패는 아마 이번뿐일 거야"(영속성 차원)라고 생각하며, "비록 이 사업에는 실패했지만, 이것이 실패했다고 해서 내 인생의 모든 면이 다 실패한 것은 아니야"(보편성 차원)라고 생각한다.

성경은 시편(119:71)을 비롯한 여러 곳에서 역경이 오히려 축복임을 강조하고 있다. 역경을 통해서 나 자신이 얼마나 연약한 자인가를 깨닫고 주님께 온전히 의지할 때 주님은 우리에게 강하고 높은 회복탄력성을 부여해주신다. 따라서 그리스도인은 높은 회복탄력성을 지니는 것이 주님을 기쁘시게 하는 일이다.

◆ 내 영혼아 네가 어찌하여 낙심하며 어찌하여 내 속에서 불안해하는가 너는 하나님께 소망을 두라 그가 나타나 도우심으로 말미암아 내가 여전히 찬송하리로다.(시 42:5)

◆ 고난당한 것이 내게 유익이라 이로 말미암아 내가 주의 율례들을 배우게 되었나이다.(시 119:71)

◆ 생각하건대 현재의 고난은 장차 우리에게 나타날 영광과 비교할 수 없도다.(롬 8:18)

◆ 사람이 감당할 시험밖에는 너희가 당한 것이 없나니 오직 하나님은 미쁘사 너희가 감당하지 못할 시험당함을 허락하지 아니하시고 시험당할 즈음에 또한 피할 길을 내사 너희로 능히 감당하게 하시느니라.(고전 10:13)

◆ 우리가 사방으로 욱여쌈을 당하여도 싸이지 아니하며 답답한 일을 당하여도 낙심하지 아니하며 박해를 받아도 버린 바 되지 아니하며 거꾸러뜨림을 당하여도 망하지 아니하고 우리가 항상 예수의 죽음을 몸에 짊어짐은 예수의 생명이 또한 우리 몸에 나타나게 하려 함이라.(고후 4:8-10)

◆ 그러므로 우리가 낙심하지 아니하노니 우리의 겉사람은 낡아지나 우리의 속사람은 날로 새로워지도다 우리가 잠시 받는 환난의 경한 것이 지극히 크고 영원한 영광의 중한 것을 우리에게 이루게 함이니 우리가 주목하는 것은 보이는 것이 아니요 보이지 않는 것이니 보이는 것은 잠깐이요 보이지 않

는 것은 영원함이라.(고후 4:16-18)

◆ 그러므로 내가 그리스도를 위하여 약한 것들과 능욕과 궁핍과 박해와 곤고를 기뻐하노니 이는 내가 약한 그때에 강함이라.(고후 12:10)

◆ 그리스도를 위하여 너희에게 은혜를 주신 것은 다만 그를 믿을 뿐 아니라 또한 그를 위하여 고난도 함께하려 하심이라.(빌 1:29)

◆ 내 형제들아 너희가 여러 가지 시험을 당하거든 온전히 기쁘게 여기라 이는 너희 믿음의 시련이 인내를 만들어내는 줄 너희가 앎이라 인내를 온전히 이루라 이는 너희로 온전하고 구비하여 조금도 부족함이 없게 하려 함이라.(약 1:2-4)

◆ 그러므로 너희가 이제 여러 가지 시험으로 말미암아 잠깐 근심하게 되지 않을 수 없으나 오히려 크게 기뻐하는도다 너희 믿음의 확실함은 불로 연단하여도 없어질 금보다 더 귀하여 예수 그리스도께서 나타나실 때에 칭찬과 영광과 존귀를 얻게 할 것이니라.(벧전 1:6-7)

1 당신 혹은 당신 가족이나 친족들 중 과거 어떤 사건이나 사고로 인해 고통스러운 시련에 직면한 일이 있나요? 그리고 현재 직면하고 있는 시련에는 무엇이 있나요?

2 당신이 그 환난의 주인공이라면 당신은 그 환난에 어떻게 대처했거나 대처하고 있나요? 만약 당신이 아닌 주위 친지가 환난에 직면하고 있다면 당신은 그의 회복탄력성을 높여주기 위해 어떤 조언으로 소통할 수 있을 것 같나요?

3 당신의 회복탄력성은 높은 편이라고 생각하나요, 낮은 편이라고 생각하나요?

4 삶의 여정에서 견디기 힘든 역경에 직면했을 때 주님이 우리로 하여금 높은 회복탄력성을 갖도록 도움을 주는 말씀에는 어떤 내용들이 있을까요?

고난에 처할 때 빠지기 쉬운 기본 착각들

23

사람들은 흔히 어떤 조건이나 상황이 그들을 불행하거나 행복하게 한다고 생각한다. 그래서 결혼을 할 때도 조건을 따지는가 하면, 일자리를 선택할 때도 조건을 따진다. 그런가 하면 자신 앞에 고통스러운 상황이 닥치면 부정적이고 비관적인 시각에 사로잡히고, 더 나아가 여러 가지 착각에 빠져들기 쉽다.

예를 들어 사업에 실패하거나 원하는 시험에 합격하지 못했을 때 빠지기 쉬운 착각의 구체적 유형들은 다음과 같다.

첫째, "다른 사람들은 다 합격했는데 왜 나만 불합격했을까?"와 같이 유독 자신만이 실패자인 것처럼 착각하는 경향이 있다. 그러나 사업에 실패하거나 시험에 불합격하는 사람은 너무나 많다.

둘째, 사업에 실패하거나 시험에 불합격하는 등의 부정적 결과만으로 "나는 참 무능력한 인간이야"라고 결론 내리는 것처럼, 한두 가지 실수만으로 자기 자신을 단정해버리는 경향이 있다. 그러나 위대한 업적을 남긴 위인들이나 크게 성공한 사람들의 공통적 특징은 이들 모두가 인생의 쓰디쓴 고난을 수없이 경험했지만 그럴 때마다 이를 걸림돌이 아닌 디딤돌로 삼아 딛고 일어났다는 점이다.

셋째, "내가 하는 일은 이것뿐만 아니라 모두가 실패투성이야"와 같이 실패한 것이 처음이거나 몇 안 되는 데도 자신이 행하는 모든 것이 실패투성이인 것처럼 과장하는 경향이 있다. 이처럼 과장이 심한 사람들은 '모두가', '늘', '항상', '전부', '언제나'와 같은 용어들을 습관적으로 사용한다.

넷째, 자신의 부정적인 면만 바라보느라고 자신이 가지고 있는 긍정적인 면을 바라보지 못하고 간과하는 경향이 있다. 사람은 누구나 단점만 가진 사람도 없고, 장점만 가진 사람도 없다.

다섯째, 예를 들어 "나 같은 게 살아서 뭘 해?", "난 살 가치도 없는 인간이야"와 같이 자멸적이고 파괴적인 그릇된 가치관을 갖는 경향이 있다.

그리스도인은 고난을 유익으로 받아들이는 사람들이다(시 119:71). 세상 속에서 수고하고 무거운 짐을 지고 힘들어하는 사람들을 향해 주님은 "다 내게로 오라 내가 너희를 쉬게 하리라"(마 11:28)고 말씀하신다. 고난은 예수 그리스도를 만날 수 있는 기회이며, 주님께서는 내가 약할 그때에 강함을 주신다.

Holy Bible

◆ 너를 인도하여 그 광대하고 위험한 광야 곧 불뱀과 전갈이 있고 물이 없는 건조한 땅을 지나게 하셨으며 또 너를 위

하여 단단한 반석에서 물을 내셨으며 네 조상들도 알지 못
하던 만나를 광야에서 네게 먹이셨나니 이는 다 너를 낮추
시며 너를 시험하사 마침내 네게 복을 주려 하심이었느니
라.(신 8:15-16)

◆ 하나님이여 내게 은혜를 베푸소서 내게 은혜를 베푸소서
내 영혼이 주께로 피하되 주의 날개 그늘 아래에서 이 재앙
들이 지나가기까지 피하리이다. 내가 지존하신 하나님께 부
르짖음이여 곧 나를 위하여 모든 것을 이루시는 하나님께로
다 그가 하늘에서 보내사 나를 삼키려는 자의 비방에서 나
를 구원하실지라(셀라) 하나님이 그의 인자와 진리를 보내시
리로다.(시 57:1-3)

◆ 네가 네 손이 수고한 대로 먹을 것이라 네가 복되고 형통
하리로다.(시 128:2)

◆ 비록 무화과나무가 무성하지 못하며 포도나무에 열매가
없으며 감람나무에 소출이 없으며 밭에 먹을 것이 없으며
우리에 양이 없으며 외양간에 소가 없을지라도 나는 여호와
로 말미암아 즐거워하며 나의 구원의 하나님으로 말미암아
기뻐하리로다 주 여호와는 나의 힘이시라 나의 발을 사슴
과 같게 하사 나를 나의 높은 곳으로 다니게 하시리로다.(합
3:17-19)

◆ 수고하고 무거운 짐 진 자들아 다 내게로 오라 내가 너희를
쉬게 하리라 나는 마음이 온유하고 겸손하니 나의 멍에를 메
고 내게 배우라 그리하면 너희 마음이 쉼을 얻으리니 이는 내

멍에는 쉽고 내 짐은 가벼움이라 하시니라.(마 11:28-30)

◆ 우리가 환난 중에도 즐거워하나니 이는 환난은 인내를 인내는 연단을 연단은 소망을 이루는 줄을 앎이로다.(롬 5:3-4)

◆ 인내를 온전히 이루라 이는 너희로 온전하고 구비하여 조금도 부족함이 없게 하려 함이라.(약 1:4)

◆ 시련을 참는 자는 복이 있나니 이는 시련을 견디어낸 자가 주께서 자기를 사랑하는 자들에게 약속하신 생명의 면류관을 얻을 것이기 때문이다.(약 1:12)

◆ 그러므로 너희가 이제 여러 가지 시험으로 말미암아 잠깐 근심하게 되지 않을 수 없으나 오히려 크게 기뻐하는도다.(벧전 1:6)

묵상할 내용

1 당신 삶의 과정에서 겪었거나 겪고 있는 고난은 무엇인 가요?

2 당신은 고난에 직면할 때마다 누구와 그 고난을 함께 이 겨내려 했나요?

3 당신이 고난에 직면했을 때 가장 빠지기 쉬운 착각에는 무엇이 있나요?

4 고난에 직면했을 때 어떤 생각을 해야 한다고 생각하나 요?

5 당신이 고난 속에 있을 때 주님이 함께하심을 믿고 주님 과 소통해본 적이 있나요?